灯下黑 3

羊行屮 著

SPM 南方出版传媒 广东人民出版社

·广 州·

图书在版编目（CIP）数据

灯下黑. 3 / 羊行中著. —广州：广东人民出版社，2016.12
ISBN 978-7-218-11440-8

Ⅰ. ①灯… Ⅱ. ①羊… Ⅲ. ①长篇小说–中国–当代
Ⅳ. ① I247.5

中国版本图书馆 CIP 数据核字 (2016) 第 299142 号

DENGXIA HEI SAN
灯下黑 3　　　羊行中　著

出 版 人：肖风华

特约编辑：后　超
责任编辑：钱飞遥
责任技编：周　杰

出版发行：广东人民出版社
地　　址：广州市大沙头四马路 10 号（邮政编码：510102）
电　　话：（020）83798714（总编室）
传　　真：（020）83780199
网　　址：http://www.gdpph.com.
印　　刷：三河市金泰源印务有限公司
开　　本：690 毫米 ×980 毫米　1/16
印　　张：18.25　　**字　　数**：300 千
版　　次：2016 年 12 月第 1 版　2019 年 5 月第 3 次印刷
定　　价：38.00 元

如发现印装质量问题，影响阅读，请与出版社（020-83795749）联系调换。
售书热线：（020）83790604　83791487　邮　购：（020）83781421

目　录

第一章　人鱼传说

出海禁忌：

一、出海航行，忌讳说“翻、沉、破、住、离、散、倒、火、霉”等字或谐音字；

二、海船忌讳“4”字标记；

三、忌讳女人上船，更忌讳七男一女同船；

四、船与船之间忌讳互借物品，遇紧急情况借船上设备给另一船时，须在物品上面轻轻划道刀痕或敲个小坑；

五、船上器皿，如盆、碗等，切勿倒扣放置；

六、吃鱼时不要将鱼整条翻转；

七、起航时不要从船上扔石头，有“石沉大海、一去不返”之意；

八、就餐时，筷子不能架在碗上，因为很像桅杆折断的船；

十、航行中若遇鲨鱼跟随，立即抛掷活物喂食，直到不跟随为止；

十一、如果海捕前八次都是空网，而第九网满载，观察海物中是否有人为造成的伤痕，如果有，立刻将海物放回；

十二、深夜切勿站在甲板对着大海吹口哨、唱歌！

一

“嘭！”

巨浪砸在船首的巨型龙头上，整艘船剧烈摇晃着，船头随着海浪高高扬起，形成接近九十度夹角。

又一股巨浪涌起，如同一堵望不到头的高墙，卷着雪白的浪花狠狠压住船头。船头陷入海中，船尾高高翘起。海浪突然空落，船尾失去海水的浮力瞬间下坠，船头仍受着巨浪的重力，整条船身就像一根超载的杠杆，发出“咯吱咯吱”的巨响，木制船体迸裂无数道闪电状裂痕，海水挤过裂痕涌入船舱。

甲板上的水手早已停下救船工作，手脚利索地用缆绳把身体牢牢绑在桅杆上，手脚慢的早已被巨浪卷入海底，凄厉的呼叫声被震耳欲聋的海浪声掩盖，再也寻不见踪迹。

“大人，弃船吧！”一个水手话音刚落，就被海浪横着撞进大海。

船长双手紧握船舵，观察着海浪的方位，时左时右打着满舵，与无法抗拒的大自然力量做着最后搏斗。

“吱嘎……”

巨型龙头再也承不住海浪的冲击，由龙颈处裂出一道裂痕，坠入海底。

船长全身一颤，抬头望着桅杆上早已不存在的“明”字旗帜，冻得青紫的嘴唇哆嗦着，终于松开双手，任由船舵转得飞快。

他“扑通”跪倒在甲板上：“海王爷！我一人死不足惜，奈何葬送了全船百余名兄弟的性命！”抽出腰间佩刀狠狠插近心窝，“我愿以命供奉，但求息怒保得余下兄弟性命，把此物送回。”

“咣！”

冲天巨响从船身中央响起，整艘巨船被海浪生生撕成两半，船首、船尾垂直插入海中，缓缓下坠。水手们死命抓着一切可以抓住的东西，依然像坠崖般落入海里。

船长呕了一口鲜血，恍惚间，好像看到一个赤裸上体的女人顺着甲板坠下，一闪即逝。

“女人！”船长喊出最后一句话，“红颜祸水……难怪……难怪……”

二

我的身体突然一空，从床上弹起，扫视着四周，大口喘气。

熟悉的车舱、《死了都要爱》的歌声、空荡荡的驾驶室，还有车外人来人往的临安城。

我擦了把冷汗，心脏猛跳震得胸口生疼，又使劲深呼吸，半天才缓过神，摸出手机看时间，月饼下车买烟居然去了两个多小时。

我回忆着刚才做的梦，实在太清晰了，一切历历在目，甚至能感受到冰凉腥咸的海水灌进口鼻的酸麻疼痛。更让我恐怖的是船长的模样，半边脸是月饼，半边脸是李义杰。

车门推开，月饼拎着打包的“永和豆浆”进了车，油条豆浆往桌上一放：“这一身大汗，春梦？”

“嗯，梦见个裸体女人，”我没好气地拿出一根油条吃着，“还没看清身材就掉海里了。”

“哦？”月饼眯着眼摊手一笑，“还没去舟岛，梦里先艳遇了？”

“最近灾难片看多了，”我又灌了口豆浆，“话说你丫买烟买这么长时间？”

“这不是给南少侠化缘去了么，回来的时候迷路了，”月饼拧开水管洗了把脸，“到了舟岛该找地儿给水厢加水了。”

月饼这么一说我倒不好说什么。每个人多少有点奇葩特点，谁能想到月饼这么无所不能的人是个深度路痴，对于方向感的认知程度仍停留在“上北下南左西右东”的阶段？

“月公公，我有事问你。你对舟岛任务的判断实在太快，很不正常。”

“嗯。”

“西湖解除石塔封印，你用蛊语和塔里的她说了些什么？”

“哦。”

“你不觉得咱们与那一代异徒行者的任务有很多时间和结果的矛盾点么？”

“啊。”

我火气上来，差点让豆浆呛着嗓子：“月饼！我知道你有事瞒着我，本来不想多问，可是你的状态很不对劲。另外，敢不敢说话不用拟声词？”

“可以。”月饼大马金刀往床上一躺，“有这好奇心还不如多研究‘舟岛杀人事件’的线索。一会儿你开车，我一宿没合眼，睡会儿。”

“你再这种态度，信不信我立马坐高铁回古城？”

“当然相信，南少侠一向说到做到。不过春运开始了，想买张票还是有点难度。”月饼双手垫在脑后舒服躺着，“何况编辑打电话让你赶紧交稿，少了这个素材你总不能写个高铁沿途风景的散文糊弄事吧？”

我本来绷着脸假装端个架子，月饼这么一说倒是把我逗乐了：“我怎么摊上你这么个朋友？真造孽。”

月饼侧身靠着车壁含含糊糊地说：“你是我最好的朋友，无论什么时候都要相信我，因为我也相信你。”

每个人都会有只属于自己的秘密，月饼有，我又何尝没有？

沪渝高速“凶路事件”，月饼问我“坟里有什么”。我不想说，月饼再也没有问过。

彼此信任，就好！

三

我把导航目的地设在朱家尖，倒没什么特别的原因。朱家尖是舟岛最有名的国家级风景区，距离“四大佛山”之一的普陀山相距不远。一来人多的地方可以多打听些奇闻轶事，从中寻找线索；二来准备完成这个任务后去普陀拜拜佛，正气祛晦。

临安到舟岛沿途路过绍兴、宁波，也就二百多公里的路程。我把车开得飞快，两个多小时就到了号称当今世界规模最大的岛陆联络工程——舟岛跨海大桥。

舟岛由大大小小的群岛组成，拥有中国最多的渔港，是世界著名的几大渔场之一。早年渔民与内陆的联系全靠渔船，如今随着跨海大桥的落成，交通愈发便利，旅游业随之兴旺，许多赚到钱的渔民放弃了岛上生活在城市买房，渔业早已没了“千帆万船入港来，鱼虾海鲜进餐盘”的盛景。

跨海大桥的海风极为猛烈，行驶时有种方向盘不受控制的偏离感，车子极为颠簸。月饼一路熟睡，这会儿给颠醒了，点了根烟坐在副驾驶玩手机。

“舟岛杀人事件的凶手抓住了，”月饼揉着太阳穴，“线索断了。”

我手一颤，车头偏向桥体防护栏，连忙转回方向盘：“新闻还说什么了？”

“凶手与几名被害者为多年好友，把他们的头几乎都砍断了，钱物都在，排除图财可能。凶手对罪行供认不讳，却绝口不提杀人动机……”月饼把新闻念到一半，半眯着眼，再不言语。

我有些丧气：“这么说起来，咱们到了也不知道该干吗？”

“也不一定，”月饼摸摸鼻子，“找艘船去案发的那片海域，或许会有发现。”

我觉得有些奇怪，月饼这句话传达了某种很明确的信息，似乎他早就知道到了舟岛该做什么。

“月饼，最近和月野联系了么？”

“一直是你和她有联络，我就没她的联系方式，”月饼切换着音乐，“杰克在加拿大当了心理医生，倒也符合他从前的天赋。”

我的心里这才略略踏实。完成“西湖任务”虽然只有短短几个小时，我却有种“月饼很陌生”的感觉。月饼的性子高冷，却不是能瞒住话的人，可是他现在的状态，完全像换了一个人。

我们共同经历了泰国、日本、印度、韩国等地的一系列诡异事件，月野和杰克是这些事件的关键者。虽然他们已经忘记了这些事，却仍以好同学身份和我们保持着联系。

我之所以假装随口一问，确定了月饼是本人，没有被某种力量迷失心智，也许他只是为蛊族屠杀异兽的事情内疚。

我想起月野、黑羽、杰克、柳泽慧，心生感触："也不知道他们怎么样了？"

"要不你找他们玩去，"月饼盯着车顶发呆，"我完成剩下的任务。"

"快拉倒吧，"我放缓车速进了隧道，"您老人家一个人不好使。"

"晓楼……"

我起了一身鸡皮疙瘩："你丫昨儿在西湖冻感冒把脑子烧糊涂了？叫得这么亲切想干吗？"

"我看到读者评论：'谁才是主角？作者干脆写月无华好了，主角就没有厉害过的时候！'"月饼扬扬眉毛做得意状，"虽然这个读者说了大实话，我这不担心你有情绪，准备安慰两句嘛。"

隧道对面来了一辆车，开着氙气大灯晃得眼睛发花，我愤怒地打开了远光灯："我又不懂什么蛊术，不如你厉害很正常。"

"南瓜，你知道自己最大的优点是什么？"

"比你帅那么一点点。"

"是脸皮厚。"月饼终于扬起一丝笑意，"是不是觉得我不太对劲？换谁知道自己的部族做过这些事情，心里多少有些不舒服。放心，我真没事儿。"

我："没事儿就吃溜溜梅。"

月饼："二货，来块士力架吧！"

房车穿过隧道，阳光透亮车舱。

我们毫无隔阂地笑了。

四

到了朱家尖风景区已近傍晚，许多骑着电动车的大哥大姐招揽顾客入住吃饭。我们跟着一位面相挺朴实的大姐住进一个叫“南沙风情”的旅店，出门走几分钟就能到沙滩。此时不是旅游旺季，游客寥寥，我们曾经在印度洋的一座荒岛待了一年多，大海早就看够了，自然没心思漫步沙滩看海，在旅馆子开的饭店随便点了几样海鲜。

老板挺热情，硬是让我们加了他的微信，还拍着胸脯保证：“我李久波烧的菜，才是地道的舟岛海鲜！”

不多时，大盘小碟摆了一桌，未等动筷，鲜浓的香气已经把口水勾出来了。鲜肥的螃蟹经葱油爆香，散发着奇异香味，入嘴顺滑柔嫩；椒盐富贵虾汁鲜肉嫩，鲜甜柔软，鲜味从嘴里直冲脑门，哪舍得咽进肚子；更不用说肉嫩体肥、焖成枣红色的红烧带鱼，开水煮烫即开壳、鲜香清爽的蛏子，就着二锅头边吃边喝，神仙也不过如此。

尤其是最后那碗土鸡海鲜面，更是把两种截然不同的味道完美融合，白汤筋面，吃得我们满头大汗。

吃饱肚子结账，我接过账单一看，七百多，差点没背过气去：“老板，青岛天价大虾也没这个价！”

李久波看来是见惯这种场面，扯个板凳坐下，咧嘴笑了：“以前全靠海运送进送出，东西贵。这些年有了大桥，运输方便了，但价格一直没降，去别家也是这个价。”

月饼顺手结了账：“李哥，前几天咱这里出了起杀人案，是不？”

李久波敛住笑容，很虚张声势地左右看看，压低了声音：“那不是杀人案。”

月饼慢悠悠嗑着蛏子：“死了五个人还不是杀人案啊？”

李久波舔了舔嘴唇：“传说那是海王爷住的地方，随便一网都能捞满海货。自古以来，去的人都是有去无回，要么沉船、要么海王爷现身把他们吓死。老渔民都把那里当禁地，路过也要扔些活物供奉海王爷，保行船平安。这几年海货越来越少，有些渔民不顾老辈传下的规矩，进那片海域捕鱼，出了不少怪事。前年有艘渔船，出航第三天失去联系，两个多月后发现在海里漂泊，船上人都不见了，甲板上全是乱七八糟的脚印，还有大鱼尾巴拍出的痕迹。”

李久波讲到这，双手展开一米多，形容鱼尾巴大小。

全世界关于海洋的诡异事件层出不穷，这个说法我倒是头一次听到，忍不住追问：“海王爷现身把凶手吓疯了，或者是海王爷直接动手把他们砍死了？凶手知道说出来也没人信，索性认了罪？”

“这个不敢乱说，”李久波摸出挂在脖子上的金链子，捧着纯金观音拜了拜，“反正那里很古怪。”

月饼食指敲着桌子：“明知道会出事还有人敢去？”

“人为财死，鸟为食亡。”李久波比画着手里的金观音，“据说那里有一种海物，一两肉比一两金子都贵。只要能抓住一条，几辈子不愁吃穿。如果有福气吃一块肉，能长生不老。”

我听得有趣，憋着笑问道：“唐僧？”

李久波不太高兴我的态度：“海上的事，宁可信其有，不可信其无。”

“那种海物是什么？”月饼问道。

李久波抬起下巴点着的几名美女游客：“听说过美人鱼么？”

人有时候就是这样，只相信自己的经历，不愿认同别人说的事儿。我听了很不以为然，心说美人鱼明明是欧洲的玩意儿，什么时候偷渡到舟岛了？

月饼眼睛一亮，起身围着餐厅走了几圈：“李哥，有兴趣送我们去那里转转么？”

李久波双手摆得像拨浪鼓：“这可不是开玩笑的事。他们要钱，我要命。”

月饼掏出手机点了几下：“李哥，这些钱够不够？”

李久波手机微信提示音响起，掏出一看：“小兄弟，你逗我玩呢？二百块钱的红包让我出海？”

月饼聚着手机屏幕贴在李久波面前：“看这里。”

李久波盯着银行短信提示的余额，瞳孔忽大忽小，许久才干涩着嗓子问道：“这些钱，给我？”

月饼点了点头：“现在出发。”

李久波猛地立起，顶倒板凳窜进后屋：“行！两个小时，出海！”

五

我瞅着小半舱蹦跶的鱼虾："您这是带我们体验渔民生活来了？"

李久波扒拉出一只生蚝，掰开壳子"刺溜"吸进嘴里，砸吧着嘴："捞点儿总比没有强。"

腥咸的海风吹得嘴唇干裂，我喝了口水："这都一天一夜了，再这么开下去，直奔台湾了吧？"

"月兄弟真能睡，"李久波眨着眼岔开话题，"上船就没出过舱。"

我终于忍不住了，拾起一只螃蟹砸了过去："你他妈的糊弄谁呢？根本就没有那片海域对吧？想骗钱就明说！你别以为我看不出来这艘破船在来回转圈。"

李久波一低头躲过螃蟹，没有反驳，反倒跪在甲板上，面朝大海，双手合十，念念有词。

上了船我就觉得李久波不太对劲，既不看航海图也不确定方位，直直开了一宿，然后围着这片海域瞎转悠。我心里明白了七七八八，这哥们儿是见钱眼开，来了一出"空手套白狼"的好戏。随便开到个海域兜几圈，找个诸如"哎哟，碰巧海王爷今儿串门""就这地儿，看来传说不可信"的借口，收钱大吉。

月饼更不靠谱，趁着我们还在收拾东西时提前上了船，一头扎进唯一的住舱不出来，我敲了半天门，死活不开，说是要研究线索，切勿打扰。

我看破李久波的财迷念头，隔着门和月饼说了，就得到了一声"哦"的回答，不知道葫芦里卖的什么药。

眼看着李久波装神弄鬼拜海，又捡了几条海鱼丢进海里，我更是火大，恨不得一脚把他踹下去。

"南兄弟，跟你说实话吧。"李久波在裤子上擦了擦手，"传说半真半假，不过凶案确实发生在这附近。这几天不少游客都问这事儿，我就把两者联系一起编了这么个故事，增加点儿消费，多喝两瓶啤酒也是钱。昨天月兄弟那笔钱实在太吓人，我一时财迷心窍想了这么个主意。咱这就回去，我一分钱不要，实在对不起。"

我这人耳根子软，他这么一说倒没了脾气，再说总不能真把他踹海里喂鲨鱼吧？

我看了一眼住舱，铁门紧闭，嘟囔了两句："真倒霉，怎么碰上你这么个要钱不要命的主儿。"

李久波又是一哆嗦，两腿一软差点就给我跪下了："南兄弟，出海有许多话不能乱说，刚才您已经说了个'破'，这又说了'倒霉'，这可是触霉头的忌讳。"

我听得好笑："你这不也说了么？"

李久波这才反应过来，又是忙不迭地进行拜海仪式。

我心烦意乱正要把他扯起来返航，忽然船底传来一声闷响，船体一震，差点把我晃倒。

我急忙扶着船舷："触礁？"

李久波半张着嘴瞪着远处："海……海……王爷真来了。"

我顺着方向望去，海天交接处，一片沉重的铅云压着海面，翻腾的云气中亮起血红的闪电，轰隆声滚滚而来，震得耳膜发涨。

我脑补着无数海上灾难片的镜头，眼看着铅云越来越近，打了个激灵。

"轰！"

船底又是一声巨响，船体剧烈摇晃，我脚底如同踩着棉花，根本不着力："快回航。"

李久波像是通了电流，身体打着摆子："传说……传说，是……"

无数道炸雷声蜂拥而至，震得我脑壳发晕。一道巨大的闪电从铅云中劈入海中，电流遍布海面，四处跳跃。

忽然，海面陷进一处巨大的漩涡，海水飞速旋转卷了进去，一股巨型水柱从中喷出，雪白的水花纷纷落下，形成厚实的水雾。

强烈的海风吹过，水雾消散。

我看到了一个根本无法解释的东西！

"我回来了。"

身后，舱门开启，走出一个人。

六

我是一个想象力很丰富的人，但是发生的两件事，完全超出了我所认知的世界观：

一、漩涡中心，缓缓浮出一艘断了半截的古式木船，船体长满水藻，密密麻麻的贝壳吸附着船身，向我们的方向缓缓驶来。

二、站在我身后的那个人，不是月饼！

“南晓楼，你好。”

我的脑子一片晕眩，随即一拳挥去：“李文杰！月饼在哪儿？”

李文杰任由我一拳砸中面部，清脆的骨裂声响起，鼻血喷出，仰面摔倒。

我闪身往船舱里一看，哪里有月饼的影子？顿时又急又怒，狠命踢向李文杰的肋骨。

李文杰像个沙包被我踢得在甲板上滚了几圈，斜靠着船舷喘粗气，胸口明显瘪了一块。

李久波早已傻了，“啊”的一声怪叫，抓着船上的鱼虾往海里扔着。

李文杰扔掉被我砸断的半截眼镜：“南晓楼，让我说几句话。”

我哪里还顾得上唠嗑，掏出军刀顶住他的脖子：“说！月饼在哪里！”

刀尖扎进皮肉，一股鲜血涌了出来。李文杰似乎不觉得疼痛，咧嘴笑着：“他去做下一个任务了。”

我把刀子对着他的动脉位置又摁进些许，突然觉得有些奇怪，刀柄并没有传来血液流淌的脉动感。

“看看我的眼睛，你就愿意听我说了。”李文杰眨了眨眼。

我这才发现，李文杰的眼皮并没有眨动，反倒是两道白色薄膜从眼角飞速长出，贴着眼球开合了一下。更让我无法相信的是，李文杰被我砸断的鼻梁竟然瞬间长好了，瘪了一块的胸口“咯咯”地响着，快速鼓起，肋骨居然自动接上了。

我再也握不住军刀，任它“咣当”落在甲板上：“你……你是什么怪物？”

“我曾经是人。”李文杰摸着脖子的刀口，粗糙的皮肤裂出无数鳞片形状的青痕，慢慢硬化，形成一层青色的鳞片。

“还有一刻钟，船就来了。”李文杰扭头遥望那艘古船，“我长话短说。”

就在这时，雷声虽然震耳欲聋，我却清晰地听见古船传来女人的歌声。旋律很奇怪，用“沉、破、住、离”四个音调从“4”到“6”两个音阶反复循环，却有种很独特的吸引力，让我忘记了当前紧张的局面，只想很舒服地入睡。

“你果然是异徒！”李文杰伸出手，指甲刺中我的神庭穴。

一阵剧痛，我顿时灵台清明。

我这才发现，他的手指之间，已经长出了肉膜。

“八族，曾经护送异徒行者进行了七次大规模的航海活动，为了寻找那样东西。”

七

以下是李文杰的讲述——

明朝曾经进行过七次规模巨大的航海活动，史称“郑和下西洋”。如此耗费国资的行动，显然不是单纯如明史记载“且欲耀兵异域，示中国富强”。

明成祖朱棣篡位夺权后，建文帝朱允炆下落不明，成了朱棣心头大患。民间相传朱允炆化妆成僧人逃至暹罗，而“郑和下西洋”的实际目的，就是为了寻找朱允炆。（我和月饼在泰国以及印度洋荒岛的经历，都证实了这一说法。而我没有想到，“舟岛任务”居然也和那两次经历有着千丝万缕的联系！对此事不太了解的看官，可以查看我之前记录成书的内容。）

郑和率船队下西洋，茫茫大海，险象环生，为了确保航海安全，搜罗中原能人异士随船出海。八族身负奇术，自然成了网罗对象。除了深居南疆的蛊族坚决抗拒遭到官兵屠杀，无奈被胁迫上船，其余七族均派出了精英主动参加。原因无他，那一代异徒行者的任务线索，是在舟岛海域寻找某样东西。

那一代异徒行者，由文族和医族组成。李文杰，正是幻族派出的精英，保护异徒行者完成任务。

然而前后经历了20多年六次航海，他们始终没有找到那样东西。第七次出海前，八族出发前召开秘密会议，此行哪怕牺牲性命，也务必找到那样东西。

问题出现了，蛊族早已多年不参与“异徒行者”的任务，被官兵强携上船也是因为卜族的告密暴露了部族位置，险些遭受灭族之灾，自然怀恨在心。其余七族对蛊族监管有加，航行了六次没有异样，也就放松了警惕。

出海前，蛊族几人密谋，不顾部族禁忌，在航行时用蛊语召唤海中异兽。如果真能召唤出来，借异兽之力将其余七族一网打尽，报蛊族的血海深仇。

经过前六次的经验教训，这次任务异常顺利，终于在舟山找到了那样东西。众人大喜过望，趁着夜色脱离船队，准备带着东西回中原，执行下一个任务。

蛊族见事态紧急，当夜立于船头，以塞满药蛊的鱼虾丢入海中为引子，唱着蛊语召唤异兽。子时三刻，海中冒出巨大的水泡，一条下半身鱼尾，上半身赤裸，容貌艳丽的半人半鱼怪物浮了上来。

皎洁的月光如同一席江南白绸，笼着她赤裸的身体，白如玉，滑如脂。她轻轻摆尾立于海中，长长的睫毛沾着剔透的水珠，天真无邪的眼睛微微眨动，湿漉漉的长发紧贴着玉石般光滑的背脊，歪着头好奇地听着歌声。

蛊族无论如何也没有想到，居然召唤出了传说中的人鱼。据说人鱼本与人类同宗，生性善良，在海中过着与世无争的生活，遇到人类遭遇海难发出呼救，还会驱使海豚救助。

蛊族与其他种族的亲密关系远远超过常人理解，看到人鱼更是心中喜爱，心知利用异兽报仇之事算是泡汤了。他们正要利用蛊音遣退人鱼，没想到几张巨网铺天盖下，把人鱼兜了个结实。

蛊族的人大惊，还未等反应过来，几柄尖刀穿过他们胸口，落入海中，鲜血染红了大片海水。

原来蛊族的密谋早已被卜族察觉，趁着蛊族全力召唤人鱼之际，先下手为强除了蛊族。他们见人鱼美貌起了贪念，更何况自古就有“不死人鱼，食之长生”的传闻，便下网捕获。

人鱼在网中没有挣扎，见到蛊族负伤落水，唱着悠扬的歌声，挣着网游向蛊族。

歌声响起不多时，远远游来几只海豚，张嘴撕咬渔网。人鱼面色焦急，“咿咿呀呀”指着蛊族落海位置，示意海豚先营救蛊族。海豚不愿离开人鱼，也“啊啊”叫着徘徊不前。

就在这时，几支鱼矛从船上扔出，由海豚背部贯穿至腹部，猩红的鲜血像一抹红绸，在海水中慢慢飘散。

“这几只豚子肉肥！”一个壮汉挽着棕绳收矛，“待会儿看我的手艺。”

海豚拼命挣着躯体，创口越来越大，血越来越少，终于闭上了晶亮的眼睛。

人鱼干净的眼睛蒙上一层雾气，晶莹的泪珠顺着脸庞滑落，任由渔网拖离水面拽到船上。

硕大的鱼尾透着晶莹的红，洁白的身体勾勒着世间最美丽的图画，只是那双曾经纯洁的眼睛，透着一丝不解、几分惊恐，还有为蛊族和海豚之死流下的泪水。

“这件事卜族功劳最大，谁也不能争，人鱼是我的。”

“卜族？没有武族，凭什么逮住人鱼？”

“想来各位忘记魇族的存在了吧？”

“只有医族知道怎么用人鱼做药求得长生，必须留一份。”

人鱼安静地趴在甲板，丝毫听不懂这些人说的话。她不理解，在她的族群，永远都是微笑和歌声，怎么可能出现争吵和杀戮？

突然，一只脚重重碾踩着人鱼尾巴，薄如蝉翼的尾巴被踩得稀烂。人鱼剧痛得全身哆嗦，凄厉地哀鸣。

泪水滴落在甲板，凝聚成绚丽夺目的珍珠。

“都别争了！”踩着人鱼尾巴的人拾起珍珠，“这可是价值连城的好玩意儿。把这个畜生藏起来，到岸再商量。切记，不要让李文杰知道！”

这个人似乎很有威望，众人停止争吵，唯唯诺诺地点头应是。

武族的壮汉扛起人鱼，大力揉捏着人鱼乳房，淫笑着走进货舱。

八

李文杰讲到这里，苦笑着摇了摇头，指着越来越近的古船：“这艘船，接下来三天发生的事情，我不想多说。那是人类色欲、兽欲、贪欲、暴欲最肮脏的结合。偏偏，我一直被蒙在鼓里。更让我想不到的是，我最尊敬的异徒行者，居然也参与了此事。”

我望着那艘古船，断裂的船身“哗哗”淌着海水，冲出瓶罐、兵器之类的物品，偶尔夹杂着几截吸附着贝壳的人骨。

我已经完全相信他说的话，所以并没有打断他的讲述，等着他讲完这段不为人知的历史，以及纠缠我许久的许多疑团。

李文杰呼了口气，我发现他的耳朵后面裂开一道口子，长出了类似鳃的器官。

以下是李文杰讲述——

当航船到了舟岛附近，还有几天就能上岸。除了毫不知情的李文杰，其他人均各怀鬼胎。那两个异徒行者更是连寻到的那样东西都懒得研究，各自暗中联络其他部族、水手培养势力，一旦到了岸上，就把对方杀个干净，抢夺人鱼。

死亡的阴影，笼罩着这艘满载着恶念的航船。

当夜，航船遇到暴风雨，李文杰凭多年海上经验，知道这点儿风浪本不在话下，但是，当他掌舵控船时，忽然发现一股巨力拖拽着船尾，根本动不得分毫。

水手跌跌撞撞爬出底舱，向他汇报，船底裂了几个大口，抢修的水手都不见了。李文杰初以为水手们胆怯，乘小船逃跑了，正要召集其他部族援助，船体一震，船底“咚咚”作响……

（接着发生的事情，就是我开始做的梦。）

航船沉没了，李文杰灌了几口海水，想想拼搏多年，眼看就要完成这个任务却遭此横祸，不禁万念俱灰，再没了求生欲望，向海底沉去。

就在这时，一双柔软的胳膊从后背搂住他，向海面游去。他睁开眼睛，看到了不可思议的一幕！

几十条或大或小的鱼尾人身、人腿鱼身的异兽正在捕杀着落水众人，而一只伤痕累累的美丽人鱼，却在救他！

他大惊之下忘记身在海中，灌了几口海水入肺，胸口如利刃戳透般疼痛，剧咳出几口鲜血。那只人鱼清啸一声，嘴对嘴输了几口空气给他。他永远忘记不了那张惊艳而又伤痕累累的脸，还有人鱼那双没有一丝杂质、纯洁的眼睛。

浮到海面，美丽的人鱼咬破手腕，把温润的鲜血喂入他的口中。鲜血入腹，他觉得全身燥热，肠子如同刀割，差点疼昏过去。过不多时，他察觉到身体有了说不出来的变化，如果具体形容，他好像变成了一条鱼，根本不用丝毫力气，就可以在水中游弋。

那些人鱼相继从海中钻出，身形最庞大的人鱼手持鲸鱼骨制成的尖矛，向他刺来。

救他的人鱼挺身挡在前面："他是好人，他喝了我的血，是同族。"

李文杰怔怔地听着，他明知到人鱼发出的声音类似于歌声，却能听懂他们的话。这种感觉很怪异，他根本无暇思考。

持矛人鱼犹豫片刻，爱怜地抚摸着美丽人鱼的长发。

片刻，持矛人鱼呼啸一声，率领其余人鱼沉入海中，只留下了他和她。

游往岸边的那段时光，是李文杰一生中最快乐的回忆。

（这段经历李文杰没有细讲，但是从他嘴角的微笑能想到，那一定是段凄美的恋情。）

善良美丽的人鱼，受尽人类的侮辱伤害，却依然保留了对生灵的爱。他为异徒行者羞愧，他为八族羞愧，他为身为人类羞愧。

回到岸上，他牢记着美丽人鱼临别之言："人鱼之血，可以让你短暂听懂我的语言，具有人鱼的能力。我很快就再也听不懂你说什么了。人变成人鱼，需要几百年时间。如果你能忍受住寂寞，我会等你。想我的时候，就来这里，站在船头唱歌，或许我能听到你的呼唤，出来见你。直到你真正变成人鱼，我们才可以永远在一起。到了那一天，部族都会来接你。你要记得我，因为，我会记得你。"

李文杰立于岸上，人鱼浮在海中，泪眼，凝望。

“我爱你！”

人鱼歪着头，眼神纯真，容颜娇媚，霞光披着她黑亮的长发，如同金丝绸缎。

她轻唱着悠扬的歌声，挥手作别。

指尖，挑着一抹朝阳，璀璨耀眼。

世界上最遥远的距离，不是我站在你面前，却不能说出“我爱你”。而是我站在你面前，你却听不懂我说出了——

我！

爱！

你！

九

重返人间，李文杰由于八族和异徒行者的背叛，懂得了人的欲望可以摧毁任何信念的道理。那些人对人鱼的伤害，更让他心中充满了仇恨的怒火。

他隐姓埋名，利用幻族的能力，对八族展开了疯狂屠杀。其余七族一时间人心惶惶，背井离乡逃离死亡诅咒，甚至逼得魇族放弃了部族身份，在贡城过着提心吊胆的日子。

而他最大的目标，是等新一代异徒行者出现，一举击杀。只有这样，才能从源头根断周朝传下来的神秘任务，结束异徒行者和八族在执行任务时，因为欲望而产生的不可预测的后果。

宣德年间，他从卜族口中得知了新一代异徒行者的下落，匆匆赶去，却看到了在慈祥的母亲怀里吃奶的婴儿。

那一刻，他想起了父亲的教诲——“文杰，切记！八族虽有恶人，异徒行者也不一定全是好人。你要相信，人心本善。灯下有黑，光明不灭！”

他那颗被仇恨硬化的心，软了。

也是那一刻，他决定顺其自然，暗中监视异徒行者和八族的踪迹。如果执行任务之人心思纯良，就协助他们完成任务；如果心思邪恶，就除去这一代异徒行者和协助任务的八族之人。

几百年过去了，许多人死于李文杰之手；许多人死于任务之中。而异徒行者，世代延续，直到我和月无华……

李文杰讲到这里，声音愈发含糊不清："我见证了几百年的时代变迁，随着科技经济的发展，人心越来越脏了。你们之前的那一代，更是……我打入他们内部，陆陆续续除掉了几个邪念最大的人，留了几个稍加利诱，让他们乖乖等你们出现，并协助任务。他们一旦暴露出邪念对你们不利，我就出手替你们解决。你做的那些梦，都是我用幻术告诉你一些事情，让你有所警惕，掌握线索，了解异徒行者的历史。"

我终于明白了，这段经历中的许多疑团终于解开了！

原来，一切都是李文杰暗中操纵。甚至说，他一直在帮助我们，完成任务。

我分不清，身前的中年人，到底是恶还是善！

如果从随意结束别人生命角度来看，他是恶；如果从对任务执着、对我们帮助、对人鱼的感情，他是善！

我突然想到一件事，这也是我心里不愿接受李文杰的主要原因。

"金陵，你把刘英美碎尸，难道就有人性么？"

古船距离我们还有半海里，李文杰脱掉上衣："你如果知道她的秘密，就明白我为什么会这么做了。我来不及说了，先听我讲重点。"

"临安西湖，我通过石塔里的她，用蛊语告诉了月饼，约他见面，唯一的要求是对你保密。很抱歉，我不得不这么做，月无华的心理素质、承受能力比你强很多。"

"你记得他买烟去了两个多小时么？那段时间，我跟他详细讲了所有的事情，果然，他很爽快地接受了。我微信里所说的'时间不多了'，是指我感觉到身体已经开始异化，需要你们尽快完成了西湖任务，来舟岛完成这个任务。只有我能召唤出断船，把任务线索交给你们。当我变成人鱼，一切都晚了。这个任务没有危险，月无华选择让你参与，他去执行新的任务。"

"你一直藏在车里？"

“月无华出发先对你说‘水箱没水了’，其实是为我藏在水箱遮掩，让你发现没水时不会查看水箱。李久波也是我用幻术扩大他的贪念，才有了这次海上经历。趁着你们收拾东西，月无华和我提前上了船，彼此调包。他跳入海里偷偷游回岸，执行下一个任务。等那艘断船来了，我会把任务线索交给你，赶紧去找月无华。那个任务，或许很危险。我想，这也是他留下你的真正原因。”

原来如此！

我心里暗骂，月饼，你丫什么时候能改改孤胆英雄照顾队友的脾气！

“几百年了，像你们这样的异徒行者，我见过很多。起初亲密无间，最后终于被欲望吞噬，反目成仇，这简直就是一个诅咒。无数人伴着这个诅咒出生直到死去。答应我，无论发生什么事情，一定和月无华完成终极任务。只有到了那一天，才不会出现更多的背叛、死亡。你们，会是异徒行者最正确的选择！”

我从未像现在，感到如此沉重的压力。

我不知道能否承担李文杰的信任！

如果月饼在，他会怎么做？

妈的，他肯定会摸摸鼻子，扬扬眉毛，嘴角扬着笑，很随意地点点头，然后“嗯”一声。

于是，我点了点头。

十

“啊！”

李文杰忽然一声惨叫，背部高高拱起，脑袋抵着膝盖，像只虾蜷着身子。

他勉强抬起头，双目赤红：“南晓楼，还有一件事，你和月无华，是……”

“嘭！”

李文杰又是一声惨呼，头发大把脱落，满是血点的脑袋鼓起许多核桃大小的气泡，把头皮撑得锃亮，“砰砰”爆裂着。一溜手掌长的鱼鳍从他的脊梁刺出，鲜血迸飞。皮肤龟裂出细细密密的纹路，“喀啦喀啦”作响，瞬间硬化成乌黑色的鳞甲，覆盖了李文杰全身。

我看到一条人腿鱼身的人鱼，缓缓站起，站在船头，迎风而立。

人鱼回头，咧开宽阔的鱼嘴，上下两排细密的牙齿滴着涎水，宛如传说中的海夜叉。

也许这就是海夜叉的原型，偶尔被渔民看见，口口相传成了龙宫守护者。

他说了几个简单的音节，可惜，我再也听不懂了。

那艘断船突然加速，在十几米远的海面。天际的乌云消散，阳光刺目，几十条人鱼从断船爬出，扬声高歌。

一条满头白发，容貌宛若少女般艳丽的人鱼，挺着高耸的胸膛，伸展双臂遥对李文杰。

她的脸上，洋溢着久别重逢的笑容。

李文杰唱着：“嘟……哈……克……”

白发人鱼滚落两行泪水，语调颤抖：“嘟……哈……克……”

其余的人鱼持着骨矛，欢呼雀跃。

那一刻，我相信，“嘟哈克”就是人鱼语言中的“我爱你”！

他们，等了数百年，终于听懂了彼此的爱！

李文杰，不，人鱼跃入海中，劈开海浪游到断船。白发人鱼姿态优美地跃入海中，没有激起一点浪花。

他们相拥！

我心里很酸，很热。

一条人鱼从船舷爬上，把一方铁盒摆在船头，跳回海里。断船缓慢地下沉，海水从裂口往船舱涌入，渐渐没过了这群人鱼。

还有，这段，不为人知的人鱼传说！

十一

我不知道站了多久，直到海面波光粼粼，阳光碎洒。或许，他们正在海底，欢乐地遨游，与海豚嬉戏，与鱼群为伴，或者在珊瑚丛中寻找巨型贝壳里璀璨的珍珠……

“南兄弟，咱们该回去了。”李久波的声音打断了我跟着人鱼神游的画面。

“运气真好，暴风雨停了。”李久波手搭凉棚望着天际，“月兄弟还真是大方，把钱给了自己不来，就是为了让你看海景。”

我随口应了一声，看来是李文杰用幻术给李久波换了记忆。

“李哥，全速回岸！”

“好嘞！”

我打开铁盒，里面是一块拳头大小，满是窟窿的石头。

我拿起石头，分量比想象中沉了许多。我掂了掂，没看出所以然，把它放进包里。

极远处，普陀山立着一尊巨型白石观音，遥望大海，眉目间像极了那条白发人鱼。

“那尊观音，新建没几年，造型很好看。”李久波说。

也许，设计者是李文杰，寄托了他对人鱼的等待、思念、爱恋。

我迎着海风，深深吸了口气。

渔船斩破海面，海岸线就在眼前。

月饼，等着我！

异闻：

1980年，南海渔民打捞到人鱼尸体带回渔村，后被不明身份的人没收，并给他们柴油做补偿。南海地区自古以来就流传着鲛人的故事，传说在南海有鲛人，也就是通常所说的“美人鱼”。因为等不到心爱的人，每天坐在礁石伤心地迎风而泣，流下的眼泪化成了珍珠，这也是珍珠又名“鲛人泪”的由来。

宋代的《祖异记》记载，宋太宗时，有一个叫查道的人出使高丽，看见海面上有一妇人出现，“红裳双袒，髻发纷乱，腮后微露红鬣。命扶于水中，拜手感恋而没，乃人鱼也”。宋代学者徐铉的《稽神录》中，也有类似的记载。

另：海洋面积占地球的70%，最深的马里亚纳海沟11034米，比珠穆朗玛峰还多2000多米。已知海洋生物比地表生物多出数倍，按照生长概率、环境影响、进化条件，反而是海洋中应该生存着更高级的物种。

第二章 西夏死书

山林禁忌：

一、结伴入山不得直呼同伴姓名，应以姓氏，名字最后一个字，绰号称呼；

二、山间行走，如果察觉脚底出汗，立刻双手拇指掐中指第二指节，面向太阳所处位置深呼吸三次；

三、遇到山路两边树木有藤条连理，成棚盖形似于棺材，绕道而行；

四、听见林间杂草有“窸窸窣窣”的声音，不要第一时间张望，背对声源，舌尖抵住上颚，默念同伴名字；

五、扭伤脚踝或被树枝刮破皮肤，查看周围有无潮湿冒泡浮土以及奇怪足迹，如果有，立刻远离；

六、阳光充足时，觉得前方有阴影，视线模糊，立刻掐虎口吐出肺里空气，屏住呼吸后退直至视线清晰；

七、突然有东西从背后搭到肩膀，切勿回头！

一

李久波一路扯东扯西，聒噪不已，我心里有事懒得回话，给月饼打了几次电话都是关机，想想这段匪夷所思的经历以及李文杰最后说的半截话，一口气更是憋在胸口半上不下堵得难受，索性打开手机图片研究下一个任务线索。

其实出海的时候我就已经看过几次图片，背景是似人似兽的圆形头像，大小两个圆圈构成头像眼睛，光秃秃的脑袋很随意地画了数十根竖条代表头发，八个半椭圆形由左眼至左嘴角排成半个圆弧，左鼻有几个三角形的东西。

我琢磨了半天也没搞明白这是什么鬼玩意儿，越看倒是越像古玛雅岩画和太阳神金字塔。难不成哪一代异徒行者吃饱了撑的漂洋过海把任务线索留南美洲了？

我脑补月饼穿着花里胡哨的沙滩裤，戴着墨镜草帽在巴西和一群身材火辣的娘们儿跳桑巴舞，这玩笑可就开大了。

“死马当活马医”，我顺手把图片发到几个微信读者群，想起“天空之城”线索是李念念想出来的，又给她发了一张。

不多时回复甚众，正所谓“鸡多不下蛋，人多瞎胡闹”。有说“这是失落的亚特兰蒂斯壁画”，有说“肯定是东北萨满部落图腾”，有说“羊叔绘画技能好刁钻”，直到李念念言之凿凿确定“很像美国火星探测器传回的地表信息”，我这才发现，我联想到南美洲的想象力是多么匮乏。

就这么心烦意乱上了岸，我直奔停车区，不出所料，月饼把车开走了。

月无华，你这是不给小爷留后手啊！

我急得满地转悠，忽然想到车里有卫星定位系统，给李奉先发了条微信让他定位车子在什么地方。

这时忽然来了一条短信，我点开一看，居然是某著名旅游网站发来的“上海至西夏宁川”的机票订购信息。

月饼在宁川市？机票是他订的？他怎么知道我正好完成了“人鱼任务”？难道月饼出了危险，订票的另有其人，下个套诱我过去一网打尽？

我冒起一阵寒意，观察着休息区的游客，并没有发现异常。

就在这时，李奉先的电话打了过来：“南爷，我咨询了客服，车子在宁川停了一整天，出事了？车子被偷了？”

我匆匆回几句挂了电话，拦了辆出租车直奔上海虹桥机场。

二

舟岛离上海不到三百公里，我给了司机师傅三倍的钱，一路风驰电掣，感觉打了个盹儿的时间就到了虹桥机场。

我取了票又给月饼打了几个电话，始终处于关机状态。我在心烦意乱中上了飞机，趁着空中小姐还没提示关机的时候上网搜索关于西夏宁川的资料。

一个戴着鸭舌帽，墨镜遮了大半边脸，高领毛衣挡着下巴的女孩坐到身旁空位。

“南晓楼，好久不见。”

连番的事情弄得我神经敏感，一把攥住她的脉门暗暗用力：“你是谁！月饼在哪儿？”

女孩感到痛，单手摘了墨镜，皱眉瞪着我：“你弄疼我了！”

我盯着女孩脸颊两坨淡淡的高原红，张开的嘴巴能塞下一个拳头：“卓玛！怎么会是你？”

卓玛揉着被我攥红的手腕：“很奇怪么？”

我的脑子彻底转不过来了，吭吭哧哧不知道该说些什么。

“到了宁川听我安排。”

“你给我订的票？”

“嗯。李叔算好了时间让我订票。”

“李文杰？”

“除了他还能有谁？他已经变成人鱼了吧？”

我觉得脑浆如同岩浆，烫得脑瓜子生疼，咕嘟嘟冒出无数个问号气泡：“这到底是怎么回事？”

卓玛鼻子微微皱着，很奇怪地问道：“月无华和李文杰没有告诉你？”

我虽然不明白卓玛这句话的意思，看她不急不慢的状态，心里倒是踏实了七八分，不过也有些失落感。

月饼和李文杰密谈那两个小时，肯定还有一些我不知道秘密。从卓玛对李文杰的称呼推断，估计她和月饼也私下接触过。他们三人共同保守着一个我不知道的秘密，这种“始终被蒙在鼓里”的感觉，让我很不开心！

我一字一顿道：“卓玛，你必须把所有事情告诉我！”

“不要多问，我所知不多。如果月无华顺利完成任务，一切不需要我解释，”卓玛眼神有些茫然，盯着机舱天花板，“李叔找到我之前，我根本不相信那些梦……”

她长长的睫毛微微颤动，眼睛里蒙了一层雾气，洁白的牙齿轻轻咬着嘴唇，似乎在强忍着某种悲痛。

我一肚子疑问却不好再询问，递给她一张面巾纸。卓玛接过纸在手里攥成团：“南晓楼，你要做到相信月无华那样相信我，因为我是……”

说到这里，卓玛展开面巾纸，撕成一绺一绺的纸条，再不说话。

我心说这些人怎么都喜欢说话说半截儿，这是在说相声呢？

我忍不住正要追问，手机铃声响起。

我看了一眼来电显示，一阵狂喜：“月饼！你丫可算是回电话了！怎么样了？”

话筒里传出剧烈的喘气声、岩石滚落声、树木折断声，隐约能听到形容不出来的奇怪声音，既像是风吹过山谷的“呜呜”声，又像是某种野兽的嘶吼声。

“南瓜，不要执行这个任务，不要相信……”

月饼急促的声音戛然而止，手机坠地的巨响震得我耳膜生疼，再没了动静。

我回拨过去，再次关机。

卓玛眼神很复杂地看着我：“月无华打来的？”

我的心脏跳得厉害，脸上却做出若无其事状：“他说任务快完成了，咱们去不去无所谓，丫就这个德行。”

卓玛点点头再没言语，靠着座椅闭目养神。

我看着这个只见过两次的神秘女人，只觉得全身冰冷。月饼分明是遇到了极度危险，紧急关头给我打了电话。他说的“不要相信”，肯定是指卓玛。

我亲身经历了李文杰异化成人鱼，见证了他与美人鱼横亘数百年的爱情，刚刚建立起来的信任，瞬间粉碎。

月饼生死未卜，我却只能等着飞机起飞。这种焦躁的心情，几乎让我崩溃。

“休息一下吧，到了宁川还有一段路要走。”卓玛喃喃低语，“我要继续做梦了。”

世界上最绝望的事情，不是朋友在你背后捅了一刀，而是你明知道这个所谓朋友是敌人，随时会捅你一刀，却为了不得不做的某些事情，时刻保持警惕又装作浑然不知的模样！

我强忍着把她一拳打倒逼问真相的冲动，嗓子干涩地回了一声，匆匆搜索着关于西夏宁川的所有资料。

空中小姐提示乘客关闭手机，我关了手机，一条线索在脑子里隐隐成形：

从我们担任异徒行者以来，始终忽略了一个重要线索。好几次任务和传说中，都出现过西夏文。那张没弄懂的任务线索，分明是西夏王朝时期的半人半兽图像，八个半椭圆形是贺兰山脉的走势，三角形的东西是号称“东方金字塔”的西夏王陵！

飞机轰然启动，由慢及快，强烈的压差造成耳膜鼓胀。隔窗而望，城市终于成了云彩下端一片片微型建筑群，蛛网般的道路疾驰着凝成黑点的车辆，如同人体血管里的细胞，维持着城市生命。

我深深吸了口气——

月饼，你要活着！

三

飞往宁川的路上，卓玛始终熟睡，或许是装睡，不愿和我说话。我知道问不出什么线索，闭目养神把整件事从头到尾分析了一遍：卓玛是敌对方，完全可以在月饼打来电话的同时对我有所行动，没有必要费尽心思和我一起去贺兰山。也就是说，卓玛不一定是月饼提示的“不要相信”那个人。除非这个任务需要我和月饼共同参与，月饼在贺兰山被某些人控制，就等着她带我送上门。

卓玛是敌是友暂不明朗，只有等到进了山才能得知。如果卓玛是敌，那么月饼十有八九没有生命危险；如果是友，月饼很有可能出了事，我需要面对的是这么久以来第一次真正意义的对手。

如此一想，我反倒更希望卓玛是敌人！

可是卓玛真的是敌人，她肯定会和某些人建立联络方式，知道月饼被控制而我在撒谎，那么这场博弈我已经输了先招，只能在接下来的行动中见机行事。

我本来还想把月饼的通话内容告诉卓玛进行试探，想到这一层还是忍住了。而且在我最主观的意识里，绝对相信月饼无论遇到什么情况，都能化险为夷。但是月饼真把问题解决了，我傻乎乎跟着卓玛进山，岂不又成了人质引月饼出来？

我几次想趁着空姐不注意，打开手机查看是否有月饼未接来电的短信提示，又担心引起卓玛的警惕，如此心乱如麻地到了宁川机场，脑子乱腾腾比熬夜写了通宵稿子还累。

冬天的宁川极为寒冷，远远能看到巍峨的贺兰山银装素裹，屹立于云天交界处，想到这一次任务的艰巨，我紧张得手心冒汗。

卓玛望着贺兰山，双手交叉，手指抖动如同火焰，缓缓举到额头，拇指抵着眉心，抑扬顿挫地哼着类似于梵文的音调。

我想起她讲述的“人獒王”的故事，心里一动：“你的那面鼓呢？”

“放在该放的地方，”卓玛呵出一口白雾，“月无华在电话里到底说什么了？”

我正犹豫着是否回答，卓玛握住我的手，直视着我的眼睛：“你一定要相信我。”

她的手柔软冰凉，我如同握着一坨冰块，冻得血液都要凝固，心里却一阵清明：“月饼不让我执行这个任务，不要相信……然后电话就关机了。”

卓玛抽出手摘下背包翻着：“你为什么不早告诉我？”

我心说还没弄明白你是干吗的，告诉你有些太实诚了吧？还没等我想好词解释两句，卓玛从包里取出塑料袋塑封的植物塞我手里：“一小时，吃一根。”

我瞥眼一看，居然是一袋子香菜。

“本来还想买些装备登山，现在来不及了，”卓玛扬手拦出租车，“也许是他们已经行动了。”

我很莫名其妙地捧着香菜：“他们是谁？”

“李叔对我说过，有个组织一直在暗中阻挠异徒行者的任务。你们执行了这么多次任务，他们始终没出现，所以决定让月无华提前来这里，但愿他没事。”卓玛咬着嘴唇，牙齿深深陷进唇肉，“实在太大意了！这次任务在灵蛇洞，南晓楼，我相信你能做到。”

卓玛的眼神中有种让我无法拒绝的信任。

除了月饼，我从未被人如此相信。

四

“休息一下，”我攥了个雪团塞嘴里当水喝，“到‘豁了口’了，灵蛇洞很近。”

卓玛“嗯”了一声，靠着我坐下，脱鞋搓着脚踝。

这已经是进贺兰山第二天了，原本并不远的路程，因为齐膝厚的积雪，走起来异常艰难。虽然入山前买了两件登山服，依旧挡不住刺骨寒气。偏偏树枝满是积雪，生火实在太耗费时间，我们只好靠走路和二锅头保持身体热量。

卓玛的身体素质很出乎意料，脚力居然和我旗鼓相当。一路上我问了不少事情，卓玛所知不多，所有的事情都是李文杰交代了过程没讲原因，只知道任务地点却不知道具体是什么任务，而且我能感觉到有些话她始终不愿说。我担心月饼也没心思多聊，就这么闷头前行。

我揉着被雪地反光刺痛的眼睛：“扭着脚了？”

“没，脚底有汗，”卓玛脱掉袜子，一双脚冻得通红，腾腾冒着蒸汽。

我有些心疼，正准备清出一块空地，折些树枝生火，却看见“豁了口”沟里的一块巨石站着一个半米高的小人，“刺溜”缩回巨石后面。

我以为是雪光造成轻度雪盲形成的错觉，运足目力仔细看去，那块巨石很像人的一只脚，磨刻着两个大脚印，一前一后，好像巨人跨大步时留下的印痕。

“南晓楼，你看见了么？”卓玛声音轻微颤抖，又往我怀里缩了缩，“我好像看到一个人。”

这一天一夜接触，我发现卓玛极为单纯，远非那种探险小说里面无所不能的女主角，除了体力好、身份神秘，完全就是个普通女孩。

这倒真是出乎我的意料。

我想拍拍她的肩膀安慰，觉得不太合适，交代了一句“在这里等我”，起身向巨石走去，边走边回忆着搜集的资料。

“豁了口”其实就是贺兰口。传说仙人在此开山时豁了口，留下此足印，黑狼氏初祖踏了足迹后有了身孕，繁衍成后来的贺兰部。直到现在，有些不孕妇女，都要到这里来摸一摸仙人脚印，据说回去之后就能怀孕。

由此推之，这块巨石应该就是仙人脚印石。

走到巨石跟前，我才察觉忽略一个常识性问题：满山积雪，唯独这块石头没有一点残雪，这根本说不通。

我试着摸着巨石，触手温热柔腻，完全没有石头的硬度温度，倒像是摸了一坨刚从动物身上斩下的肉块。我观察着附近的地势格局，峡谷走向为“东西狭长，北宽南并口”。

这种山谷格局极像子宫，有个专门的说法是“山谷似宫，石中有胎”。从堪舆上来讲，这种形状的山谷为先天胎谷，如有巨石恰巧在谷口，也就是宫颈位置（南方），“山南水北谓之阳”，巨石在南属阳，水为阴，巨石遇水，阴阳交合则成胎石。

中国古代许多求子的寺庙也是依此格局而建，求胎者进入这种建筑，体内胎气勃动，极易受孕，如果格局相反，则极难受孕。

延伸至现在建筑，宾馆也好，房屋也罢，卧室与卫生间的方位也是有这些讲究。这也是为什么有些男女极易怀孕，有些男女始终不孕的部分原因。

这块巨型胎石怎么也有千万年历史，胎气极盛，难怪有“摸脚印求孕”一说。刚才出现的那个小人，说来好笑，男女若在这种地方，先天胎气受阴阳两气感应化成人形，也就是我和卓玛看到的情形。

有些人夜间熟睡，会觉得有小孩趴在床角，冒个头就不见了，或者用指头点着脚趾头数来数去，多半是这个情况。只需用红绳系住床脚就可化解。

我远远看着卓玛穿上了鞋，正想着怎么跟她把这事儿说清楚不至于尴尬，忽然看到巨石底部极不显眼的位置有刀刻痕迹，似乎是一幅岩画。

五

贺兰山又称“鬼山”，自古以来作为中原和西域的天然屏障，为兵家必争之地。宋朝抗金名将岳飞的《满江红》里曾有这么一句：“驾长车，踏破贺兰山缺。”可见此山的军事重要性。贺兰山的明长城更是见证了鞑靼和明朝持续180多年的军事纷争。故此，千百年来贺兰山埋葬了无数战士的尸首，阴气极重。

清朝《杂事轶闻》曾记载：“贺兰山阴，猎户入山，遇怪，铠甲零碎，长发覆面不见其容，嚯嚯声似犬吠，须臾不见。或曰，此乃前朝兵士。”

除此之外，还有另外一个原因，那就是贺兰山岩画。经过普查统计，岩画分布在贺兰山中方圆2平方公里的范围，相对集中于山口1000多米长的南北沟谷两边岩壁，一共3128幅。

这些岩画起自远古终自西夏，画像内容繁多，造型怪异恐怖。山民入山见到岩画，认为是不祥之兆，就像是看到了厉鬼，所以贺兰山又被称为“鬼山”。

我最初看到的任务图片，就是其中一幅肖像岩画。

说起来这幅岩画大大有名，专家根据这幅相貌奇怪的人物画推断贺兰山曾是外星人在地球的驻点，又找到类似飞碟降临的岩画做佐证。

我对此深不以为然，各个朝代在贺兰山打了上千年的仗，外星人住这里也不嫌烦得慌。起码也要找百慕大那种人迹罕至、风景秀丽的地方做基地吧？

我这人命犯太岁好奇心重，所以看到石刻岩画后，不禁多看了几眼，不禁倒吸了口凉气！

这个石刻居然是“62188”的繁体字。这行字下面的石缝中，还夹着一块牛仔布。

这块布和月饼穿的牛仔裤一个颜色！

我的心脏猛跳了几下，把布扯出，歪歪斜斜一行笔迹尖锐的红字：“南瓜保护卓玛手机坏了我没事别过来等我。”

我闻了闻，字里透着血的味道。字迹潦草，依然能看出是月饼的笔迹，并且是用桃木钉蘸着血写出来的。显然是事情紧急，连标点符号都没有。

“卓玛，我找到了月饼了！”

我举着牛仔布扬了扬，这才发现，卓玛不见了。

六

我跑到卓玛失踪的树下，除了我来回走过的痕迹，只有卓玛留下的几个脚印，白茫茫的雪地偶尔露出的杂草和成片的树木，朔风卷起雪末，打着转在林间盘旋，宛如一个个白色幽灵。

尽管贺兰山寒冷异常，我依然出了身汗，脑子转得生疼。发现月饼的布条到卓玛消失最多一分钟时间，她究竟遇到了什么？怎么可能在毫无声音的情况突然凭空失踪？

汗水浸透衣服，遇冷变得冰凉，贴在身上就像是一张薄冰。我打了个寒战，大声喊着“卓玛”。回声在山间震荡，山顶积雪滑落些许，沿着山体跌跌撞撞滚成雪球，撞到一块突兀的岩石，崩得粉碎。

我心里一动，突然想起“贺兰山雪女”传说——

雪女原本是宋朝女子，与丈夫展雄辉逃避宋辽战乱，流落至西夏，开了个面馆相依为命。西夏自李元昊建国后就大兴儒学，提倡宋朝礼仪，可是宋人在西夏的地位并不高，尤其是外来宋人。他们担心宋朝派来的间谍，监视严密，一举一动稍有异样，立刻杀掉。

偏巧夫妻俩做的面特别好吃，西夏人喜吃面食也算是投其所好，再加上两人生性本分老实，这才算是在都城立住了脚。

说到夫妻俩的面食手艺，倒也算是一段机缘。他们来到都城已经饿得奄奄一息，在一家面铺乞讨。面铺老板也是宋人，见两人可怜，自己又年事已高，动了恻隐之心，将夫妻俩收留，把做面手艺倾囊相授，只希望死时有人收尸送终。

夫妻俩自然感恩戴德，把手艺学得精熟，对面铺老板更是如对亲父。

如此过了两三年，面铺老板得了风寒卧床不起。夫妻俩找遍名医，老板也喝了无数中药不见好转，没出一个月瘦成一把骨头，躺在床上进气不如出气多，眼看着活不了几天。

老板自知时日无多，把夫妻俩喊到床前，指着墙角的一坛大缸，讲了做出好面的秘方。

俗话说“三分面七分汤”，面食好吃的关键是汤料的味道。老人年轻时跟山中异人学了制汤的妙招：松枝做木柴，贺兰山积雪为水，带肉的牛腿骨煮出白沫血水，捞出换一锅好雪。牛腿骨重新入锅，配上花椒、大料、八角、肉蔻、荜拨等调料，猛火炖出香气，扣上锅盖小火慢熬三天三夜。直到牛腿骨炖得酥软，汤汁全煲进骨中，将牛腿骨捞出，放入谷物中风干，再用磨盘研磨成粉，翻炒至八分熟，当作汤引子放入缸中阴存。

每次做面的时候，只需一小勺汤引子，满锅香气四溢，做出来的面自然好吃。

老板传授了汤引子的做法，咳了几口血陷入昏迷。夫妻守到半夜，老板长吸一口气，挺身坐起，面色红润。

展雄辉心里明白，这是临死前的回光返照，急忙让雪女取出早就备好的寿衣，趁着老板尸骨未硬提前穿上。

老板盯着那口大缸，交代了一句“有些人不喜牛骨之味，面中放入香菜可调和，切不可忘”，眼一闭，咽了气。

夫妻俩厚葬了面铺老板，日夜辛劳撑起面铺，日子虽然过得辛劳，倒也不愁吃穿。

这一缸汤引子眼看见了底，展雄辉按照方子又熬制了一缸，和原来的汤引子混在一起，可是味道总是差了那么一点儿。展雄辉自知可能是火候不到，也没有在意。倒是每碗面加香菜的做法延续下来。

偏偏有些食客受不了香菜的味道，总觉得香菜发臭，味道又苦又怪，更有些食客闻到香菜味就恶心呕吐。

七

展雄辉是个挺讲死理儿的人，牢记面铺老板临终遗言，也是对老板报恩，每一碗面必加香菜。

如此又过了几年，面铺名气越来越大。一日，夫妻俩正在做面，突然来了一队士兵把食客们赶走，拥簇着身着华服的贵人进了面铺。贵人往桌上拍了一两金子，声称只要面做得好吃，就可入西夏籍。

展雄辉见这阵势哪敢怠慢，精心烹制了一碗好面，小心翼翼端上桌。贵人凑着鼻子闻了闻，脸色泛青，两腮长出一片猩红色的小疙瘩，扶着桌子呕吐不止。

夫妻俩吓得“扑通”跪地，士兵们抽出腰刀架上两人脖子。贵人呕吐了半天，从碗中挑起一根香菜，强忍着又闻了闻汤味儿，面色一变，留住活口下令搜家。

士兵们连砸带挖，从面铺老屋的床底掘出一个大坑，里面全是爬满尸虫的人体骸骨，每具骨架唯独少了腿骨，骸骨堆中还放着一个刻着五种毒虫的铁盒。

贵人打开铁盒，取出几根竹简，细细读罢，面色讶异道：“中原竟然有人知道这个秘密。”

话刚出口，贵人自知失言，命士兵把夫妻带走，放火烧了面铺。

夫妻俩自知活不了，也不挣扎，任由士兵被带到军营。

贵人命令士兵从坟里挖出面铺老板早已腐烂的尸体，架起大锅，倒水烧沸，把尸体丢进锅里。顿时尸虫煮爆，臭气四溢，一层厚厚的油脂铺在锅面，水泡咕嘟嘟冒着，偶尔有几块人骨浮起，很快被翻腾的沸汤卷进锅里。

夫妻俩看得心惊胆寒，想想自己的下场也是这样，不禁抱头痛哭。

贵人冷冷一笑，说出了一个可以活命的条件——夫妻俩只要有一人愿意喝下三碗煮沸的人汤，如果不死两人都可活命，如果死了另外一人活命。

雪女抹了把眼泪，凝视着展雄辉：“你要好好活着。”

展雄辉把雪女推翻在地，几步跑到锅前，举起碗就要舀汤。

雪女哭哑了嗓子，号声凄厉如同厉鬼，正要冲过去，却被士兵一棍打中膝盖。骨裂声响起，雪女跪倒在地，双手抠进土中艰难地爬着。

“雄辉，要死一起死。你走了，我也活不了。”

贵人缓缓击掌：“呵呵，好恩爱的夫妻。”

天空，飘起了鹅毛大雪。

八

展雄辉站在锅前，举着碗的手抖个不停，热腾腾的沸汤泛着油泡，面铺老板的头骨从汤中浮出，黑洞洞的眼眶喷着热气，扑到他的脸上。

展雄辉“啊”的一声长号，连手带碗探入汤里，不顾满手燎泡捞了满满一碗沸汤，跑回雪女身前，捏着雪女下巴猛地灌了进去。

“你是我的老婆，为我死是应该的！”展雄辉双眼血红，脸部扭曲狞笑着。

沸汤大半灌进雪女嘴里，小半洒在她的身上，“嗞嗞”作响，一片裹着脓液的燎泡“唰”地冒出。雪女痛得拼命挣扎，却被展雄辉一脚踹中肚子，仰面摔倒。

雪女满脸不信地伸手指着展雄辉，张嘴“啊啊”了几声，舌头、口腔、牙床全都烫成烂肉，嗓子也被烫得稀烂，再也说不出话。

展雄辉又捞起一碗汤，对着雪女的脸浇了下去。好好一张脸皮瞬间皮开肉绽，那双绝望的眼睛也被沸汤烫烂，在眼眶里汪成一窝黏液。

第三碗灌进，沸汤从雪女烫烂的喉咙里流出，掺着血液凝在雪里，结成一坨坨红色的冰渣，很快又被大雪覆没。

展雄辉木然地跪着，捧碗痴痴呆呆地看着雪女尸体，嗓子里响着无意义的喉音。大雪覆盖了雪女，只有那只手兀自竖着，像是一只砍掉的手插在雪里。

围观的士兵都不忍见到如此残忍的场面，几个性子暴烈的士兵按捺不住怒火，从展雄辉手里夺过碗，舀了沸汤准备给他灌进去。

贵人微微笑道：“君无戏言，他这么做没有违反条件，把他的命留下。”

展雄辉这才如梦初醒，拼了命地磕头。

“不过，”贵人仰头任由雪花落在脸上，陶醉地眯着眼，“你们夫妻一场，你背着她的尸体，送到贺兰山埋葬，你就可以走了。”

展雄辉忙不迭地搬着雪女胳膊，把尸体架到背上，由几个官兵押解，一步一挪地向贺兰山走去。

血落雪中，蜿蜿蜒蜒洒了一路。

贵人摆弄着刻了五毒的铁盒子，随手丢进火里，直到铁盒烧红融化，才转身回了营帐。

九

展雄辉背着雪女的尸体进了贺兰山，到了“豁了口”的仙人脚印石，几个押解的士兵看到左右没人，使了个眼色，抽刀准备杀掉这个畜生。

展雄辉见士兵抽刀，知道活不了，更恨自己一时懦弱，竟做出这种事情！他一时间良心发现，对着贺兰山高喊：“雪女，雪女，展雄辉对不起你！今生还不了，来生我做牛做马还！”

不多时山谷间满是展雄辉凄厉的回声。绝望之中展雄辉说的是宋语，几个西夏士兵根本听不懂，挥刀的手略略迟疑。

就在这时，雪女的手动了一下。士兵们以为花了眼，再仔细一看，雪女耷拉的手微微抬起。西夏人本就相信鬼神，见此情形，以为雪女怨气不散诈了尸，哪还顾得斩杀展雄辉，怪叫着一哄而散。

“不用等下辈子。”雪女呵出一口青色的气，在展雄辉耳边轻声说道。

展雄辉刚刚冒出的良心顿时吓破了，把雪女远远扔出，连滚带爬逃去。

“蓬！”

雪花飞扬，雪女浑身浴血地从雪中站起，被沸汤烫得卷曲的长发无风自动。

展雄辉双膝一软，跪在雪里：“雪女，放过我，我不想死。我一定日夜供奉你的灵位，让你超度。”

“你又何苦，”雪女轻轻抚摸着他的头顶，“我本想代你去死，你又何必多此一举。”

“我该死……我该死……”

“既然该死，那就死吧。”雪女的手指插进展雄辉太阳穴，长发如同万千根空心毒针，刺入他的面部，血顺着头发汩汩流进雪女身体。

展雄辉全身哆嗦，“嗬嗬”怪叫，皮肤瞬间塌陷干枯，变成死灰色，紧紧裹着骨架，不多时就化成了一具枯黑的干尸。

雪女吸足了精血，身体复原，默默地盯着展雄辉的干尸，两行清泪顺着脸颊滑落。

许久，她才对着贺兰山拜了几拜：“世间男女皆薄幸，情至深处却无情。”

一年后，贺兰山百姓流传着两个恐怖的传说：

西夏大将没藏讹庞（人名）巡视贺兰山时莫名失踪，被发现时已经变成一具被吸干了精血的枯尸；

入贺兰山千万不要喊名字，尤其是男女入山更要切记，否则会有一个全身覆雪的长发妖女出现，对着男女的眼睛吹一口气，冻成冰球敲碎，再用头发吸取男女精血。

十

想了这么多，其实就是一眨眼的工夫。

我之所以想到“贺兰山雪女”的传说，是因为卓玛见到我时给了我一袋子香菜，让我每隔一小时吃一根。这个传说中有很多令人费解的地方，但香菜似乎是一条重要线索。经历了李文杰变成人鱼这件事，谁又能保证行踪神秘、一肚子心事的卓玛和雪女之间没有关联？否则她怎么会凭空消失？

我还有个不愿意承认的想法，入山以来我一直喊卓玛的名字，或许是因此触犯了禁忌，导致雪女出现卓玛失踪？

这时，手机闹钟响了，突如其来的声音把我吓了一跳。卓玛入山前叮嘱我一定按时吃香菜，让我定了闹钟。

我摸出香菜放嘴里慢慢嚼着，原本并不浓郁的香味忽然变得浓烈，菜汁苦涩不堪。渐渐地，香味转成很奇怪的臭虫味，从喉间涌进鼻子，熏得脑壳子发蒙。菜汁顺着食管滑进胃里，就像是一条黏糊糊的蛇钻了进去，搅动着肠胃阵阵抽搐。

我实在忍不住，扶着树“哇哇”地吐。差点没把肠子吐出来，直到肚子里实在没东西了，才又呕了几口酸水，脑子天旋地转，眼冒金星地靠着树喘粗气。

“擦擦嘴。”卓玛从身后递过一张纸。

我吐得思维完全不运转，竟然忘记了卓玛失踪，顺手接过了纸。我擦了几把，脑子略微清醒才反应过来。

“卓玛！”我转身回看，树林顶端有干枯的藤条连理，搭成一个林荫野路，碎雪顺着藤条缝隙“簌簌”下落。

哪里有卓玛的影子？

我再看看手里，一丝冰冷的恐惧从心底冒出。

这张纸，是一张古时祭祀先人用的外圆内方纸钱。

尽管此时是正午，林荫野路遮着阳光，显得分外幽暗。我不知道站了多久，也许是过于恐惧的原因，脚底出了很多汗，粘着袜子很别扭。

我轻轻抬脚，鞋里“咕叽咕叽”像是蓄满了水，踩着黏滑湿腻。我突然想起，卓玛失踪前曾经说过“脚底有汗”。我一直这么站着，根本没有活动，脚底怎么会出这么多汗？

这里面到底有什么关联？这是否和卓玛失踪有关？刚才是谁递给我一张纸钱？为什么她的声音和卓玛一模一样？难道我遇到了《山海经》里记载的专门模仿人声的魍魉？

我越想越烦躁，一拳打到树干，树枝积雪落进脖子，冰凉中带着一丝痒痒。

我顺手摸了一把，却摸到了一丛毛茸茸的东西。我歪头一看，一把雪白的头发垂在肩膀，慢慢绕过脖子。

这一惊非同小可！我急忙侧身一滚躲过头发，没想到那丛头发“蓬”地张成千百根，弯弯曲曲向我卷来。

眼看着头发越来越近，我吸了口气，等到头发还有半米的距离，闪身绕到树后。那丛头发果然缠住树干，结结实实绕了几圈，“咯吱咯吱”拽着。

我压着心跳顺着头发向上看去，只见树顶藤条中间夹着一张女人脸，下巴极尖，眼睛完全是白色，脸更是白得如同扑了一层厚粉。

她的白眼珠似乎看不见东西，抬起鼻子对着我的位置闻了闻，咧嘴“咯咯”一笑，向后甩头，那丛白发收了回去。我扶着膝盖喘了口气，抬头看着被积雪压成弧形的藤条，终于明白卓玛在哪里了！

我扫了树林一圈，并没有什么“养阴”“聚煞”的格局。那么刚才那个女人，很有可能真是传说中的雪女。

想到卓玛生死不明，我顾不得许多，抱树抬脚就往上爬。突然，我觉得脚踝一紧，似乎被数根头发缠了个结实，一股巨力拖拽着我向树荫中去。我整个人陷进雪里，满头满脸都是积雪，双手撑地对抗那股力量，可是雪地下面是一层冰，根本没有着力的地方。

我心说这个雪女明着不玩居然玩阴的，一时上了狠劲，腰部用力顶地向前弹起，趁着那丛白发不受力略微弯曲，蜷膝挥军刀正要斩落，又一丛头发从藤条中落下，把我连手带脚扎扎实实缠得紧，倒悬着在半空中晃悠。

“他妈的敢不敢面对面过两招！净干这下三烂的手段算……算什么好娘们儿！”我也不管雪女能不能听懂，破口痛骂。

这几年经历了不少危险，没有一次这么窝囊。更可恨的是雪女把我吊半空再没了动静，分明没把我当盘菜。

我心里这个火“噌噌”直冒，想到雪女是用头发把我吊住。不消说，她的脑袋肯定撑着力气，我立马像一条刚掉出水面的鱼胡乱扑腾，万一赶上哪股寸劲儿把她脖子晃落枕也算是出了口气！

“南瓜，别说话。”

我边晃边骂正起劲，忽然听到月饼的声音，这么片树林，哪里有月饼的影子？没的说，肯定是雪女又整了幺蛾子，正想找几个硬气的词儿接着骂，月饼又说道：“南少侠，能不能像我这样成熟点儿？你就是骂破大天还是吊在空中的死鱼一条。”

我半张着嘴顺着声音寻去，只见两三米外的那片雪地有个极不显眼的人形隆起，一根芦苇插在人头位置。

“你丫怎么在这儿装忍者？居然见死不救！”

“你死了没？”月饼从雪地里伸出三根桃木钉，对着我点了点算是打招呼，又把左右两根收了回去，留下中间那根当中指：“让你保护卓玛保护到哪里去了？”

我本来就倒吊着脑袋充血，看到这个手势差点没气吐血：“这到底是怎么回事？”

“来不及多说，继续等。记住，不管一会儿看到谁，都不要表现出我在的样子！”

芦苇管子冒出一缕青烟，我闻了闻，心里暗骂：“月无华，你居然还有心情抽烟！”

“南晓楼，好久不见。”

就在这时，树林外，传来异常熟悉的声音。

我抬眼望去，居然是他们!

十一

“相对于躲在贡城守着几个破盐井，还是控尸比较有乐趣。”

四个人停步在距离树林三四米的距离，居于中间的胖子上下扔着手里的一枚乒乓球大小的骨制圆球。

我终于明白月饼电话里让我不要相信的人是谁了!

周一平，周一和，苏秋材，大夯。

“爸，叔，其实异徒行者也是普通人。”大夯堆着满脸肥肉，歪头戏谑地瞄着我，“月无华死了，南晓楼像条死鱼。”

周一平拍拍大夯肩膀：“这么多年的安排，总算没有白费。”

“哼，如果不是牺牲了佳妍用这出苦肉计，他们也未必能上当。”苏秋材眼神瞥出一抹怨毒，一闪而逝。

“你的女儿不会白死。”周一和还是笑嘻嘻的模样，双手背后慢悠悠踱着步子。

我不明白其中的关键线索，可是几个人的对话已经提供了足够的信息量。我立刻意识到，他们并不知道月饼藏在这里。我按捺怒火，装作不相信：“你们几个装神弄鬼的玩意儿怎么可能是月饼的对手？大夯，你也挺有出息，连自己姓唐都忘记了？管他叫爹，呵呵。”

大夯晃悠着掌心的骨球，“嘿嘿”笑着并不作答。

“蛊族的月饼确实很强大，而且李文杰实在难对付，”周一平拔掉下巴的一根胡须随手弹掉，“所以当年我们用了个‘狸猫换太子’的办法。他才是我真正的儿子，魇族的继承人，周博文。”

贡城那段经历，我察觉到周苏两家始终面和心不合。听到这句话，我心里一动，月饼出于某种原因躲在雪地里，很有可能准备伏击他们。当前最好是挑起他们内部矛盾，分散注意力。

“哈哈，你们冰天雪地烧糊涂了？居然还‘狸猫换太子’，敢问谁是皇帝？”

“当然是我们周家！”

“当然是我们苏家！”

周一平、苏秋材异口同声说完，随即怒目而视。

“干得漂亮，拖延时间，我不能再说话，避免被发现。”月饼在雪里声音极低，芦苇不再冒烟，悄悄收回雪里。

果然，苏秋材眼角挤出一堆皱纹，瞪着周一平：“老周，你这话什么意思？我的女儿都搭进去了，终极秘密由我掌控。怎么？这些年的盟约想反悔？不要以为你们周家人多，别忘了，魇族实际由谁领导！”

周一平干咳两声，微微低头：“秋材，周家这些年唯苏家马首是瞻，你得到终极秘密，自然也有周家好处。我有些忘形，见谅。”

周一和打着圆场：“苏哥，您别介意，没有您运筹帷幄，哪有今天？”

苏秋材冷哼一声，面色倨傲：“博文，赶紧把他解决了，找到舟山任务的东西，别浪费时间。”

我暗自叹了口气，苏秋材能把自己女儿送上死路，可见心思歹毒，这种情况还如此自大，根本没把周家看在眼里，智商实在堪忧。

大夯倒是表现得很恭敬：“苏叔叔，还是您亲自动手，也算是完成多年心愿。”

“博文懂事。”苏秋材从腰间抽出神龙骨，左右一拧分成两截，倒出些许粉末往空中一撒，口中念念有词。

那蓬粉末飘在空中，像被无形的手捏成数十个骷髅脸，向林内飘来。我明知道月饼肯定会在关键时刻出现，可是这场面还是有些瘆人，满脸惊恐的表情倒不是装的。

感情我这根本不是被钓上来的鱼，而是挂在鱼钩上面的饵啊！

突然，大夯异常灵活地扭动肥胖身躯，转身，扬手，掷出骨球，准确地砸进苏秋材嘴里。周氏兄弟一左一右欺身而进，架住苏秋材的双手，大夯腕中滑出一把匕首，几步跃到苏秋材身前，扬手刺出。

一团鲜血喷出，落进皑皑白雪，化成一片细细密密血窟窿。粉末形成的骷髅脸，在空中“蓬”地散了，风吹无痕。

事情发生得太突兀，浓郁的血腥味儿随风弥漫，像一层黏腻的苫布笼在脸上，我不禁打了个哆嗦。

大夯拔出匕首，再次刺入，如此机械地重复了数次，才把匕首蹭着裤子擦拭血迹。

周氏兄弟这才放手，任由苏秋材仰天摔倒，满身血窟窿“汩汩”冒血和热气，很快被冻住。

“回答我一个问题，我告诉你月饼死在哪里，可以放了你给他收尸。”大夯摸着满脸血迹，伸舌舔舐。

十二

我心里真有些发毛，强作镇定：“你会这么好心？这种电影里的老桥段对我没用。”

“魇族有五十四种方法，可以让你恨不得现在就是个死人。”大夯吹了声口哨，很真诚地笑了，“南晓楼，同学一场，只要回答问题，你可以死得很痛快。”

我见月饼还没动静，不知道他葫芦里卖的什么药，心里有些着急，破口大骂：“你他妈的有脸说咱们是同学！同学就是用来耍心眼背后下刀子？”

“南晓楼，你太天真了。朋友、恋人、同学，都是人，都会有秘密、私心、欲望。太相信别人，受伤害的永远是自己，”大夯摇了摇头，“我一直奇怪，你和月无华这几年怎么能活下来？”

“我们不如你这么缺德，不会遭报应！”我怒挣缠身白发，发丝越勒越紧，深深陷进肉里。

“好人不长命。”大夯左腮微微抽搐，“南晓楼，只要告诉我怎么进入图书馆，我一定放你走。”

大夯这句话很出乎意料！

成为异徒行者伊始，安全起见，我确实在小院布下了几个阵法，但是只能防住不懂门道的普通人，没想到反倒成了大夯最想知道的事情。

我一时分析不出其中的原因，迟疑了片刻。周一和笑得很亲切：“晓楼，我们出动了好几批人去古城，有几个让李文杰拦住了，还有一个趁着你们执行任务去了酒吧，怎么也进不去图书馆，死在韩立开的宾馆。”

我盘算着出现在古城的“八族”，明白了周一和说的是谁，更解开了其中的一些关键点。时间紧迫来不及多想，我被白发捆得血脉不通，身子冰凉，意识也有些模糊，索性信口胡诌：“这么说起来，怪我咯？”

“别跟他废话！”周一平朝着苏秋材尸体吐了口吐沫，“区区一间房子，难不住魇族，实在不行就控尸进去。”

忽然，我有种很微妙的感觉，好像有一条无形的线即将把所有事情串联起来，我却找不到线头在哪里。

大夯举起匕首，迎着阳光端详着，刀尖闪着焊花似的亮光：“南瓜，我向你保证，相信我一次。”

“没用的废物！”周一平扬手扇了大夯两个耳光，“婆婆妈妈成什么大事！”

“爸，上学时他们对我挺好，帮我打过架，请我喝过酒，”血红的指印赫然印在大夯高高肿起的肥脸，“月无华死的时候……”

不知道为什么，我忽然对大夯有些恨不起来，虽然他才用极其残忍的手段杀死了苏秋材。

“小孩子总是这么多没用的感情，”周一和接过大夯手里的匕首，“去那边抽根烟，一会儿再回来。”

大夯木然转身，走了几步，又回身吼道：“南瓜，我之所以杀了苏秋材，是……是他当着我的面杀死了唐叔，为了诱使你们来贡城入这个局，又把唐有明、苏佳妍制成活死人。那天在饭店，月饼说‘相信我’的时候，我真想把真相告诉你们。你不知道，我一直很喜欢佳妍……”

“闭嘴！”周一平抬脚踹中大夯肚子，“不成大器的东西。”

大夯捂着肚子惨叫一声，脸涨得通红，蜷在雪地里如同一只臃肿的海虾，“呕呕”吐着酸水。

我弄懂了“狸猫换太子”那句话真正的含义了！

“医族”唐德忠的儿子唐有明，“魇族”周一平的儿子周博文，出于某种原因，在很小的时候就互换了身份。

这一刻，我觉得人心，复杂得可怕！

这一刻，我宁愿相信，大夯很真实！

“哥，别跟孩子生气，”周一和摩挲着刀刃，“南晓楼，知道什么是剐刑么？我一刀刀把你的肉割成片儿，很快你就能看到自己的骨架，还有跳动的内脏。到那时候再说，恐怕就晚咯。”

血液流动越来越慢，我的手脚已经失去知觉，我狠咬嘴唇用剧痛保持清醒，盯着月饼藏身位置。

月无华，你该出来了！

然而，直到周一平走到我身前，月饼没有任何举动。

周一平半蹲着举起刀，冰凉的刀刃沿着我的额头轻轻划动，寒气透过皮肤渗进血液，冻透了骨髓。

我的牙齿不由自主地碰撞，从周一平瞳孔中，我看到了自己惊恐扭曲的脸。

周一平摇着匕首轻拍我的脸，用一种欣赏、狂热、变态交织的眼神微笑，对着我的眼睛吹了口气：“我真正的职业，是雕塑师。我会把你的骨架完整保留，做成雕像，放到我在北京‘798’的作品群里，肯定很美。”

他的嘴里有一股浓郁的香菜味道，熏得我闭上了眼睛。

月无华，虽然不知道你在做什么，但是我相信你！

我会等到你出现！

一秒如同一世纪那么漫长，刀刃沿着我的脸部轮廓勾勒着，似乎在决定从哪里下手……

“咚……咚……”

熟悉的鼓声传入耳膜，清亮的梵音歌声响起。

积雪轰轰声、树木碰撞声、朔风呜呜声夹杂，鼓声、歌声却如同山中精灵嬉笑，空灵而不着痕迹。

渐渐地，声音由低至高，忽然拔了一个尖儿，像一溜烟花抛入天际，瞬间绽放，随即化作千百道五光十色，焰火层层叠叠绚烂着，明亮了黑夜。

歌声到了极高处，又拔高三四叠，如翱翔的凤凰，于云海深处振翅飞出，清啸苍穹。

自此之后，歌鼓声越唱越低，越低越细，极尽千回百折的婉转。如泰山云雾玉带，在山腰里盘旋游回；更像是溪间潺潺涓流，碰撞碎石嶙峋。

我听得完全忘记了当前处境，心神随着歌鼓声摇曳。忽然，缠身白发松开缩回，我坠入雪地，睁开眼睛，视线由模糊逐渐清晰，慢慢定格在身前一人。

卓玛！

周一平早已退出树林，匕首也丢了：“接引者！雪女没有制住你？”

“万物本自然，心魔何处生？”卓玛轻拍人皮鼓，“雪山清灵地，众生已苏醒。”

远山，皑皑雪峰，冒出十多个人形黑点，中间一人昂首望天，双臂高举，狮吼声如天雷滚滚，众人随声嘶吼，如同狮群从峰顶携风雷之势疾驰而下。

雪地暴起一团雪花，月饼跃出向前走着，一排桃木钉整齐地插在腰间，赤裸上身蒸腾着滚滚热气，水珠顺着岩石般坚硬的肌肉滑落。

每一步，都在贺兰山的积雪里，留下骄傲坚定的脚印！

月饼摸了摸鼻子，扬眉，嘴角上扬，笑了。

“你们也没想到，我没有死吧。”

我浑身泄了力气，瘫坐在雪地里：“终于等到你了。”

“谢谢！”月饼把我拽了起来，“别想偷懒，一会儿别掉链子。”

“我又不是自行车，哪来的链子？”我顺脚踹断跟手腕粗的木枝，解开皮带把军刀扎绑结实，做了个简易的木矛，“回头一定淘个称手兵器，省得每次遇到大场面出场都很没面子。”

“这时候，还有闲心斗嘴。”卓玛斜了我们一眼，嘴角抿着笑。

“卓玛，辛苦你了。”月饼望着远山奔腾而来的人群，“其实不需要他们帮忙。”

大夯目瞪口呆地望着月饼，又看看周氏兄弟，眼神越来越混乱。

“呵呵……异徒行者，接引者都在这里。”周一和瞬间恢复常态，“哥，省了很多事情。”

周一平从苏秋材嘴里掏出尸丹，合掌用力一握，一蓬灰色骨粉从指缝里迸出。他摊开手，用力一吹，骨粉飞扬。

林间杂草，“簌簌”作响，阴森沙哑的“呜呜”声此起彼伏，雪地里隆起一个个圆形雪包。

“你们也没想到，这里是魔族使用多年的积尸地吧？”

一个个腐烂、僵硬、干瘪，身穿各种年代破烂铠甲的士兵，从雪里爬出，“呜呜”低吼，机械地走到周氏兄弟身后。

“人獒需要三分钟能赶到，有信心么？”卓玛握着长发，从手腕摘下皮筋扎成马尾。

这个举动，很像一个人，一个我很熟悉的人。

“一分钟，你们就成了它们。”周一平左手搭住周一和肩膀，右手对着士兵向我们一挥。

兵群，动了！

月饼扬扬眉毛：“也许，根本，不需要人獒。”

我握着木矛，掌心清晰地感受到肌肉颤抖：“有帮忙总是好的。”

兵群齐齐发出嘶号，东扭西歪向我们蜂拥而来。

战吧！

十三

"互相保护。"

月饼右手握拳立于前方，三枚桃木钉夹在指缝，从兜里摸出一卷纱布把拳头缠了个结实。

兵群踩踏积雪前行，随着周氏兄弟手臂挥舞，猛然加速，雪花飞扬，阴冷肃杀之气扑面而至。

我和卓玛分立月饼左右，三人背靠背呈"品"字状，摆成应对群战最坚固的阵势。

短短几秒钟时间，兵群像潮水般涌动，我们如同激流中凸起的岩石，迎接着最惨烈的碰撞。

"嘭！"无声的撞击声响起，兵群疾冲而至，如同袋子中滚落的豆子，瞬间把我们覆没。

天地间，尸臭、骨粉味异常刺鼻。我无暇顾他，紧贴着月饼、卓玛后背，挥矛刺向身穿明朝服饰的腐兵。

"断它们手腿、脑袋，刺穿无用。"月饼左手抓住腐兵伸出的胳膊，右拳击中肘弯，桃木钉刺入、拧转，生生把臂骨卸了下来，又将臂骨直接插进腐兵眼窝。

"噗叽！"腐兵眼窝刺出一溜黑血，像断了电的玩偶，瞬间失去行动力，仰面摔倒。

我受到启发，矛尖略向上倾斜，从腐兵下巴刺入脑颅，小半截刀尖从颅顶冒出，一团棉絮状的腐败物涌出。

那一刻，眼前所有的景象似乎变慢了，耳朵却听不到任何声音，极端反差让我感觉很诡异。我清晰地看到一个腐兵摇晃着身体，双手胡乱挥舞，张开残缺牙齿的嘴巴，向我咬来。

我蹲身挥矛，切断腐兵双膝，腐兵那双半截小腿兀自插在雪里，上半身"扑通"倒地，手指扣进雪地，拖着身体向我爬来。我持矛插进腐兵后脑，一股灰气"噗"地冒出。

我心里有底了，这些腐兵足有三十多个，看着声势浩大，只要找准门道，这都是不事儿。

“魇族就这点儿能耐，难怪几千年干个偷鸡摸狗的勾当。”我故意喊了一声试图扰乱周氏兄弟心神，“小爷玩个《植物大战僵尸》都比这个有难度。”

我喊了这么一嗓子略微分了心神，腿肚子一阵刺痛，才发现从雪地里钻出一只腐兵，枯黑的指骨插进腿部肌肉，张嘴咬向我的脚踝。我小腿一麻差点失去平衡，正要挥矛斩断腐兵胳膊，一条白色哈达飞了过来，卷住腐兵脖子，“咯噔”拽断。

“小心。”卓玛沉声叮嘱，哈达不知道什么材料制成，沾着斑斑血迹飞起，甩向另一只腐兵，如同柔钢锻制的利刃，把腐兵拦腰切断，败絮状的肠子“哗啦啦”淌了一地。

“天蚕丝？”月饼挥拳横扫，直接把腐兵脸部划得皮开肉绽，拧腰侧身击中向我扑来的腐兵，“你没事吧？”

“小伤。”疼痛让我的肾上腺素迅速分泌，嗓子燥热像吞了块火炭，眼见一只腐兵从月饼身后冒出，急忙挺矛从月饼肩膀上方刺了过去，贯穿腐兵头部。

哈达从我们俩之间飞过，灵蛇般连续缠绕三只腐兵的脖子。卓玛手腕一抖，哈达紧收，三颗脑袋飞起。其中一颗脑袋异常执着，牙齿开合咬着雪地，一点点向我们的方向蹭着。

“这种时候还有心思聊天。”卓玛俏脸沾着星星血点，平添了几分英气，单手过顶手腕飞速旋转，哈达围着身体盘旋飞舞，径自杀进兵群。

我心说这娘们儿真厉害，今儿算开了眼，见识了什么是真正的女汉子。

受到卓玛战意感染，血液烫得血管生疼，我挥矛杀了出去。月饼更像金刚狼附体，在腐兵群里横冲直撞，大开大阖，木爪扫过之处，腐兵纷纷倒地。

不多时，腐兵群几乎全军殆尽。我偷眼瞥向周氏兄弟，两人各自胸有成竹地背着手，一点不为当前战况担心。

我隐隐觉得不对劲，暗中提高警惕，以防这两人再放什么大招，从雪地里冒出劳什子怪玩意儿。

月饼解决了最后几只腐兵，扬了扬眉毛：“魇族，不过如此。”

远山的人影已经奔至山谷，卓玛说他们是“人獒”，时间紧迫我没来得及多想，此时清晰地看到他们模样，我不禁倒吸一口凉气。

十四

这十多个人足有两米高，油腻弯曲的长发半遮高耸的颧骨，眉骨横兀凸起，眼睛赤红，鼻梁极低，鼻头却异常圆大，一张阔口喷着热气，尖利的牙齿滴着涎水，活脱脱一群站立的獒。

大夯手足并用爬到周氏兄弟腿边："爸，叔，咱们败了。"

周一平不以为意地笑着，周一和瞳孔忽地收缩："它们，终于出现了。"

人獒群在周氏兄弟身后三四米距离停住，破破烂烂的狼皮连襟无风自动，半裸身体长满粗硬体毛，肌肉高高隆起，古铜色的皮肤满是刀枪、兽爪留下的疤痕。

"圣洁雪山，珠母召唤，雄鹰翱翔蓝天，人獒永守贺兰。"为首的人獒声若野兽嘶吼，双手交叉在胸前，"是谁把我们从沉睡中唤醒？"

卓玛举起人皮鼓："尊敬的人獒之王，我挣脱千年羁绊，今世觉醒。我以人皮鼓的承诺恳求您，请协助异徒行者完成任务。"

人獒们见到人皮鼓，神色激动地捶胸长吼，竟然有几只人獒当场跪地，对着卓玛匍匐膜拜。

人獒王拨开遮挡眼睛的长发，虎目精光暴射："千年前，异徒行者使我们恢复人貌，尘封人皮之骨。我们就此立誓，永远遵从持鼓之人的命令。每次人皮之鼓现于人间，必是旷日持久的战争。这一次，仅仅是完成异徒行者的任务？"

"那个地方，人类去不了。"月饼解开缠着拳头的纱布，摸出烟点着，深深抽了一口，"我差点死在那里，在这片积尸地的冥雪里埋了三天三夜才复原。"

我脑子里冒出了无数个大写的问号，要不是当下这场景，几个人像演电影念对白，早就连珠炮问了出来。

人獒王微微讶异，扫视着我们三人，目光停在我这里，上下打量："人类可以去那里，只是你不合适而已。"

我被人獒王看得浑身不自在，又拿不准他说的“你”是指我还是月饼，很尴尬地扬手打了个招呼：“人……咳咳，您好。”

人獒王目光由我转向月饼，喉间含混不清：“真像。”

月饼弹弹烟灰：“像什么？”

“这不重要，”人獒王指着周氏兄弟，“他们，敌人？”

卓玛把人皮鼓别在腰间：“他们只是被欲望迷失了神智的可怜人。”

“呵呵……”周一平阴森森笑着，“敌人？他们才是。”

周一和从羽绒服里摸出一方木匣，取出一卷泛黄的羊皮纸，对着人獒群展开，血红色的文字笔法繁琐，分明是失传已久的西夏文字。

“西夏死书，人獒之咒。”周一和高声吼着，随即快速地念出了一连串根本听不懂的语言！

十五

周一平背手踱着步子：“李文杰这个猪脑壳，绞杀‘八族’近千年，想在罗布泊一网打尽，幸亏我们察觉得早。幻族的幻术确实高明，魇族根本不是对手。我们从罗布泊逃出，在贡城躲了这么多年，还是被他找上了门。

“不过这一次李文杰并没有动手，他说已经找到了接引者，很快就能唤醒真正的异徒行者，只要我们完全配合你们完成终极任务，就留我们的命。

“我们这才确定，流传几千年的‘异徒行者’和‘终极任务’的传说是真的。我们暗中收集了许多资料，结合魇族世代相传的记录，发现了一个惊人的秘密。

“魇族不但能控尸，还与人獒有着千丝万缕的联系。当年将人獒转为正常人的异徒行者，就是借助了魇族的力量。那一代异徒行者任务失败后，受到另一股势力围剿，隐姓埋名逃到西夏，当上了国师，利用操控人獒的能力，借助人獒力量抵御辽、金、宋的侵略。否则凭着西夏腹背受敌的弹丸之地，如何能保得国本这么长久？贺兰山就是当时人獒抗击外敌的古战场。

“后来蒙古发现了西夏借助人獒力量的秘密，出兵灭了西夏，得到操纵人獒的方法，建立一支‘獒军’。由一个道士驱使，南征北战，几乎征服了欧亚大陆！”

周一平说话的时候，周一和兀自念着咒语，人獒群看上去并没有什么异常。我们明知道周一平在拖延时间，但是他讲述的历史实在惊心动魄。尤其是让我联想到了蒙古远征欧洲，的确有个历史上赫赫有名的道士随军出征，也确实有一支藏獒组成的军队，对战时起到了关键作用。据说现今欧洲几种名犬，是藏獒与欧洲犬类串种，多少都带有藏獒血统。

更何况他讲的事情与我们有着密不可分的关联，一时间竟没有动手，任由他讲了下去。

周一平舔舔嘴唇：“哈哈，李文杰居然真的相信魇族会协助异徒行者。你们探索龙穴之后，他暗中找到我们，把自己快要变成人鱼的事情说了，我们意识到机会来了。”

“你们两个还真命大，沾了冥婚的丧气居然还能从龙穴逃出来，我亲自布置的回阴路也让你们破了，不愧是李文杰始终保护的异徒行者。”

“我们按照先辈的指示，在西夏王陵找到了《西夏死书》，就等着你把他们召唤出来，”周一平色迷迷打量着卓玛，“身材不错，收拾了这两个棋子，叔叔好好疼你。西夏死书记录着控制人獒的咒语，可是只能使用十次，这是最后一次。以后还要靠你控制人獒，帮我们完成所有任务。”

真相大白，虽然有几个关键点还不明了，可是稍微分析就能得出答案。我胸口像被压了块巨石，沉重地喘不过气。为什么我们总是与阴谋同行？为了根本不知道是什么的“终极任务”，人的欲望就可以吞噬所有的善？

卓玛俏脸通红，哈达如白练般飞出，直击周一平。月饼甩出几枚桃木钉，封住周一平左右退路。显然两人动了怒气，势必要将周一平一举击倒！

我挥矛冲向周一和，阻止他继续念咒语。毕竟面对的是活生生的人，我把矛尖稍微偏了些许，刺向周一和肩膀。

“也迭松先八轰哈，切布机，班素力拓压。”周一和大声念着咒语，戛然而止。

哈达距离周一平还有不到半米的距离，桃木钉携着风声后发先至，木矛即将刺中周一和。

几团黑影一闪，数只人獒挡在周氏兄弟身前，桃木钉撞到人獒坚硬的肌肉，在皮肤上留下几颗白点，“咣当”落地。

人獒王左手抓住哈达，右手扣住木矛，稍一用力，哈达寸寸断裂，木矛传来一股巨力，我虎口剧痛，再也抓不住木矛，急忙脱手。

卓玛急拍人皮鼓：“用灵魂向珠母承诺的人獒，请记起白玛生命奏响的鼓声。”

人獒王如遭电击，怔怔地站着。赤红的眼球变得幽绿，鼻孔喷着粗气，眉头紧皱，脸部肌肉抽搐不止，表情异常狰狞。其余十多只人獒踏着积雪，缓步挡在周氏兄弟身前。

周氏兄弟异口同声吼道：“见到主人，跪下！”

这十多只雄壮威武的人獒，坚硬的膝盖缓缓弯曲，终于跪进雪地，“呜呜”轻吼，像一条条温顺的狗。

周氏兄弟满意地拍着人獒王脑袋：“畜生，说到底还是畜生。”

卓玛鼓声急促：“伟大的人獒王，不忘你的本心。”

人獒王茫然地看着卓玛，脸色忽晴忽暗，终于转成狂怒神色，粗糙的舌头舔着下巴，愤怒地长号。

“南瓜，你先走。”月饼缓缓抽出几根桃木钉，深吸了口气，“这一次有些麻烦。”

一抹铅云无声无息地遮住了太阳，阴影覆盖了我们的影子。

“月饼，你丫说什么话呢？”我活动着震麻的手腕，“阿普说过，活着是为了骄傲地死去。”

月饼摸了摸鼻子：“你啊，总是拖我后腿。”

“留下女人，杀了他们。”周一和嘲弄地拍着掌，“我就喜欢这种‘明知道无能为力却装作感情深厚、一定能够逆转局势’的场面。”

人獒群，闪电般扑了过来。

十六

堂吉诃德举着长矛冲向风车，被世人认为是疯子般执着不屈的精神，可是没有人愿意模仿这种行为。

原因很简单，很少有人会挑战实力远超自身数倍的对手。这种人，胜了，就是万众敬仰的英雄；败了，就是众人嘲笑的傻子。

当人㚇围成一个圈，耷拉的舌头滴着涎水，把我们当作可口食物的时候，我竟不由自主地颤抖起来。

英雄难当，傻子无忧。

“我从来不相信奇迹降临，我始终相信自身的能力才能创造奇迹。”月饼摸了摸鼻子，“这次，我希望有奇迹出现。”

卓玛眼里泛着泪珠，声音哽咽：“你们……你们可是最勇敢正直的人㚇啊！”

人㚇再也听不懂卓玛敲击人皮鼓的启迪，眼神透露着猛兽对猎物最原始的杀戮欲望。

我解开木矛缠绕的军刀，做好贴身搏斗准备，压低了嗓音：“月饼，我和卓玛尽量给你争取时间，你抽空子冲出包围圈，毙了那两个畜生，或许还有机会。”

话音刚落，周一平冷哼一声：“杀了男的，留下女的。”

人㚇群忽地人立而起，张开阔口仰天长吼，劲猛的声浪如同狂风，卷起积雪，扎得脸皮生疼。

覆盖着晶莹白雪的山峰，劈出道道闪电状裂痕，雪峰缓缓滑落。

“嗷！”一只人㚇双腿蹬地，跃至空中，张开双爪扑了过来。月饼搭住人㚇胳膊，蹲身卸开下扑力量，双膝撞进人㚇胸口。沉闷的骨裂声响起，人㚇胸膛瘪了进去，蜷缩着“呜呜”痛哼。

“想我们死？”月饼身体挺直像柄标枪，眯眼扫视人㚇群，“门儿都没有！”

“八族，千百年没出现过你这样的人才，死了确实可惜。”周一平惋惜地叹了口气，“一起上吧！”

月饼笑了：“南晓楼，配合我，战个痛快！”

人㚇群纷纷跃起，冰雹般向我们扑来。人㚇王，依旧停在原地，根本没把我们当盘菜。

那一刻，我相信，我们会创造奇迹。

那一刻，我热血沸腾，注意力从未如此专注。

人獒落下，我侧身闪躲，一刀插进它的臂膀，月饼肘击，人獒喉骨破裂，倒地；一只灰毛人獒张嘴咬向我的小腿，月饼屈膝撞向它的肩膀，我一刀刺下，一溜血箭从人獒脊柱喷出。

“蹲身！”我喊道。

月饼身子矮了半尺，我直臂挥刀，正中扑向月饼的人獒鼻梁。

“跳！”月饼喊道。

我原地跳起，月饼撑地从我脚下滑了过去，双腿绞住从我背后袭来的人獒脖子，左右一别，人獒硕大的脑袋软绵绵耷拉着。

月饼靠着我的后背：“还有八只。”

“我的数学是数学老师教的。”我抵着月饼的后背。

我们自己把最危险的位置，彼此交给了最相信的人。

两只人獒从左右两侧分别扑来，我和月饼各自半转身，双手撑住人獒毛茸茸的小臂，趁着人獒张嘴咬下的时候同时低头。两只人獒咬在一起，牙齿断裂，鲜血落进我们的脖子。

月饼横扫人獒膝盖，我一拳上击人獒下巴，两只人獒一跪一倒，震得雪花飞扬。

还有六只了！

只有六只了！

“我命令你们，跪下。”周一和幽幽说道。

人獒王的巨爪捏着卓玛脖子，站在周氏兄弟身边。

我心里一冷，战况激烈，根本没有注意到卓玛被俘。

十七

“听到没有？跪下！”周一和伸长舌头舔着卓玛美丽修长的脖颈，拿着刀沿着卓玛动脉轻轻划动，一缕血痕渗出。

卓玛被人獒王握着脖子根本说不出话，“咿呀咿呀”的喉音、平和的微笑，分明是告诉我们“不要管她”。

周一平背负双手，一副稳操胜券的模样："如果她死了，就算你们赢了，这辈子良心也过不去哦。"

"我操你大爷！"我握着军刀的手抖个不停，"王八蛋！我一定弄死你。"

"你刚才说了，我们俩死，卓玛活着，"月饼无所谓地耸耸肩，"说明她很重要，你们不会杀她。"

"小伙子，别天真了。"周一平"哈哈"笑着，"打不过，只好用这种办法咯。当然，你要是愿意赌一把，我不介意两败俱伤。大不了我和弟弟给她陪葬。"

这是一场智力和心理的博弈！

"你那么怕死，显然不会把命搭在这里，"我慢悠悠擦着军刀上的血，"不如这样，你放了她，咱们好商量，我们保证不为难你们。"

"哥，别相信。"周一和轻轻摁下，刀尖陷进卓玛皮肤，血珠涌出。

"说到做到。"月饼往前走了一小步。

卓玛美丽的眼睛滚着泪花，在人獒王怀里挣扎着，却动弹不得半分。

"不许往前，跪下。"周一和一拳击中卓玛腹部，"这是我第三次说，绝对不会有第四次。"

卓玛硬挺挺站着，下巴骄傲地抬起，眉宇间遮掩不住极度痛楚。

我如同自己被捣中腹部，肠胃缩成一团，疼得浑身抽搐。月饼默默地看着我，无奈笑了。

我明白他的想法，很认真地点了点头。

月饼膝盖微微弯曲，迅速绷直，再次弯曲，再次绷直。

这，就是月饼的善良和骄傲！

我丢了军刀，慢慢地弯着膝盖："月无华，我来。"

突然，早已痴傻的大夯跌跌撞撞爬着，抱住周一平的腿："爸，不能这么做。"

周一平漠然地睃着大夯，手中多了一枚骨制长针，刺入大夯百汇穴。

大夯"呃、呃"两声，眼球慢慢上翻，苍白的眼球瞬间布满蛛网般血丝，肥胖的脸忽青忽紫，"噗"地吐出一口气，手指微微抽搐着指向我们，一丝歉意的微笑定格了。

周一平拔出骨钉，擦着黏稠的脑浆："鱼，我所欲也，熊掌，亦我所欲也；二者不可得兼，舍鱼而取熊掌者也。"

"死了一个，还要死第二个么？"周一和捏着卓玛下巴，把匕首插进她的嘴里。

"生，亦我所欲也，义，亦我所欲也；二者不可得兼，舍生而取义者也。"

月饼的膝盖，终于弯了。

这时，我的眼前，出现了无法忘记的一幕。

卓玛向前一探头，嘴里的匕首深入喉咙，鲜血喷出，绚烂夺目，在空中凝固成一朵花的形状。停顿几秒钟，化成血珠，纷纷洒散落下。

几滴血珠，落在人皮鼓面，渗了进去。

"你干什么？"周一平吼道。

周一和茫然地握着匕首，任由卓玛软软倒在人獒王怀里。

月饼起身，疾冲！

我，挥刀刺出！

"咚！"

人皮鼓落地，响声震耳欲聋。一圈圆形气波从鼓中荡出，震起积雪。时间仿佛停止，我和月饼不受控制地停住身体，任由波纹一层层穿透。

波纹蕴着圣洁的白光，笼罩着在场的每一个人。我从未像此刻这么平静，甚至连冰冷的空气，都变得温暖。

悠扬的歌声从鼓中响起，人皮鼓光芒大炽，一道光线勾勒的美丽女人从鼓中飘出，钻石般烁烁生辉。

人獒王眼睛由绿转红，颤声说道："白玛！"

"人獒王，你的本心，该觉醒了。"

十八

构成白玛身形的光线由虚转实，纯白光芒形成美丽的女人身体，及腰长发无风自动，仿佛一捧晶莹剔透的银丝。

我似乎忘记了卓玛死亡带来的伤痛，忘记了大夯在生命终点展现的友情，忘记了周氏兄弟残忍嗜杀产生的仇恨，就这么很安静地看着白玛。

那一刻，天地万物，变得如此不真实，只有光线虚构的白玛，才是真实。

月饼摸了摸鼻子，嘴角扬起谜之微笑，蓬勃战意消失无踪，目光游离到雪峰崩塌的山顶。

人獒王鼻孔开合，喷着团团雾气，环视四周。死伤的人獒横七竖八卧在雪里，怀里的卓玛早已没了气息，鲜血顺着插在口中的匕首滴落。

周一和嘴唇不住哆嗦，脸部肌肉轻微抽搐，不断重复着："人皮鼓……怎么可能？"

周一平反应倒快，忙不迭展开《西夏死书》，连珠炮地念着。

"当年，为了平息人獒的杀戮之欲，卓玛和异徒行者以人皮鼓的梵音写出了这段咒语，却想不到会被后人如此利用。"白玛从人獒王怀中抱起卓玛，轻轻抚摸着她没有血色的脸庞，"妹妹，你的每次生命，都是为了唤醒异徒行者而存在。希望下一生，你做个平凡的普通女子，不再承担沉重的使命。"

周一和早没了方才的气焰，怪叫一声，掉头就跑。周一平念完咒语，见到人獒王根本不为所动，"扑通"跪地，磕头如捣蒜："这都是他的主意，和我无关，放过我吧。"

白玛抱着卓玛，轻飘飘地走向山谷："卓玛，翱翔的雄鹰，会把你的灵魂带至圣洁天空。千百年，你劳累生生世世。这一次，可以好好休息了。"

"异徒行者，我们与你们的契约，结束了。"白玛说完这句话时，已经走进山谷，她把卓玛放在印着仙人脚印的胎石之上，并排躺下。只见那块胎石剧烈颤动，黝黑的石面透出无数道红光，灼热的气浪融化了周遭的积雪，水雾化成团团蒸汽，蔚然腾起。

"嘭！"人皮鼓震着巨响，鼓面裂开一个拳头大小的缺口，一团绿光从鼓中飘出，在空中盘旋两圈，飞速钻进蒸汽，落在白玛、卓玛中间。

"咚！"胎石红光大炽，膨胀出直径两三米的光圈，又猛然回缩，聚成一团刺目的艳红。两道白气从红色光团喷射而出，直达天际，形成两片碟子形状的云雾，停留了几分钟，忽地消失不见。

我被这异象惊得目瞪口呆，空荡荡的胎石上，不见白玛、卓玛身影，如果不是地面冒着丝丝蒸汽，一切好像从未发生。

剩下的人獒默默地扛起同伴、大夯、苏秋材的尸体，几个纵跃没入山林。人獒王盯着仓皇逃窜的周一和，又看看仍在拼命磕头的周一平，冷冷一笑："异徒行者，契约既然结束，人獒一族不会再帮助你们完成任务。他们，给我。咱们，后会无期！"

月饼耸耸肩没有言语，我心里说不出的滋味儿，没心思回话。人獒王怒吼一声，把周一平拎小鸡似的夹在腋下，几个起落追上周一和，探爪拧断他的胳膊往肩上一扛，紧跟着人獒群消失在贺兰山茂密的山林中。

我望着人獒消失的地方，想起这短短时间发生的所有事情，无悲无喜，只觉得心里空荡荡没有着力的地方。

月饼拾起破碎的人皮鼓放进包里，抬头盯着藤条搭成的树冠，顺着树干爬了上去。再下来时，背上多了一具通体苍白的女尸。

月饼扒开女尸脑后的白发，拔出一枚骨钉："贺兰山千百年的战争，确实是魔族控尸的最佳地点。把她埋了，入土为安。"

我的脑子乱成麻团，索性什么都不想，用匕首掘着坚硬的泥土。

月饼一边帮着挖坑，一边讲着我不知道的事情——

十九

大学毕业那晚，我们俩吃烧烤，月饼去买烟的时候遇到了敲响人皮鼓的卓玛。

卓玛类似转世灵童，每当她十八岁的时候，眼前不断出现很多熟悉的场景，会产生"这个地方似乎来过，这件事情好像经历过"的幻觉，熟睡时更会被许多稀奇古怪的梦境困扰。直到李文杰找到她，利用幻术启示了她的前生今世，她才彻底明白了生命的意义所在。

她的使命，是通过人皮鼓寻找对鼓声有感应的人。这种人，具备"异徒行者”的潜质。而老馆长那个名单，正是卓玛寻找到能够承担使命的候选人。

月饼的身份是“行者”，卓玛把所知之事向月饼全盘托出，一旦我们成了“异徒行者”，月饼所做的事就是保护协助我完成所有任务。

月饼起初不以为然，但是他按照卓玛给的地址在古城找到图书馆，和老馆长交谈之后，才明白了这件玄之又玄的事情居然真实存在于这个世界。

直到“贺兰山任务”，月饼选择独自完成，在任务过程中遇到了周、苏两家。周氏兄弟找了个“贺兰山本就是魇族发源地，千百年魇族需要靠尸气生存”的借口。

为了博取月饼信任，周氏兄弟取出香菜让他服用。香菜性温味甘，祛风解毒，阳气极重。魇族常年与尸体打交道，体内阴尸之气全靠香菜化解。常人若久处阴尸之气的地方，服用香菜，阴阳两气体内相冲，会觉得香菜有股奇怪的臭味，严重者还会呕吐、头晕，实际是在化解体内阴尸之气。

这也是卓玛为什么让我吃香菜的原因，也是我进了贺兰山，吃香菜产生各种不适的原因。

月饼虽然聪明，却极重友情，相信了周苏两家的谎话。更何况月饼只知任务在贺兰山，却不知道具体细节。周苏两家通过魇族传说帮月饼分析任务地点，应该是燕子梁后面的深谷，人称“死人坑”的地方。

到了死人坑，月饼一时大意，被苏秋材推进山谷，沾了大量尸气。周苏两家以为月饼已死，进山谷搜寻任务线索。月饼强撑一口气，逃到这片阴尸气最重的树林，撕了牛仔裤，在布条上给我留了句话，埋在冥雪（侵染阴尸气的雪）里三天三夜，以毒攻毒化解了尸气。

卓玛之所以出现，是答应了李文杰，召唤人夔协助我们完成此次任务……

月饼讲得极为简略，我却听得惊心动魄。换个角度想想，如果是我，可能早成了死人沟的一具尸体。更让我有些不好接受的是，月饼竟然瞒了我这么多事情。

埋了雪女，月饼念了一段《往生咒》，然后拍拍我的肩膀：“有些事情，不是不想告诉你，而是不想你活得太累。”

我摸出根烟深深吸了口："死了这么多人，已经很累了。"

月饼伸了个懒腰："生命，不是以结束为意义。只要过程足够精彩，就好。"

我默然。

李文杰、白玛、卓玛、大夯、苏秋材、周氏兄弟，他们的生命终结，又何尝不是一个全新开始？

善也好，恶也罢，不是由生命选择，而是心在选择。

"死人沟的阴尸气太重，我差点出不来。"月饼扬扬眉毛，"在雪里埋了三天，我始终想不出办法。"

"人夔王说了，那个地方人类可以进去。"我检查着装备，"详细讲讲你在里面遇到了什么？咱们做好准备再去一次。"

月饼表情很奇怪地看着我，沉吟片刻才说道："我不知道发生了什么。掉进去之后，完全没有了时间空间的概念，就像进入了很虚无的幻境。这种感觉很难形容，如果不是我长了个心眼，入谷前留了只蛾蛊，靠着感应逃了出来，可能这会儿早就挂了。"

"就不能利利索索完成一次任务么？"我背着包叹了口气，"月公公，你丫以后再单干，我立马不和你玩耍了。"

"先别矫情，赶紧找件衣服给我。"月饼打了个哆嗦，"冰天雪地，你好意思让我光膀子陪你冒险？"

"我以为你丫要风度不要温度了。"

我从包里翻出几件衣服，月饼皱着眉穿好："这衣服也太大了，和穿了件袍子没区别。南少侠，该减肥了！"

二十

我们由"豁了口"进了山谷，踩着齐膝厚的积雪一路前行，翻过几座山头，眼看日头偏西，气温逐渐低了。

经过一番恶战，我的体力消耗得七七八八，更扛不住寒冷，冻得牙齿打战："咱找地儿歇口气行不？"

“那个山头就是燕子梁，山后面就是死人谷，”月饼指着前方的一座山峰，“趁着天亮，爬上去再歇。”

我心说：你丫埋雪里歇了三天攒够了体力，我可是从舟山一路赶到贺兰山，除了飞机餐就没吃顿像样的饭，有这么坑队友的么？转念一想，经过这些事儿，月饼心里指定不痛快，想尽早完成任务倒也说得过去，只好闷头前行。

“噤声！”月饼突然停住脚，眯眼盯着斜前方的雪窝子，手里夹着一枚桃木钉。

那处雪窝子微微隆起，显然有什么东西藏在里面，我大气没敢出，赶紧摸出军刀做好准备。

月饼冲我眨眨眼睛，桃木钉扬手飞出，没入雪窝。等了片刻没什么动静。月饼有些诧异，弯着腰靠近了三四米，双手张开忽地跳起，整个人压住雪窝，在里面一阵乱掏。

我正看得莫名其妙，月饼“哈哈”一乐，从雪里拎出一只通体蓝黑色的怪鸟，耳侧长着一簇红色羽毛，脑袋两侧绯红，尾巴类似马尾。

“有口福了，”月饼抖了抖怪鸟，拔出插在脖子上的桃木钉，“蓝马鸡，早就死了。”

我正饿得发慌，当下也不废话，心急火燎清出一块空地，捡了些干树枝点着，不多时火势渐旺，周遭的积雪融进冻土，化成湿泥。我用军刀挖个坑，用湿泥裹住蓝马鸡，埋进坑里，再把火堆引到土坑上。

忙活完了，我才长舒一口气，摸出几瓶二锅头放在火边温着，就等着“叫花鸡”烤好，就着酒好好喝两口。

月饼摸了摸鼻子：“你就是个吃货。刚才哭天喊地要歇着，这会儿忙活着比谁都欢，也没谁了。”

我往火堆里续着木柴，松柏清香裹着越来越浓的鸡肉香味，使劲咽着口水：“唯美食和探险不可辜负，人生不过如此啊。”

月饼蹲在火边烤着手，若有所思地盯着扑闪的火苗，映得通红的脸阴晴不定。

“月饼，人一辈子会经历太多事情，必然会有死亡和背叛。珍惜当下，忘记过去，才能对得起人生。”我明白随口一句话又勾起月饼痛点，其实我心里又何尝能舒服了？

月饼喝了口二锅头，伸了个懒腰望着远山：“好好烤你的叫花鸡，没事煲什么心灵鸡汤。”

此时天色微暗，夕阳西下，金色余晖被锋利的山峰切断，皑皑白雪依依不舍地挽留着那片碎金光芒，终于化为黛青色的暗夜。

浓郁的鸡肉香味透过火堆，在冷冽的空气里渐渐散开，化成一缕缕诱人的甜香，勾引着肚子里的馋虫“咕咕”直叫。

我算算时间差不多了，拾起木柴挑散了火堆，用军刀扒开烧得松酥的干土，埋在坑里的叫花鸡烤得焦黑，冒着丝丝热气。我敲开泥壳，羽毛纷纷脱落，羊脂玉般洁白的鸡肉冒着油，奇香扑鼻。

我使劲咽着口水，准备用军刀挑起蓝马鸡，放进雪里祛热。这种吃法不但能保住鸡肉鲜嫩，更能收住鸡油，吃起来不油腻。

谁曾想，刚把蓝马鸡挑起来，发现鸡身下面挂着十多条毛茸茸的东西。我借着火光一看，竟然是一群手指长短、色彩斑斓的蜈蚣，死死咬住鸡肉，早被烤得透红，半边鸡身子透着翠绿色。

我想起《神雕侠侣》讲述“杨过在华山遇到洪七公用公鸡钓蜈蚣”的桥段，大为恼火！

怎么就偏偏忘记了“鸡和蜈蚣相克”这茬儿？早知道在坑里倒瓶二锅头，好歹能防住蜈蚣。

眼瞅着好端端的鸡肉沾了蜈蚣毒，彻底不能吃了，白白忙活了好半天。我越琢磨越不是滋味，把鸡一扔，喝闷酒消气。

月饼扒拉着鸡肉，扯下一条蜈蚣凑在鼻尖闻了闻，捏开蜈蚣壳子，捻在手里翻来覆去地研究着。

我见蜈蚣肉还透着些许青色，没好气地嘟囔：“月公公，蜈蚣的毒液没吐干净，被火烤进肉里，压根儿吃不得。”

“啪！”月饼把蜈蚣捏得稀烂，盯着远处的山谷：“我知道死人坑是怎么回事了！”

二十一

贺兰山自古以来就有许多诡异传闻，位于燕子梁的死人坑传闻尤为诡异。

燕子梁因燕雀群聚而得名，每至春夏之交，山燕南归，栖聚梁上，呢喃之声不绝于耳。传说有兄弟二人，自山后至此，见群燕纷飞，上下穿行，无可尽数。遂心生歹意，毁燕窝，取幼雏贩商。惹得群燕愤怒，一齐冲向二人，啄眼毁容。俩兄弟急不择路，坠入深渊，其尸肉虎狼不食，腐臭冲天，群燕遂弃窠远去，再不复返。燕子梁后的深谷中，至今尚有白骨两具，人称“死人坑”。

这个传说，我和月饼讨论过。月饼在死人坑出现那种奇怪的状态，很有可能和死人坑的格局有关。

这事儿说起来还有些讲究。

燕子古称“紫燕”，是很具灵性的鸟类。飞入家中寓意为“紫气东来”，若是在屋檐筑巢产幼燕，更有“人丁兴旺、阖家团圆”的说法。北方有“燕子不进恶人家”“打燕子瞎眼睛”的俗语。

燕子梁原本应是贺兰山格局绝佳之地。坏就坏在那俩兄弟杀燕牟利，被群燕啄瞎了眼摔死在山谷。世间万物阴阳相克，相辅相生，但凡格局绝佳的地方，邻近必有凶恶之地。古代望气士寻穴择墓，必先用阵法镇气，方能建墓穴。否则遇到洪水、泥流、地震、塌方等天灾，很有可能吉凶互转。

这也是土夫子遇到凶穴的原因之一。

俩兄弟死于山谷，由传说推断，此山谷堪舆凶恶，说不定还有什么天然形成“五行相克”的树石，导致尸肉极阴，怨气深重，积尸气四溢，把燕群熏走，坏了燕子梁的格局。

常人误入这种地方，会眼生幻象，心魔作祟，不知身在何处。明明只有一条路，走来走去始终在原地兜圈子，轻则精疲力竭晕倒，重则尸气入体，横死于此，民间称之为“鬼打脚”。

我们原本计划到了死人坑，看明白周遭格局，摆阵法散了积尸气，再进谷搜寻任务线索。可是月饼这么一说，我反倒弄不明白了。

难不成那兄弟俩生前也是吃货，死后成了饿死鬼？整只鸡、捎瓶酒，扔进去给他们打打牙祭，酒足饭饱了，就给我们放行了？

“我不如你那么懂格局堪舆，但是在死人坑的感觉并不像是鬼打脚，倒像是有什么东西暗中作祟。”月饼兴奋地搓着手，给我上了一堂生动的蛊术科普课。

蛊术分病蛊、药蛊两种。病蛊以五毒做原料，放入蛊鼎相斗，最后活下来的那只蛊虫，根据特性制作不同类型的蛊。

蛊族称蜈蚣为“迷虫子”，专门用来制作“惑蛊”。原因是蜈蚣有种特殊的腥臭气。年数少的蜈蚣产生臭气能熏眼刺鼻，驱逐天敌；年数大的蜈蚣产生臭气能麻痹神经，产生幻觉。

“惑蛊”的效力也由此可知，越老的蜈蚣制成的蛊越厉害。

月饼躲在冥雪里治愈阴尸之气，始终觉得死人坑里有某种熟悉的东西，看到那几条“偷鸡不成被烤死”的蜈蚣，想到“蜈蚣吃昆虫腐物”，俩兄弟的尸体“虎狼不食，腐臭冲天”，这才把其中的关键点串了起来。

我听得脑子有些发懵：“也就是说，死人坑被某一代祖宗下了蛊？”

“会说句人话么？蛊族吃饱了撑的跑贺兰山下什么蛊？”月饼扬扬眉毛，“死人坑里很有可能藏着一条蜈蚣。”

我这才反应过来，按照月饼这么说，那条蜈蚣活了没个一千年也有八百年，那得多大啊！

我脑补着许多关于巨型蜈蚣的恐怖电影，尤其想到蜈蚣的牙把人拦腰咬断的镜头，没来由觉得腰部剧痛，舌头打了好几个结：“月……月……公公，真要有这么条蜈蚣，咱们出山多准备些东西，养精蓄锐再来？”

月饼很狡猾地笑着：“聪明人不会犯同样的错误两次。”

我冒了一身冷汗，打定主意，那个死人坑是万万进去不得：“第一，我智商不高；第二，犯一次错误命就没了，哪还有机会再犯一次。”

月饼突然凑到我身前闻了闻，我闪身问道：“你干吗？”

“味儿还在。”月饼摸摸鼻子，从包里掏出一把香菜，“架锅、生火、烧雪、熬菜。”

我不知道月饼葫芦里卖的什么药，心说难不成把香菜汤当干粮，喝饱了就是所谓的“养精蓄锐”？

"难怪要一直吃香菜，不只是因为阴尸之气。"月饼见我没动弹，干脆自己摸出小酒精锅忙活着，"亏你还懂些医术，香菜性阳蜈蚣性阴，何况香臭两味相冲，凡有香菜之处，蜈蚣闻到立刻避让。要不我怎么能从死人坑里逃出来，早成了那条蜈蚣的口粮。"

我还是觉得不靠谱，想想月饼说得倒有几分道理，帮忙生火支锅。

不多时，锅里积雪化水，冒着气泡。月饼把香菜放进锅里，又摸出个烟盒长短的竹筒，把筒里的红色粉末全倒进锅里，一锅热水顿时像重庆火锅，红得喜人。

月饼搅拌着满锅红汤："今儿让你见识见识我的手段。"

一股奇香随着水蒸气扑面而来，我问："这又是什么玩意儿？"

月饼咂咂嘴，面色惋惜："前段时间用上等玫瑰花瓣做的胭脂粉，能卖不少钱，用了还有些心疼。"

我如同五雷轰顶，顿感整个人都不好了："你丫别不是在冥雪里埋了三天三夜烧坏脑子了吧？"

"知道古人为什么入葬时'唇涂胭脂金塞窍'么？"月饼扬扬眉毛，指了指嘴唇，"蜈蚣从尸体嘴巴钻进体内做窝，从内脏由里向外吃。胭脂属香料，能防蜈蚣。埃及木乃伊直接把内脏取出放在罐子里，身体塞满香料再重新缝合包裹，为的就是不被虫子入体。要不然怎么能保持千年不腐？"

二十二

我低头瞅着深不见底的谷底，丢了块石头，许久都没听到响声，心里很不踏实："月饼，你确定是跳下去不是绕道走下去？"

"你脑子进水了？这么厚的雪，扔块石头能听到动静那才是神话。"月饼又往脖子上涂了些胭脂香菜汤汁，本来就红得像关二爷，这会儿直奔猴屁股的颜色去了。

我还想吐槽几句，想想自己也是满身红汤好不到哪去，也就作罢。

月饼随便掀开几块石头，五彩斑斓的蜈蚣摆着须足往土里面钻，看得我头皮发麻。尤其是这些蜈蚣不惧寒冷，壳缝冒着淡淡的灰气，倒也确定了月饼关于死人坑的判断。

月饼逮住一条蜈蚣，滴了几滴红汁，蜈蚣如同被热油烫了，“嗤嗤”冒着灰烟，身子蜷成半圆又挣力探直，百十条须足颤巍巍地哆嗦着，摆动越来越慢，僵死过去。

月饼见红汁有效，就满头满脸地涂抹着，香菜和胭脂的气味掺在一起，浓得让人欲呕。要不是死人坑有条千年老蜈蚣等着，我说什么也不愿遭这个罪。如今说不得也只好憋着气照葫芦画瓢，把自己涂成了红孩儿。

闲话休提，书归正传。

月饼蹲在山崖边上不紧不慢点了根烟：“南瓜，会滑雪么？”

“仅限于看过冬奥会的水平。”我明白月饼要干吗了。

果然，月饼斩了几截长木枝，又选了几根结实的树条当雪撑，抽出鞋带把木枝绑在鞋底：“咱们滑下去。”

我苦着脸捆好木枝：“好歹来个岗前培训，这不是要命么。”

“死人坑没有别的路可以走，”月饼比画着树条，“要不我下去，你在这儿等着？这回肯定没问题。”

“我还是陪着您老人家共享革命成果吧。”我拼命回忆着滑雪选手的姿势，“话说你丫居然会滑雪？”

“略懂。”月饼晃亮一根照明棒，深吸一口气，身体前倾，忽地消失了。

我愣了两三秒才回过神儿，像只鸭子撇着脚走到崖边往下看。一团绿光忽悠悠几个起落没了踪影，山谷里回荡着一句话：“相信我，你不用下来！”

山谷寒风冷冽，灌得口鼻生疼，我稳了稳神，一咬牙跳了下去。

二十三

正所谓“理想很丰满，现实很骨感”。

我刚感觉到脚底触着雪地，连忙用树条撑地保持平衡。正想摆出滑雪造型，没想到使大了劲树条绷断，身子一歪砸进雪里，“骨碌碌”往谷底滚去。

我心里大急，手忙脚乱四处乱抓，偏偏四周全是雪，根本抓不到着力点。更让我哭笑不得的是，滚了一段距离居然追上了手拿照明棒的月饼。

“南少侠这么主动，求战心切啊！”月饼一把没抓住我的胳膊，我就这么球一样继续滚。

我被雪末子灌了满鼻满嘴，那还有空儿说话，什么千年蜈蚣这茬儿也忘了。

好在积雪甚厚，身上也不觉得疼。本以为死人坑深不见底，哪承想滚了没多会儿，背部触到硬地，就这么到了谷底。

我吐了几口雪末，脑袋天旋地转，五脏六腑更是颠成满肚子乱炖，就差一股脑吐出来。好在积雪冰凉，多少有镇神的作用，我躺了片刻，试着没什么地方有硬伤，这才坐起来直喘粗气。

一团绿光由上及下飞速下落，月饼很专业地侧身伸腿，扬起一片雪花，停在我身旁两三米的地方。

“怎么样？”月饼踢断绑脚的纸条，几步跑了过来。

“如果比速滑，我赢了。”我没好气回了一句。

月饼突然站住，小心摸出装着红汤的军用水壶，往前探了一步：“别乱动！”

我打了个激灵，脑子里立刻出现了一条巨型蜈蚣立在身后的画面。

人就怕联想，这么一想，我的腿都不听使唤了，冰天雪地活生生燥出满身大汗。

“看脚底。”月饼又向前走了一步，慢慢拧着水壶盖子。

我的脖子像是塞了根木头，硬邦邦的，低头一看，两摊踩烂的蜈蚣碎肉堆在脚底，无数条大大小小的蜈蚣聚成一窝挤来挤去，红绿相间的坚硬外壳相互碰撞，“咔咔”作响，几条手掌长短的大蜈蚣已经顺着裤子爬到了膝盖，张着獒牙到处撕咬，浓绿的毒液把裤子染得一片斑驳。

要不是月饼提醒了一声，我保证能一膝盖跪进蜈蚣窝。想到刚爬起来，更是觉得浑身都爬满蜈蚣，这感觉要多恶心有多恶心。

月饼走到近前，把红汁倒过去。蜈蚣群遇到红汁，冒着烟钻进泥里。十几条体型小的蜈蚣钻了一半，竖着插在泥巴里面死了。

我刚松了口气，月饼拿着树枝对着我的肩背一阵拍打，又拍掉好多蜈蚣，这才扬扬眉毛：“可以动了。”

我“嗷”一声跳出雪坑，“噼里啪啦”一阵乱拍，生怕有哪条不长眼的蜈蚣顺着衣服缝爬进去。

“你这运气可以买彩票了，”月饼摸出几枚桃木钉扣在掌心，“我的独家秘方管用，起码咱们没有出现异常。”

我又蹦了几下，确定身上没有蜈蚣，这才把心放回胸口：“感情那条老蜈蚣还有蚁后属性，生了这么多蜈子蚣孙。”

“看看格局，哪个地方阴尸气最重，说不定就是老窝。”月饼单手甩出好几根照明棒，山谷顿时一片惨绿，光线诡异得有些瘆人。

我定神观察着山谷格局，四相方位没什么问题，五行不冲，八卦也对照不上，就是个很普通的山谷。

看了半天没看出所以然，我忽然想到一点：“月饼，别不是八族或者什么人不想任务被闲人发现，故意编造了死人坑的传说？”

“蜈蚣不是假的，我出现的幻觉也不是假……”月饼说到这里，面色一变，拽着我躲到了一块岩石后面。

我四处观望，除了那几根照明棒依旧亮着光，没有任何异常。

“扔了六根照明棒，现在是七根。”月饼压低嗓音，“斜前方那根。”

月饼做事向来仔细，绝对不会出现数错的情况。我顺着方向看去，那根照明棒斜插在雪里，散发着幽幽绿光，照映范围极小，和平常照明棒的光芒有些不太一样。

突然，那根照明棒动了一下。

我以为是盯久了光线造成眼花，再仔细一看，那根棒子已经平放在积雪里。

就在这时，又有一根散发绿光的棒子从雪里拱了出来。只听见一阵“簌簌”乱响，雪地出现无数根大大小小的绿光棒子，向着同一个方向聚拢。

月饼几次想甩出桃木钉，还是忍住了。

我看得目瞪口呆，完全不明白发生了什么事情。直到棒子拼成一幅完整的图案，我倒吸一口凉气！

这根本不是什么棒子，而是散发磷光的人骨。

雪地里，赫然出现一具没有头颅的人骨拼图！

二十四

接下来发生的事情，完全超出了我能理解的范围，更是我经历最为诡异的一幕!

那具人骨拼接完成，蜈蚣潮水般涌出，爬上骨架关节，彼此獒牙咬着尾巴缠绕结实，竟然把骨架生生立了起来。

月饼轻轻“咦”了一声，若有所思地盯着人骨架。

我从心里泛起一股极度不真实的恐惧感——荒山，雪地，深谷，一具爬满蜈蚣，没有头骨的人骨架“吱吱嘎嘎”僵直地走到一处岩石，用力掀开，往外拾着另一堆骨头，端端正正地摆成人体形状。

可是，这堆人骨却没有蜈蚣爬上，也没有站起来。

远远看去，直立的人骨跪在雪地，不停地捧起每一根骨头，摩挲着再次放回原位，看样子是在缅怀“那个人”。

山谷吹过穿堂风，岩石窟窿“呜呜”作响，像是千百人低声哀哭。

也许是环境使然，我忘记了恐惧，总觉得心情异常沉重。他们生前或许是挚友、或许是情侣，生前相伴，死后依然不忘。

突然，我想起死人坑的传说，猜到了这“两个人”是谁了——被群燕啄瞎眼睛，落入谷中摔死的兄弟俩。

不知道又过了多久，蜈蚣缠绕的人骨架把那堆骨头重新堆好，用岩石盖住，晃晃悠悠走了几步，“嘭”地散落。

雪地里满是星星点点散发磷光的人骨，再次被蜈蚣驮着，没入雪中。

就在人骨散裂的一瞬间，我看清了那块岩石上方的岩壁有一处壁画，硕大的人獒头像极为逼真。拳头大小、满是窟窿的石头从右眼位置凸起，左眼却是一个黑洞洞的石坑。

那个石坑的形状非常眼熟，我忽然想到了一件东西!

“南瓜，我向你道歉。”月饼收起桃木钉，跃过岩石向岩壁走去，“我判断错了，你说对了。我早该想到，蛊族确实来过贺兰山，也确实在这里下了蛊。”

我没在意月饼这句话的含义，心头一阵狂喜：“月饼，我知道任务在哪里了！”

二十五

我解开背包，掏出在舟岛海域从人鱼手中接过的那块石头，遥空对比形状大小，和人獒左眼的石坑相差无几。

“月饼，这块石头塞进去，说不定有机关。”我自顾自跑到岩壁，拿着石头就要往里塞。

月饼掀起压着人骨的岩石：“别着急，你先看看这个。”

我这才从发现任务玄机的兴奋中回过神，想到刚才经历的一幕，琢磨着月饼话里有话，暗骂自己糊涂，遇事不分轻重缓急，急忙凑了过去。

那具人骨按照从脚到肩膀的顺序，由下及上摆放得整整齐齐。每块骨骼都泛着墨绿色，满是芝麻大小的骨坑，唯独少了头骨。

我没看出所以然，又凑近了细看，闻到一股轻微的辛辣味。

“中毒？会不会是死后被蜈蚣吃了身体，毒液入骨？”

月饼面色越来越凝重，眉毛微微跳着：“死人血液不循环，毒液不可能渗进骨头，应该是生前就中了剧毒。”

我回忆着死人坑两兄弟的传说：“难道是那群燕子有毒？”

“这是蛊毒。”月饼把岩石掀翻，石头最边角的位置，放着两样根本不应该出现的东西。

一堆腐烂的木渣，从形状依稀能看出是桃木钉。旁边，还摆着一柄锈迹斑斑的军刀！

这是我和月饼常用的东西，为什么这里也有？

我的脑袋如同被重锤击中，嗡嗡作响，眼前阵阵发黑。恍惚中，我仿佛看到人骨肩膀中间冒出个拳头大小的肉团，白色肉须缠绕膨胀，鼓成人头形状的肉球，皮肤纹理水波般荡漾，渐渐长出一张五官分明的人脸。

左边，是我的脸；右边，是月饼的脸。

我身子一晃险些摔倒，狠掐虎口压住心魔，顿时灵台清明，那堆人骨好端端地摆在土坑里面。

“他们到底是谁？”月饼似乎在问我，又像是问自己。

我犹豫着没有把那句话说出口。

月饼起身走到磷光人骨摆放的位置，双手比量着雪地留下的印记，又回来测量着这具人骨留在雪里的长度。

“他们俩，从脚到肩膀，和咱们一样高。”

那一刻，我有种很滑稽的错觉：这两具无头人骨，是我和月饼？

我使劲晃着脑袋，试图把这个极度荒谬的念头甩走。

这段时间，始终有个比异徒行者的终极任务更让我困惑的事情——为什么每一段传说中，都会出现“圆脸”“黄衫”两个老人？他们说话语气、行事方式，甚至连使用的东西都和我们极度相似。

每次想到这件事情，我就头疼得要命。这两个老人的身份极为神秘，却总是能在历朝历代异徒行者的任务中出现，或者帮助解决任务，或者直接参与任务。

我和月饼在东越三坊七巷的时候，曾经出现过衣着容貌类似的两个老人，聊完“双抛桥”“合抱榕”的传说就失踪了。当时我们接触“异徒行者”时间不久，并没有深究这件事，误以为是“八族”的人乔装打扮故意透露线索。

随着越来越多的探索，我早就觉得事情没那么简单，这两个老人冥冥中似乎和我们有某种关联。

但是这件事情实在太过可怕，每次出现这个念头，我都强行压制回去，或者用“不过是巧合”“传说不能当真”的借口自我化解。

月饼虽然嘴上不说，我相信以他的判断力，早就有所察觉。只是在没有证据之前，他是绝对不会妄下结论。

如今，这两具人骨就这么摆在眼前，而且还有桃木钉和军刀。桃木钉倒还好解释，历代懂点门道的人，都会随身携带。偏偏这柄军刀实在太蹊跷了，这具骨骼的种种特征，起码有千百年，怎么会有当代才有的武器？

况且，死人坑的由来，明明是两兄弟杀燕子摔死，至今能见到两具白骨，又怎么可能是那两个老人？

死人坑偏巧又是任务的所在地，周苏两家在贺兰山初遇月饼，很肯定地判断任务在死人坑。

这些事情，到底有什么联系？

无数个问题在脑子里转来转去，汇聚成一团失控的光球撞击脑壳。我头痛欲裂，完全失去了思考能力。

突然，这团光球轰然爆裂，炸出了一个很荒诞的答案。

我觉得背脊发凉，一字一顿说出了答案："月饼，咱们在未来某个时刻穿越了？这是穿越到过去最终死在这里的尸体？"

月饼抿着嘴，拿出一本笔记，递到我的手里。

二十六

我翻开笔记本，里面是一条我们从担任异徒行者以来的时间轴，每一件重要的事情都详细标注了时间。随着经历的事情越来越多，"圆脸黄衫"这四个字，出现在笔记的备注里的频率也越来越高。

最后一页，画了无数个问号，中间写着四个字——他们是谁？

"还记得发生在古城，关于宝蛋儿变成阴犬的传说么？"月饼摸了摸鼻子，"收养宝蛋儿的黄衫、圆脸老人，交给宝蛋儿《西夏死书》残卷，去西夏旧址等更重要的事情。"

"宝蛋儿，也就是徐老，说过'你们真像他们''太多年了，也许你们就是'。初遇人獒王，他说'真像'。徐老和人獒王年代不同，根本不可能相遇。他们看到咱们，第一反应都是下意识说像某两个人。咱们像谁？谁和他们有过交集？"

我不愿回答，却不得不说："黄衫、圆脸两个老人。"

"我的好奇心虽然很强，也愿意经历更多精彩的人生。仅仅凭卓玛鼓声的感应，我就立刻到古城见老馆长，无论如何也要担当异徒行者，这符合逻辑么？"

我像个只会回应答案的机器人："不符合。"

月饼说出了一句触动我心底最痛处的话——

"我之所以答应，拉你蹚这浑水，是因为老馆长说了一件对咱们最重要的事。他说，相对于无从所知的身世，终极任务又算什么？你们完成了终极任务，或许就能了解最想知道的身世。”

我终于明白了！

月饼如此执着地完成异徒行者的任务，真正目的是寻找我们的身世！

这是任何一个人，都无比在乎，甚至放弃一切去寻找的事情。

谁愿意活一辈子，却永远不知道茫茫人海到底哪个人才和自己有血缘关系？

“也许，咱们真会在未来某一天，遇到某件事情，触发某种时间空间的错乱，回到过去各个年代，设置各种任务线索，再由现在的你我完成，探寻真相。”月饼神情疲惫地伸了个懒腰，“寻找到真相的那一刻，咱们知道了所有的事情，却不得不穿越过去设置任务，否则现在的咱们就不会接受任务，就没有未来的事情，就不会有那些朝代发生的关于异徒行者的事情。最直接的影响，这个世界根本不会有咱们俩，这是一个类似于闪电侠的‘闪电悖论’。”

月饼这句话虽然难懂，但我立刻听明白了——异徒行者的任务，是未来的我们回到过去给自己设置的！而设置任务的原因，却是为了让现在的我们活着！

这个推论实在太可怕了！

如果真像月饼说的这样，有一点可以证实，我们因为某种原因死在了贺兰山燕子崖下面的死人坑。

我们确实见到了我们的尸体。

他娘的好端端探险剧，结果成了科幻片！

“这么说起来，咱们不会就是老子和尹喜吧？”我顺着月饼的思路往下分析，“八族也是因咱们而成立，却最终成了阻挠任务的邪恶力量？”

月饼很认真地盯着我，眯着眼一言不发。

我被他看得发毛，连忙摸摸脸，别是突然长成了阴犬、人嫛什么的玩意儿。

“南少侠，虽然您现在是个作家，写了几本书，”月饼嘴角扬着笑，“不过《道德经》你连背都背不过，就别往脸上贴金冒充老子了，OK不？”

我顿时大窘，张嘴想来一段《道德经》，想想这又何必，这不是成心给自己添堵么？

这么一来，气氛倒是轻松了许多。

月饼扬扬眉毛："这几年穿越剧太洗脑，我也是随口这么一说。"

我这会儿脑子灵光了，越想越觉得不靠谱，难不成终极任务是个虫洞，我们吃饱了撑得非要钻进去？漫威、DC的电影、电视剧里面演得明明白白，按照平行宇宙的概念，我们就是进去了也是到另一个地球，和这个地球根本没有一毛钱关系。

"有一件事可以确定，死人坑的传说是假的。"月饼盘腿坐在岩石上面，"真相是这两个人是异徒行者，执行任务的时候遇到不测。为了掩人耳目，恐吓闲人不来这里，暗中下手的人编了这个传说。"

"这个人中了蛊毒，"我看着月饼脚下的那堆人骨，总是不由自主想到这是我们俩其中之一，心里别扭，"那个人怎么死的？"

月饼来了兴致，给我上了第二堂生动的蛊术科普课。

蛊术练到最高境界，施蛊者全身都是蛊，用精血养出蛊灵，这就是所谓的"蛊人"。恶蛊、药蛊随心施动，根本不需要借助蛊虫、蛊粉。蛊人一旦死去，肉身虽灭，蛊灵仍然在，始终保护蛊人的残体。

月饼第一次掉进死人坑出现的异象，实际是蛊灵作祟。

蛊是靠人的意识驱动，蛊人死前最后的念头，会传递给蛊灵，即使死后也会由蛊灵不断重复完成这个念头，这也是我们看到磷光人骨摆出人骨拼图的缘由。这两人生前关系应该极好，蛊人显然在缅怀他的伙伴。

按照死亡前后顺序进行逻辑，两人同时遇袭，蛊人死在伙伴之前，蛊灵散出恶蛊，伙伴在重伤的情况下中蛊死去，所以骨头会有中毒迹象。

月饼也是由此推知："蛊族确实来过贺兰山，也在这里下了蛊。"

月饼讲蛊术的时候，我随口一问，月公公练到什么境界了？丫很云淡风轻地回了句"很高"。

许多问题得到了解释，可是我还是满脑袋问号——那柄该死的军刀到底是怎么回事？这两具人骨的头骨去哪儿了？周苏两家为什么知道任务在死人坑？

"鸡蛋好吃，有必要知道下蛋的那只鸡长什么样子么？"月饼指着岩壁的窟窿，“石头放进去，也许就有答案了。”

我手心冒着汗，小心翼翼地把石头塞了进去，严丝合缝。月饼站在我身前挡着半个身子，显然有准备一旦有危险先上。

等了好一会儿，岩壁并没有出现“机关转轴‘咯吱咯吱’的声音，也没有裂开个一人多宽的石缝，寒气直冒，更没有传出鬼哭狼嚎的声音”之类的事情。

一切正常得不能再正常。

我和月饼面面相觑。

“难道人鱼交给我这块石头，就是为了给这个人獒岩画凑全一对眼？”我有种憋足了劲打了一记空拳的失落感，“那条人鱼一定是处女座！”

话音刚落，地面忽然猛烈颤动。

山谷中央，一团团积雪喷泉般涌出……

二十七

积雪喷涌速度极快，不多时堆起了类似火山口形状的雪堆，足足过了五六分钟，雪喷方才停止。腾腾热气从深不见底的地坑中喷出，融化了周围的积雪，又迅速被贺兰山极度寒冷的天气冻结成冰。

我走到雪堆旁边向下看去，一条石凿的盘旋阶梯，顺着地坑边缘向下延伸，目力所及的距离，根本看不到底。

月饼捡起散落在山谷的照明棒，对准阶梯每隔两层扔下去一根，扔到第五根到了底部，清晰地看到地坑直径三米左右，东侧有一条人工开凿的两米多高石洞，不知通向哪里。

我心说这些人是脑子进水还是有挖洞的恶趣味，怎么什么东西都喜欢往地底藏？也不嫌累得慌。

心里虽然这么想，嘴上却不好说出来。尤其是月饼已经开始捆裤腿系袖口，脸上那个兴奋劲儿着实让我无语。

“月公公，坑里肯定不会藏着苍老师，您老人家至于这么上杆子么？”

“苍老师要真在下面，南少侠和她合影发个微博、朋友圈，分分钟网红的节奏，还当什么悬疑作家？每天探险还要写字更新交稿，累死个活人。”

月饼这话说得我眼泪差点掉出来：“你懂我。”

“进坑！”月饼很有气势地挥挥手，顺着台阶往下走去。

我叹了口气，跟着进了地坑。

地坑虽然挺深，空气倒是温热新鲜，完全没有尘土呛鼻、烂草腐败味儿，时不时还有潮湿的空气涌出。看来那条石洞应该是通往一处温泉，并与外界有山洞相连。

我心里踏实许多，走到坑底也没什么异常，就是围着台阶来回转悠有些头晕。月饼一路收回照明棒，整个地坑灯火通明。再往坑口看去，黑洞洞一片，顶端扣着脸盆大小的夜空。

“咱这也算是坐井观天的青蛙了。”我话一出口，回声四起，把自己吓了一跳。

“青蛙也要冬眠。”月饼举着照明棒围着地坑转了一圈，“看看这些岩画，说不定有发现。”

我这才注意到岩壁刻着各式各样的岩画，造型内容和贺兰山岩画没有什么区别。可能是因为地底潮湿，岩画早已模糊，乍一看还以为是岩壁的天然颜色留下的痕迹。

我心里暗自说了句“惭愧”，照我的大大咧咧性格，估计直接进了石洞，哪能发现这些玩意儿。

这么看了一圈，我有种很奇怪的感觉。这些岩画虽然没有什么特殊的地方，可是总觉得哪里不对劲。

月饼显然也察觉到这一点，皱着眉来回转悠，时而贴近岩壁围观观察，时而远离岩壁宏观观察。

“手机还有电么？”月饼站在地坑中央，直勾勾盯着南侧岩画，“把这边的所有岩画全拍下来。”

我举着手机退到北边墙根，才算是把南边岩画全都框在屏幕里拍了照。闪光灯亮起的时候，岩画的颜料遇光显示出和岩壁完全不同的颜色，在视网膜留下一幅巨大的图案残像，直到月饼接过手机才慢慢消失。

“原来是这样。”月饼划着屏幕放大缩小照片，又把西、北两个方向的岩画拍了下来。

我已经有了个初步概念，盯着手机屏幕放松眼球，尽量让目光虚化，果然从照片中看出了端倪：“居然是三维图案。”

这三面岩壁的图画，看似凌乱，错综复杂，实际上是用很巧妙的方式进行组合排列，暗藏的线条勾勒出三幅巨型动物图案。

“西边白虎、南边朱雀、北边玄武，”月饼关了手机，走到东边洞口扔进一根照明棒，“设计地坑机关的人给咱们留了暗示，这里面应该是青龙。”

我想起贡城盐井里的那条类似龙的异兽，这个地坑又特别温热潮湿，也觉得大有可能。

“贡城盐井有一条龙，周苏两家很确定任务就在死人坑，魇族实在有太多秘密，”月饼摸了摸鼻子，“想不想再去寻龙？”

“羊肉都倒进锅了，”我举着照明棒直接进了洞，“哪有不捞起吃的道理？”

二十八

我原本以为石洞并不深，没想到这一走就是半个多小时。好在石洞虽然潮湿，地面却平坦，空气也足够新鲜，也没出现什么稀奇古怪的事情，倒也走得安稳。

又走了十多分钟，我腿肚子发麻，好几次想停下来歇口气。架不住月饼压根儿没有住脚的意思，瞅瞅身后黑灯瞎火有些瘆人，不敢自己停下来，只好拿出“宝宝心里苦，宝宝不说”的心情咬牙坚持。

“快到了，”月饼摸着岩壁厚厚一层苔藓，手指捻着湿水，“凝结的水珠越来越多。”

“万一是条恶龙，你那几根桃木钉也就是个摆设。”我倒不是害怕，只是这么走太无聊，随口唠几句嗑解解闷儿。

“你个乌鸦嘴就不能消停消停。”月饼忽然停住脚，贴着岩壁听了片刻，“有水声。”

我仔细一听，岩壁里果然传出潺潺流水的声音，应该是贺兰山的地下暗河。

“咦？”月饼往前细看，把照明棒扔了出去。

照明棒泛着绿光，在空中转着圈飞出，撞到十多米外长满苔藓的石壁。

我差点没背过气儿：“青什么龙，感情是个死胡同，白折腾了。”

月饼显然也很意外，跑到石壁近前左敲敲右打打，又抠掉几块苔藓，潮湿的岩壁结实坚硬，看来这趟路算是白跑了。

我右手扶墙，左手捶着酸麻的小腿肚子，正想再吐槽几句，手心忽然往里一陷，身体失去平衡，肩膀撞到岩壁，蹭掉了一大块苔藓。我急忙闪身，只见苔藓脱落的位置，赫然凹着两只右手形状的石印。

“你这运气也是没谁了。”月饼扬扬眉毛，比画着手印大小。

这两个手印惟妙惟肖，甚至连指关节纹路、掌纹形状都刻得异常清晰，猛地一看倒不像是用凿子刻出来，而是武林高手运足内力把手掌深深摁进石壁留下来的痕迹。

我顿时来了兴趣，两个手印对比观察，发现掌心纹路并不相同，显然并不是同一个人的右手。月饼表情很古怪，把手掌和手印并排放着：“南瓜，你的手也放上去。”

我照着月饼的架势在手印旁举着右手，这才看出蹊跷，原本平复的心情又被一种莫名恐惧勾了起来。

这面岩壁的两个手印，分明是按照我和月饼的手模凿刻，关节纹路，掌纹形状分毫不差！

月饼把手摁进石手印，长、宽、厚度完全一样。他紧抿着嘴，额头轻轻碰着岩壁，许久没有说话。

我一时间心乱如麻，难道真如同在死人坑里推断的那样，这是未来的我们回到过去给现在的我们布置的任务线索？否则我们的手印怎么会出现在这处地下暗洞里？

我极力否认这个想法，但是现实发生的一切很残酷地证明了看似荒谬的推断。

“把手放进去。”月饼眼里满是血丝。

我从未见过月饼出现这种状态，虽然觉得这么做有些不妥当，还是把手掌摁进了石手印。

“吱嘎”声响起，石洞顶部落下纷纷杂杂的小石子，石壁颤动着，发出让人牙酸的摩擦声，两个石手印中间裂开一条笔直的裂缝，极缓慢地向两侧分开。

一道极强烈的亮光从缝隙里迸射而出，晃得眼睛白茫茫一片，滚烫的热空气扑面而来，根本看不清楚里面的景象。

我使劲眨着眼睛，好一会儿才能看清楚，忍不住倒吸了一口凉气。

这是一处足有篮球场大小的天然岩洞，中间位置是一池“咕嘟咕嘟”冒着水泡的泉水，缭绕的蒸汽显示水温极高。池中盘绕着一具十多米长的骨头，有半米多粗，两头细中间粗，类似于脊椎形状的牙黄色。其中一头脸盆大小，横裂开的骨头里排着细细密密的倒钩状牙齿，顶端两侧各有一个窟窿。两根手腕粗的铁链由洞顶垂直而下，从窟窿中贯穿而出。

池边端端正正摆着两个人头骷髅，中间竖着一块龟壳状的青色玉石。

“不管他们是谁，”月饼踉踉跄跄走了进去，“所谓青龙，是一条被铁链穿过眼睛，沸水烫烂皮肉的大蛇。”

我的额头冒出一层汗珠，嗓子干燥如同吞了块火炭，脑子里飞速闪过许多画面。

每一个画面，都是我们遇到过的异兽。

我有了一个可怕的想法——未来的我们到底经历了什么事情，导致性情大变，回到过去残忍地猎捕各种异兽，仅仅是作为任务线索的守护兽，或者是祭品？

请原谅，我实在无法用文字描述出此时的心情，更无法用理智思考此时的情形。

我怔怔地望着月饼，原本笔直的身体竟然有些佝偻，肩膀微颤，显然受到了巨大的刺激。

“这是龟卜玉。”月饼看都不看那两个骷髅头一眼，径自拿起玉石回到洞口。

我茫然地接过龟甲状的玉石，左下角用篆文刻着“龟卜玉”三个小字。

我没有心思去琢磨这块大费周章找到的任务线索有什么用处，嗓音嘶哑地重复着：“这到底是怎么回事？”

月饼闭目，仰头，深深吸着滚热的空气，摇了摇头，原路走回。

这一次，没有照明棒。

他的身影没入漆黑的石洞，宛如从地狱走向人间的撒旦。

“南瓜，回家！”月饼的声音在石洞里回荡，“咱们，不干了！”

我苦笑着问着自己——

古城，图书馆，是我们的家么？

贺兰山空中不明物体

2015年7月26日，贺兰山苏峪口主峰贺兰金顶发现不明物体，形状类似于两片碟子合扣，停留两个多小时才慢慢消失。部分科学家将此现象归类为“不明飞行物”，却始终找不到足够的证据证明此现象。唯一支持此理论的依据是“中国最早疑似外星人形象出现在贺兰山岩画”。倒是在民间有另外一种说法，这是两位神女完成了在贺兰山感化人夔的使命，化成祥云，升天飞走。

异闻：

“贺兰山灵蛇洞”。在贺兰口沟内北坡，有一石洞，常有青蛇出入。相传古时有猎人经此，见洞中宽可容身，清凉宜人，遂入洞卧睡，梦见青蛇咬身。惊醒后，见两蛇交尾于胯侧，并无伤人之意，便轻轻从洞中退出。当日猎得青羊2头、山鸡8只，满载而归时，两蛇已不见踪影。此后，猎人出行，每于洞中小憩，则猎物所获必丰。三月后恰逢冬季，洞内热如蒸笼，人不能进，青蛇再未出现。故此洞名为灵蛇洞。

第三章 夜哭郎

生活禁忌：

一、诸事不顺时，切勿夜间抬头仰望星空，尤其忌讳观察北斗星！

二、恋爱中的女子，不要轻易收取男子赠送的香水礼物！

一

灰青色的高速公路延伸至目力所及的远方，除了我们，路上空无一车，成排树木如同参加葬礼的人群，整齐沉默。车厢里没有播放熟悉的音乐，除了我们的呼吸，只有超高车速带来的风声。

月饼紧握方向盘的手指关节青白，狠力轰着油门。我默默地望着不见尽头的公路，心里慢慢泛起一种错觉，我们仿佛驶向无人可以生还、恶魔的栖息地——寂静岭。

我使劲甩了甩头，想把这个古怪的念头甩掉。我知道，一切都结束了，关于“异徒行者”的所有，都结束了。

月饼设置的导航目的地，并不是古城，而是我们生活了很多年的那座城市，也是唯一可以称为“家”的地方。

如果仅仅是探索未知的神秘，就算我并不是很感兴趣，月饼这种“人生就是不停进击”的性格，断不会轻易放弃。

这段时间，我们经历了死亡、背叛，目睹了人性最阴暗的一面，也感知了人性最温暖的地方。但是“贺兰山西夏死书”这段经历，对我们的打击实在太大。换个角度想，如果福尔摩斯经过重重推理，终于破解了一件看似根本不可能找出真相的案件，却发现这个案子是他自己在精神分裂的情况下精心策划布局，那是怎样一种崩溃的心情？

他的搭档华生又会怎么做？

我不知道福尔摩斯和华生会做出什么选择，只知道月饼是真的放下了。至于我，把这段常人根本无法相信的事情做记录，发给编辑交稿成书，然后完全忘掉。以后的日子，陪着月饼喝喝酒、唠唠嗑，天南地北旅游，或许会见见月野、杰克、柳泽慧、天杀的黑羽，很普通的生活。

想到这里，我心里多少有些轻松，生活本来就是没事儿找事儿，何必给自己添堵呢？

“南瓜，我想念北海道的温泉了，过几天去日本转转，”月饼扬了扬眉毛，“你可要抓住机会，搞定月野，也算是为中日友好做贡献了。”

“月公公，我很负责任地告诉你，”月饼一开腔，我终于如释重负，顺手打开了车载音乐，“小爷这颜值虽然比你差了那么一丁点儿，但是情商比你高出个喜马拉雅，拿下月野比撸串儿还简单。”

月饼眯着眼很认真地打量着我，半天没说话。我心里毛嗖嗖的，很不自在，心说难道中计了？月饼这是试探我有没有继续“异徒行者”的觉悟？

“情商高有什么用，你都胖成什么样了，再长几斤去日本都能练相扑了。”月饼瞅着我的肚子叹了口气，“南少侠，做一个健康Boy！”

我老脸臊得通红，还没想出词儿回击，手机响起。李奉先扯着嗓子喊道：“南爷，马上就过年了，你们也该回来吃团圆饺子了。天大的事儿也比不上回家过年。”

我一时不知道该怎么回答，月饼接过电话开了免提：“奉先，有些事儿挺复杂，我们可能要调整一段时间。”

月饼说这话时，我看到他的眼神有些黯然。

我又何尝不是？

放弃“异徒行者”的任务，说起来难，其实也就是做个“我就是不干了谁能把我怎么样”的任性决定而已。可是李奉先、陈木利、燕子，是我们的朋友，怎么能说放就放？

其实我也明白月饼这个决定，有更深层次的想法。贺兰山之行，牵扯出一个巨大的谜团，如果“未来的我们回到过去给现在的我们布置的任务线索”这个推断成立，放弃任务，相当于把推断从根源抹掉，也就不会发生那么多事情。

我物理学得不好，太深的理论想不明白，只懂得以前发生的事情既成事实，但是有机会把以后的事情改变。

想到这里我的脑壳又嗡嗡作响，乱糟糟的，像是搅糨糊。倒是李奉先还真没心没肺，听不出月饼话里有话，一门心思惦记着饺子：“月爷，调整完了赶紧回来吃过年饺子。”

挂了电话，月饼点了根烟，烟雾撞到车玻璃，慢悠悠地散开。

“朋友终究会分别，咱们以后不回古城了。”月饼又狠狠抽了一口，“相濡以沫，不如相忘于江湖。”

只有不再回古城，才能彻底放下这段经历。

我点了点头没有吭声，望着那条回家的路。

一只蝴蝶晃悠悠地飞过，在挡风玻璃上撞得稀烂。一摊黄绿色的黏液像一口浓痰，无比恶心，须足和翅膀被迎车风死死压住，扑扑棱棱掉不下来。

月饼摁开雨刮器，两股水流喷出，黏液被雨刮器划出一道白色残痕，渐渐消失不见……

“亚马孙流域的一只蝴蝶扇动翅膀，会掀起密西西比河流域的一场风暴。”月饼打了个哈欠，“这即是所谓的‘蝴蝶效应’。”

二

回到我们生活的那座城市，短短半年时间，马路上又多了很多车，几处地标性建筑拔地而起，行人们穿着厚厚的羽绒服骑着电动车东窜西拐，浑然不把红绿灯当回事儿，这一切既亲切又陌生。

月饼开进小区停车场，拎着包上了楼。我站在楼下，望着那扇紧闭的窗户，有种恍为隔世的感觉。楼道里走出几户住家，许久不见，寒暄了几句，非要我答应送签名书，才心满意足地走了。

我心说也别戳在这里矫情了，再遇到几个左邻右坊，这点稿费还不够搭人情，麻溜地跑到电梯，准备上楼。

电梯门打开，我眼前一暗，透骨的凉气飘出，忍不住打了个哆嗦。一对夫妇抱着三个孩子站在电梯里，我侧身摁着按钮，等一家五口出了电梯，丈夫点头示意感谢。

我这才注意到这三个孩子长得几乎一模一样，歪着头靠着爸妈的肩膀熟睡。

“三胞胎？”我小声问道。

丈夫“嗯”了一声，妻子看了我一眼，嘴唇动了动想说什么。

我第一次见到三胞胎：“真有福气。”

夫妻俩的反应有些奇怪，完全没有别人夸赞孩子，父母应有的喜悦，妻子的眼睛更是微红，眼看着泪珠就要掉下来。

这个反应勾起了我的好奇心，又不好唐突多问，暗自观察三个孩子，面色红润，呼吸均匀，不像是有病在身的样子。丈夫尴尬地说了声“谢谢”，夫妻俩匆匆走出楼道。

电梯关闭的一刹那，我忽然看到三个孩子睁开了眼睛，仿佛换了一张比实际年龄大许多的脸，咧嘴“嘿嘿”笑着……

我微微愣神，再仔细看，阳光照出的楼房阴影笼罩着一家五口，三个孩子好端端熟睡，哪里有什么异常？

电梯门关闭，楼层数字依次亮着。我回忆着刚才的情景，想起一个忽略的细节，冒出一身冷汗，急忙摁下“①”的按钮。

电梯门再次打开，我跑到楼道口，抬头眯着眼看太阳。这会儿正是下午，太阳在西边，斜照楼房，影子向东倾斜。这栋楼房是坐北朝南而建，根本不会出现我看到的“一家五口被楼房影子笼罩”的现象。

再四处看看，一家五口早已不见，小区门口闪过一辆车的尾影。北方的冬天异常寒冷，我却燥出一身大汗，玩了命追了过去，那辆车早已融入车流，不见踪迹。

微信提示音响起，是月饼的语音留言：“南少侠，去超市买酒买菜，我在家里打扫卫生，晚上好好喝一顿。”

我拨通电话，月饼懒洋洋应道：“没带钱？”

我结结巴巴话都不利索了：“我……我，好像看到了夜哭郎。”

“你说的是那夫妻俩和三胞胎？”月饼音调里没有丝毫兴趣，“哪里有那么巧的事情。”

“你也看到了？”我有些诧异月饼的反应。

月饼沉默片刻：“晓楼，这段时间我明白了一个道理，很多事情不能强行改变，否则会造成更严重的后果。”

“你丫怎么变成这样了？那是三个孩子啊！”我真动了怒气。

“我变成什么样子自己知道，”话筒里传出打火机的声音，月饼长呼了口气，“你没发现么？咱们好像越插手某件事，事情就会变得越严重，根本无法控制。”

我一时语塞不知道该说什么好，月饼扔了句“买酒菜去”就挂了电话。

我使劲揉着太阳穴，耳边仿佛响起那首恐怖的古老童谣——

“天惶惶，地慌慌，家有夜哭郎，愁煞爹和娘。”

这首童谣，讲的是三岁以前的孩子经常睡中惊醒，夜哭不止，哭声极为凄惨。情况严重的会口、鼻、眼哭出血，口吐白沫，浑身抽搐，稍有疏忽就是性命之忧。

“夜哭郎”并不是某种不干净的东西附进孩子身体，而是这个孩子从娘胎出来就是夜哭郎。

至于形成的原因有三种：母亲怀孕时参加过葬礼或者路过坟地，哀气入体，随着胎气影响了孩子；父母在孩子出生前造过杀孽，怨气随着呼吸进入血脉，滞留于丹田，在孩子发育过程中妨了孩子；第三种是最可怕的——这个孩子根本不是他们的孩子！

这么说起来很费解，换个方式说，就是某些地方的格局聚阴，孩子在子宫里孕育时，以母亲的血、气为基，阴气随血气入母体，占了孩子的灵智，孩子出生之后只有遗传自父母的躯体，神智却早已被不干净的东西侵占了，又称之为“夺舍”。

夜哭郎体内的阴气越重，异象越多。比如婴儿夜间直勾勾地望着窗外，突然痛哭；还未学会说话，熟睡时就发出“咿呀咿呀”的呓语；睡着时经常翻身摆出很奇怪、不协调的姿势……

最凶煞的夜哭郎，自身阴气甚重，往往会给常人造成阴冷、光线黯淡的感觉。如果在孩子三岁前，没能祛除体内的阴气，后果不堪设想！

我定了定神，哪还有什么心思买菜，拔腿往家里跑去。

不管月饼现在是什么心态，我绝不能眼看着三个孩子出事！

出了电梯，我喘着粗气推开门，月饼正蹲在客厅中央摆弄东西。我气不打一处来：“月无华，你丫还有点儿人性不？”

“别吵！”月饼回头瞪了我一眼。

我这才看清楚那些东西，倒吸了一口凉气：“原来……”

“嗯！”

三

月饼清出半米见方的空地，用糯米洒了一个圆圈，东西南北分别摆放木刻的蝎子、蜈蚣、蛇、蟾蜍。圈内是朱砂涂抹的鬼首图形，左眼放了黑色槐木珠，右眼则是红色檀木珠，鼻子位置摆了干瘪的壁虎。

月饼电话里说得一本正经，大有看破红尘金盆洗手的架势，其实早就担心那三个孩子，偷偷摆了“五毒识鬼蛊”，想查出根源。

我哭笑不得，心里暗骂：“月无华，你这个表里不一，假装高冷的烂好人！”

月饼瞥了我一眼，摆了个噤声的手势。

“五毒识鬼蛊”是蛊术里面少有的几种用来寻鬼识踪的蛊术。施蛊时，蛊者需将五毒按照四相位摆好，位置为鬼脸头顶的百汇穴、左右太阳穴，下巴的承浆穴，糯米封住鬼脸，形成“以阴蛊封阳聚气”的格局。“左眼走阴，右眼蓄阳”，槐、檀两木放左右双眼，使糯米圈内形成内部阴阳循环。

当施蛊者用血祭蛊术，蛊阵感应到外来的阴祟之气，鼻子本就是阴阳两气呼气吐纳之处，壁虎随之改变方向，探寻位置。

之所以用壁虎，这里面大有门道。壁虎又称“守宫”，古代宫女选入宫中，会在右臂中间位置刺破皮肤，滴入壁虎血，称为“守宫砂”，破身之后，守宫砂才会消退，可以以此来判断宫女贞洁。

后来此法传入民间，倒成了大家闺秀守身如玉的标识。

金庸曾在《神雕侠侣》中写过，小龙女与杨过在古墓朝夕相处数年，李莫愁杀进古墓，与小龙女相见，两人均露出胳膊的守宫砂，李莫愁才相信杨过、小龙女没有发生什么事情。

壁虎血之所以有这个功效，是因为壁虎生性敏锐，常年生活于阴晦潮湿之处，性阴，且对外来之气反应强烈。

放到今日，许多车主喜欢在车尾贴一个壁虎标记。虽然这个习惯源自于德国某豪车品牌全时四驱系统的形象代言，放到中国却有取“壁虎”谐音“避祸”之意（这里多说两句，我一直没弄明白壁虎为什么是壁祸的谐音，按照福建人的口音，“虎”“福”不分，那岂不成了“避福”？），贴在车尾保个平安。然而壁虎车标的实际意义，是因为壁虎感知敏锐，能起到“车祸之前有所预示，躲灾保平安”的寓意。

“五毒识鬼蛊”需要施蛊者灵台清明，保持绝对安静的环境氛围，否则稍有差错，阴祟入体，心魔横生，轻则重病一场，重则精神错乱。

这也难怪月饼这种“遥控器摆在桌上都懒得用手拿，非要用脚扒拉到手前”的懒人，破天荒地打扫卫生，让我买酒菜，其实是为了支开我，完成蛊术。

想到这一层，我气也消了，一声不吭地瞅着月饼施术。

月饼取出一枚桃木钉，刺破右手中指，往壁虎身上滴了一滴血珠，又拿起摆在脚边的竹筒，撒了些绿色粉末。

说也奇怪，壁虎冒着白烟“嗤嗤”作响，干瘪的身体渐渐膨胀，皱巴巴的皮变得圆润光泽，尾巴轻轻颤动，爪子伸展，张嘴吐出信子，竟然活了！

我心说这种蛊术居然能起死回生，不知道用在死人身上会不会有作用？转念一想，一具淌着尸液，爬满尸虫的尸体要是活了，估计能把活人吓死。瞧这意思还需要人血回阳，一只壁虎要用一滴血，尸体还不要用好几十斤血？万一血型不匹配呢？

月饼哪想到我这脑洞都开到三次元了，板着脸眯眼盯着壁虎，嘴里念叨着一串稀奇古怪的咒语。

只见壁虎在圈里乱窜，碰到糯米就像触到烙铁，冒着烟弹回。如此跑了足有十多分钟，才又回到鬼鼻子位置，尾巴撑地，身体竖起，舌头耷拉在嘴边，脑袋一歪，就这么死了。

我一点儿没觉得这个过程有多紧张，倒是壁虎竖着死的方式很戳笑点。要不是月饼皱着眉满脸疑惑，叽里咕噜念叨着什么，我就直接笑场了。

“怎么样？”我忍着笑，做一本正经状。

月饼抬头盯着天花板，伸手指了指。

我眨巴着眼睛，想到一件事情，突然冒了一身冷汗。

三个孩子很明显被“夺舍”了，月饼这意思是，那些脏东西在天花板里？

我随即又联想到上学时听说的一件异闻：

某施工地搅拌水泥，操作工脚底绊倒摔进搅拌机，骨肉搅成血浆混入水泥。建筑工头花了重金封口，把水泥砌进墙体，此事也就不了了之。

后来在施工过程中，接二连三发生怪事。夏天嫌热不愿睡在工棚的工人，卷着凉席跑到楼房上层乘凉睡觉，醒来的时候却发现自己在楼洞里，水泥地的灰尘里满是乱七八糟的脚印。更离奇的是，厨房开饭，每次工人打完饭回桌吃饭，都会多出一套碗筷，就像是有个人临时有事儿离开，留下了餐具。

后来怪事越来越多，甚至有人看到被搅死的工人坐在脚手架上望着他们笑，一眨眼就没了。

工人们本来就收了黑钱心里有愧，如此一来说什么也不敢再干活，生怕遭了报应。倒是工头是个浑不吝，灌了半瓶老烧，拎着破扫帚按照老风俗进楼打脏东西。也不知道是喝大了脚滑还是发生了什么事情，工人们看到工头站在没封边的阳台，一边后退一边喊着“别过来”，失足从十三层摔了下来，正好被竖起的钢筋由下体贯穿脑门，死状极惨。

那栋楼房再没有人敢靠近，渐渐成了一座荒废的烂尾楼。据说，走夜路的人，经常会看到楼房的窗台站着一个无头男子。

我越想越觉得是这么回事，顿时整个人都不好了，只觉得无数阴气从墙体里逸出，幻化成一具具缺胳膊少腿儿的人形。

“月……月饼，如果真的是在天花板里，”我汗毛根根乍起，“那这栋楼就是最凶煞的尸宅？”

“写小说写多了是不？”月饼推开窗户探出半个身子仰头看天，“五毒寻鬼蛊指示的地方是那里。”

我这才反应过来，下巴差点掉到脚面子：“天上？”

“很奇怪。”月饼摸了摸鼻子，眼中恢复了平常的神采，“南少侠，咱们又要大干一场了啊！有信心么？”

不知道为什么，看到月饼这个样子，我突然觉得很感动。

月无华，回来了！

“咚咚咚”，敲门声响起。

刚回来还不到一小时，能是谁找我们？

我和月饼对视一眼，手忙脚乱把“五毒寻鬼蛊”的物件收拾好。我跑到门口：“哪位？”

“是我。”

一个女人的声音。

四

我开了门，万万没有想到，门口站的女人，竟然是三胞胎的母亲。她怯生生地绞着手指，牙齿咬着嘴唇，眼睛通红，眼神里更是透着绝望的悲伤。

我忽然觉得她的模样很熟悉，好像在哪里见过，一时间又想不起来，这种感觉让我心里不上不下的特别难受。

“您好，冒昧打扰，我是您的邻居，十三楼的白芷。”女子微微鞠躬，衣领下倾，露出一丁点儿丰满的白。

我连忙移开视线，默念：“色即是空，空即是色，红粉骷髅，红颜祸水。”然而，思想很坚定，身体很诚实，我的眼睛还是很不老实又瞄了几眼。

“您有什么事情？”月饼站在客厅门口问道。

“方便进屋说么？”白芷嘴上这么说，一只脚已经踏进了门。

“请进。”月饼示意我让开门，白芷擦身而过，一股淡淡的CHANEL香味钻进鼻孔。

那种似曾相识的感觉很强烈地涌进脑海，我看着白芷的背影，越发觉得熟悉，忽然想到她鞠躬的时候，胸口那颗痣。

我“啊”了一声，终于想起她是谁了！

怎么会这么巧！

我想起五年前那件小事——

我和月饼刚上大学的时候，半夜闲得没事儿翻墙出去吃烧烤，连吃带喝正起劲，烧烤摊停了一辆豪车。男子要了些烧烤打包带走，女人衣着暴露，开着车窗，神色傲慢地望着夜空，显然对这种地方不屑一顾。

我们的座位离那辆车挺近，女人长得不错，身材又好，我忍不住多看了几眼，就记住了那颗痣，还有那股CHANEL香味。

女人发现我偷瞄她，更是一副“假装鄙视实则我长得就是好看”的欣喜，挺着胸重重“哼”了一声。

我倒没什么仇富心理，自知理亏，也就没当回事儿，继续和月饼拼酒。

结果，月饼低声说了句：“脸上有酒窝、脖子后有痣、胸前有痣的人，是带着前生执念转世而来。”

我大感兴趣，刚想问几句，一个头发油腻、脏乎乎的小女孩扒着车窗向女人讨钱。

女人勃然大怒，伸手扇了小姑娘一巴掌：“你知道这车多少钱？别拿你这脏手碰车。”

小姑娘坐在地上，捂着脸“哇哇”大哭。男子没说什么，从钱包里摸出张十块钱，往小姑娘身上一扔，拎着串儿上了车。

月饼眉毛一扬，显然动了怒气，扶起小姑娘，默不作声地盯着车里。

那对男女一副满不在乎的样子，我也上了肝火，趁着他们没主意，猫着腰绕到车后面，用刀子把贴在车尾的壁虎标记撬了下来。

月饼见我得手，也不再说什么，给了小姑娘一百块钱，我们继续回桌撸串儿喝酒。

男子一声冷笑，发动了车子，女子望着夜空：“老公，今晚星星特别亮。北斗星旁边那颗小星星都很耀眼呢。”

“还真是头一次看见那颗星。”男子轰着油门走了。

我和月饼一愣，起身想追上去，转头看到那个小姑娘可怜巴巴眨着眼，又收住了脚步。

“月饼，他们看见死兆星了？”

“嗯。”月饼又犹豫了片刻，还是坐了下来，“也不一定会死人，让他们遭点儿灾，长个记性。”

五

我目送白芷走进客厅，心里有种“人生际遇如此巧合”的微妙感，同时也如释重负，总算松了口气。

民间有“南斗生，北斗死”的说法，意思是“南斗主掌生命，北斗主管死亡”。南斗撇开不谈，单说“北斗死”，实际意义是指北斗七星从勺柄数起第二颗星，也就是开阳星旁边很近的地方有一颗暗星，古人把这颗星称之为“辅”。

这颗辅星又称“死兆星”，据说能看到这颗星的人，在一年内必有灾祸。如果看到死兆星越来越亮，预示着灾祸愈发严重，甚至有性命之忧。

当年白芷夫妇看到死兆星，按照我和月饼的性格，换作平时肯定会明着暗着帮忙化凶。可是他们对待小女孩的态度，却让我们没有这么去做。

这些年，我时不时想起，总觉得做得不对。虽说夫妇俩人品好不到哪里去，可是抛开人性不提，说到底是两个活生生的人，我们假装视而不见，又何尝不是人性阴暗面的体现？

有时候和月饼闲得没事看星相，聊起这件事，月饼也有些纠结，总结起来，无非就是“世间无完人”这个道理。

我进了客厅，白芷坐在沙发欲言又止。

“您有什么事情？”月饼冲我使了个眼色，显然他也认出白芷是谁。

白芷张了几次嘴都没发出声，胸口剧烈起伏，俏生生的脸变得煞白，泪珠在眼眶里打着转，眼看就要哭出来。

我慌了手脚，不知道该怎么办。见惯大风大浪的月饼，也是手足无措，红着老脸使劲摸鼻子，居然从桌上拿起一卷卫生纸递过去：“您先别激动，有话慢慢说。”

我心说姐姐您有话就说，这要是“嗷”一嗓子哭出来，让热心群众顺手举报，我们两个大老爷们“跳进黄河也洗不清”。

正胡思乱想着，白芷情绪平稳了一些，从坤包里拿出一本我前段时间刚出版的书：“羊老师，我是您的读者。”

我差点一口老血喷出，敢情这是读者见到活的作家激动的？专门来要签名？

月饼显然也很意外，憋着笑冲我眨眼睛。

我干咳两声："啊……啊，我的笔名是羊行中，叫我南晓楼就好。"

"羊老师……"白芷微微皱起鼻子，试探着问道，"您会看面相吗？"

我顿时觉得天雷滚滚，自从把我们的经历记录出书，无数人问过这个问题。一开始我还挺有耐心回答，后来问的人太多，实在是不胜其烦。月饼也提醒过："卦不随身，命不算亲。帮别人看相算命，其实对那些人没什么好处。要想正气立身，无非是'一命二运三风水，四修功德五读书'，没有捷径可走。"

我琢磨着是这个理儿，索性"一问三不知"，直接让编辑在我的个人介绍里加了"自称最擅长一本正经地胡说八道"这句话，整个世界才算清净一些了。

我傻站着正不知道怎么回答，白芷呼了口气，稳定情绪："我想跟你讲一件事情。"

四年前的夏天，她和丈夫旅行归来，已经是深夜。夫妻俩路过一个烧烤摊买了些烤串，准备打包回家吃。等烧烤的时候，有个小女孩来要饭，她骂了几句。

这件事情白芷讲得极为含糊，我和月饼互相看了一眼，满脸"居然这么巧"的表情。我暗自观察白芷的神色，显然没认出我们。

白芷停顿片刻，接着讲述——

回家路上，油表指示灯显示汽油不足，丈夫顺道拐进加油站，发现车尾的壁虎标志被撬掉了，车漆还有刀划的痕迹。丈夫骂了几句，黑着脸加满油，一路憋着火，车子开得飞快。

路过十字路口，丈夫也不顾红绿灯，一脚油门冲了过去，结果撞到一辆正常行驶的车子。把那辆车撞得稀烂，殷红的鲜血顺着凹陷的车门缝隙"滴答滴答"流出……

白芷永远忘不了那恐怖的一幕：断裂的车窗架贯穿女子的脸部，巨大的冲撞力拗断了她的脖子，嘴里呕着黏糊糊的血沫，破碎的窗玻璃印着一个硕大的血手印。

更让白芷无法接受的是，女子怀孕半年，那个女子的丈夫，受到巨大的刺激，精神失常，忙完妻子的丧事，服安眠药自杀了。

白芷夫妇付出了高额的赔偿，为此几乎倾家荡产，事业也一蹶不振。

后白芷怀孕，居然是罕见的两女一男三胞胎，虽然日子过得清苦，多少让这个家庭有了一丝欢乐。

可是好景不长，三个孩子在一周岁生日的那晚，生日蛋糕的蜡烛无风自灭。也由那天开始，孩子们夜夜啼哭，甚至连嗓子都哭破了。夫妻俩跑遍医院，检查的结果都是孩子身体健康，没有查出病因。他们也私下找了会看东西的老人给孩子“喊魂”，正在夜哭的孩子突然停止哭声，直勾勾地盯着喊魂的老人，咧嘴笑了。

老人吓得扔下一句“这是三个讨债的娃儿”，钱也没收就走了。

白芷夫妇想起几年前那场车祸，认定了这三个娃是一家三口投胎，命中注定逃不过的报应。

六

白芷讲完，已经泣不成声。

我浑身冰冷，胸口像是压了一块石头，沉闷得喘不过气。我无论如何也想不到当年的一件小事，竟然造成了这么严重的后果！

如果当年我没有把壁虎标识撬下来，白芷丈夫就不会带着情绪开车，或许就不会闯红灯，也不会出现车祸。去世的一家三口会很愉快地生活，白芷夫妇也不会赔了家业，也不会生下三个“夜哭郎”。

换个角度想，那天晚上我和月饼没有出去吃烧烤，那个小女孩没有去要钱，这一切也不会发生。

这些看似微不足道的小事很奇妙地串到一起，却造成了一系列惨剧。

“羊老师，求求您，”白芷眼睛哭得红肿，“我们愿意赎罪，可是孩子们是无辜的，身体一天不如一天，怎么也治不好……”

“我见过您和月先生的照片，出电梯的时候认出了您。我知道这样做很冒昧，请……请您和月先生想想办法。”

月饼拿着烟始终没有点着，夹烟的手指微微颤抖：“请您放心，我们一定会帮忙。今天晚上不要给孩子吃饭，只喝清水。您和丈夫穿着白色衣服，准备黄酒、烧纸、盖戳的邮票、大头针、老瓷碗、一盆糯米泡的水、三枚老铜钱，如果找不到铜钱，可以用年代久的五毛铜币。十一点，我们过去。”

白芷眼睛一亮，浮肿的脸总算有了血色，扶着沙发慢慢站起，“扑通”就要跪下。

月饼一把扶住，又交代了几件需要注意的琐碎事，问清楚了白芷家的房号，把她送出门。

我几乎是跌倒在沙发，盯着天花板，使劲抽着烟，脑子乱糟糟的，根本无法思考。

“亚马孙的那只蝴蝶扇动翅膀，根本想不到会给密西西比河流域带来风暴。”月饼的声音很近，又好像很远。

“你不用安慰我，”我哑着嗓子，太阳穴“突突”跳得生疼，“如果蝴蝶不扇动翅膀，就不会有风暴。”

“蝴蝶怎么可能不扇动翅膀？”月饼扬了扬眉毛，“每个人都有选择做一件事情的权利，却无法选择事情往哪个方向发展。”

我把手掌举在眼前，掌纹错综复杂，渐渐虚化成模糊一团：“月饼，我从来没有像今天这样后悔。”

月饼踹了我一脚：“后悔有什么用？”

我疼得龇牙咧嘴：“你丫至于这么下狠腿么？”

“事情都过去了，能补救就赶紧补救！”月饼又飞过来一脚，“有工夫矫情，没时间解决，像个老爷们儿么？干脆改行当情感作家得了。”

我翻身躲过：“我是写悬疑小说的纯爷们儿！”

七

经过这番折腾，我也不觉得饿了，就是心情始终不太好，索性闭目养神。月饼看出我郁闷，开启话痨模式，我也没心思说话，就这么听他讲了好几个小时的单口相声。

眼瞅着到了十点半，我们穿了外套，坐着电梯去了十三楼。

白芷的丈夫早已等在门口，细细一看，他比四年前苍老了许多，尤其是眉宇间那股灰气，直接可以做运程不佳的形象代言人。屋里传来三个孩子撕心裂肺的哭声，白芷正在哄孩子，光试听动静就能想到她手忙脚乱的样子。

白芷丈夫有些疑惑地打量着我们，显然不是很信任。我也没当回事儿，本来我们俩的年龄、形象就和那些走街串巷、号称会点儿什么的二半仙相差很远，没有一张神神叨叨的脸也就没必要举着旗子“前知八百，后知一千”装模作样。

月饼微微点头，白芷的丈夫侧身让我们进了屋。白芷穿着白衣站在卧室门口，眼巴巴地望着我们，孩子察觉到有外人进来，哭得更凶了。

“白女士，请您和先生出门回避，”月饼摸了摸鼻子，“最多半个小时。”

白芷忙不迭地点头，扯着丈夫就往外走。丈夫明显有些不情愿，架不住白芷哀求，重重地摔门而出。

“开工吧。”月饼撸起袖子去卫生间拿拖把。

我进了卧室，只见三个孩子小手紧紧抓着床单，声音嘶哑，哭得上气不接下气。

夜哭郎虽然凶狠，收起来却不是很费劲。我先观察着房间格局，红色窗帘，床头没有镜子、电视之类的东西，屋灯在房间正中央，床头柜在床头右侧，没有什么影响气运的布置。

整个房间很简陋，看来这几年过得着实艰辛，最值钱的东西就是床头柜那瓶破旧的CHANEL香水了。我又是一阵内疚，打定主意，等去了夜哭郎，再添些物件帮他们转转运。

月饼需要的东西都摆放在走廊，我把黄酒倒进糯米水，点着了烧纸沉入水中，纸灰搅拌均匀，用老瓷碗舀出纸灰水泼在地上，取“糯米克阴，黄酒充阳，老碗盛气，纸灰显祟”之意。不多时，地面果然出现许多零零碎碎的脚印。

我数了数，脚印有大有小，看形状应该有三个人，更证实了最初判断。

八

“摆好铜币了么？”月饼打开水龙头淋着拖把，“别耽误时间，子时快到了。这时候收不住，就要等明天了。”

我把铜币分别压在三个最明显脚印的脚后跟位置。按照老说法，铜币五行为金，最易吸取煞气，古代打造一件神兵利器，要用活物祭刀，就是为了取其厉气，方能“阳可镇人，阴可压祟”。年代越久的铜币，经过的人手越多，厉气越足，功效自然越强。

准备就绪，月饼把整个卧室拖了一遍，唯独保留了压着三枚铜币的脚印。三个孩子哭声停歇，歪着头含着手指渐渐熟睡。

月饼用大头针穿过邮票，钉在孩子头顶三寸三的床褥，用火机点着。邮票燃烧着幽绿的火光，火光歪向孩子的位置，忽地一亮，瞬间熄灭。邮票有“寄思归家”之意，盖戳的邮票用现代话来说，就是给“寄思归家”做了个导航。古时没有邮票，给孩子“叫魂”用的是有地址、姓名的书信封，道理和邮票相同。

我站在卧室门口举着孩子衣服：“天安地安，夜郎消散。快快回家，父母心欢。”

重复念了三遍，我把衣服盖在孩子身上。孩子们睡得更熟，微微打着鼾，面色逐渐红润。

就在这时，压在脚印上面的三枚铜币微微颤动，慢悠悠飘离地面，悬浮在两三厘米的位置，如同蜜蜂翅膀急速振动。月饼甩出桃木钉，击中铜币和地面之间的空隙，只见桃木钉像是钉进了一堵无形的气墙，颤巍巍飘着，隐隐能听到“嗤嗤”气体泄漏声。

月饼面色微变，取下钉在被褥的大头针，刺破中指，对着三枚桃木钉弹出血珠。我顿时觉得卧室的光线黯淡下来。“嗤嗤”的声音越来越响，像是一群马蜂在屋里横冲直撞。

三道肉眼可见的灰气从鞋印里冒出，化成隐约的人形，静静地飘在卧室中央。

我看得真切，其中两道灰气一高一矮，为男女形象。第三道灰气只有半尺多长，分明是个手脚还未发育完全的婴儿，茫然地抬着头，空空的眼眶四处张望。

母亲形象的灰气蹲身，想要探手抱起孩子，手掌穿过孩子身体，只是捞起一丝灰气。孩子似乎感受到了母亲的疼爱，举着还是一坨肉球的小手，虚空抓着。

母子的手再次触碰，依然是相穿而过，永远无法碰触。灰气形成的丈夫默立，绝望地看着这一切，几滴泪珠形状的灰气从他的眼角滚落。

我听到了他们灵魂的哀号；我看到了他们灵魂的哭泣！

月饼别过头，微颤的肩膀显示着激动的心情，走到窗前犹豫着是否要打开窗户，引他们离开屋子。如果这么做，他们将融于天地阴阳二气，再也无法相伴。

这一幕异常诡谲，我却没有感到害怕，心里说不出的难受。如果当年我没有一时意气用事，一切都不会发生，这一家三口的生活可能不富裕，却很快乐。

如此想着，莫名的悲伤情愫涌上心头，我再也压抑不住情绪，眼前浮现出许多光怪陆离的画面——母亲在车里挣扎着，摸着隆起的肚子，缓缓闭上眼睛；腹中婴儿泡在满是鲜血的子宫里，皱巴巴的小脸憋得煞紫，终于不再挣扎；丈夫安详地躺在床上，床头是一瓶打开的安眠药空瓶，压着一张写着“我人间飘零，怎能独饮伤悲”的A4纸。

视线愈发模糊，这些画面渐渐占据了我的思维，陷入更深的悲痛，我忍不住要放声痛哭。

突然，我的人中穴一阵刺痛，顿时灵台清明，瞬间清醒过来，才发现不知道什么时候躺在了地上。

九

“凝气稳神，避免夺舍。”月饼掐着我的人中，见我醒了才松开手，摸出那只干瘪的壁虎，放在窗台，洒了些许紫色粉末。

我心里暗说“惭愧”，打了一辈子鸟，差点被鸟啄了眼。刚才受这几道阴气影响，触景生情，心思乱了，差点被阴气入体夺舍。

我轻咬舌尖，痛得整个舌头都麻了，这才彻底清醒。再看窗台，紫色粉末由壁虎头顶撒到尾巴，像是遇热融化的奶酪粒，“咕咕”冒着热气，化成黏稠的紫浆，渗进壁虎身体。

月饼捻着桃木钉轻刺壁虎脑袋，只听见“吱”的一声，壁虎探着脑袋张开嘴巴，舌头吞吐不止，然后从窗台跃到地板，摆着尾巴飞速爬到三道灰气跟前停住，肚子微瘪又渐渐膨胀，看样子是在吸气。

月饼靠着窗台点了根烟，又递给我一根，示意不要发出声响。我心知月饼在用某种蛊术除祟，想想这一家三口很快就会彻底消失，心情压抑，烟抽得都没有滋味。

灰气形成的气线分别从三道人形灰气的脚底涌出，顺着地板飘进壁虎嘴里，随着壁虎的肚子越来越鼓，人形灰气的颜色越来越淡，最终消失。

“紫色粉末是曼陀罗粉，壁虎吸阴，这是蛊术中唯一能够去祟的‘魂蛊’，”月饼冷着脸拾起壁虎，用红布包裹结实，“过一会儿我要出去一趟，妥善安置这只壁虎，这样他们能够气归自然，说不定还有转世的机会。你不要跟着，这件事只能我处理。”

那三个孩子呼吸均匀，吧唧着小嘴睡得正香，其中一个孩子分外调皮，踢蹬着腿把被子蹬掉了。我正想给孩子掖被子，月饼拉住我的胳膊，快步走到床前，皱眉盯着孩子。

月饼这么做肯定有他的道理，我跟过去一看，孩子粉嘟嘟的，像个瓷娃娃，胸前一颗浑圆的黑痣分外明显。月饼扬扬眉毛思索片刻，轻轻扳动另一个孩子，撩开脖子后面的头发，发际线下方也有颗同样大小的痣。

月饼像是察觉到什么，抬头盯着房灯发呆，原地转了一圈，目光扫过屋里的家居摆设，又轻轻捏住第三个孩子的鼻子。

孩子显然很不舒服，扁着嘴就要哭出声，脸腮凹出深深的酒窝。

月饼松开手指，眉头皱得更紧：“脸上有酒窝、脖子后有痣、胸前有痣的人，是带着前生执念转世而来。”

我仿佛回到了四年前，在烧烤摊初遇白芷夫妇，月饼说过同样一句话的时候。

当时月饼并没有把话说完，我好奇心强，回来搜了很多资料，才弄懂了月饼那句话的含义。

胸前、脖子的痣被称为“苦情痣”，酒窝又叫作“忘情窝”。这个说法，来自于一个民间的老传说。

相传人死后，过了鬼门关便上了黄泉路，路的尽头有一条忘川河，岸边盛开着彼岸花，“花叶生生两不见，相念相惜相永失”。若是带着怨念来到忘川河的人，走上奈河桥，闻到彼岸花的香味，会记起死前的执念。

奈河桥头，有个叫孟婆的女人守候在那里，给每个经过的路人递上一碗孟婆汤，凡是喝了孟婆汤的人就会忘记今生今世所有的羁绊，了无牵挂地进入六道，或为仙、或为人、或为畜……

孟婆汤又称忘情水，喝下便忘却所有。一生爱恨情仇，一世浮沉得失，都随着孟婆汤遗忘得干干净净。今生牵挂、痛恨之人，来生相见不识，了无牵挂。

有些执念太强的人，不愿喝下孟婆汤，甘愿留下今生记忆。孟婆只好在他们身上做了记号，留下苦情痣、忘情窝，跳入忘川河受水淹火炙，等待转世轮回，只为来生再续前缘，还能相见。

是福是祸，皆为因果。

“这三个孩子是带着那一家三口转生？难怪引来了这么强的执念。”我想通了这一层，总算松了口气。阴气已去，三个孩子今生再无牵绊。

月饼仍在屋里寻找什么，目光终于定格在那瓶老旧的CHANEL香水上，拿手里闻了闻，嘴角浮现出一丝笑意，随手揣进兜里。

月饼这个表情看得我心里发毛，忍不住问道：“你丫居然还有收集二手香水的癖好？”

“清干净了，你们可以进来了。”月饼伸了个懒腰，对着屋外高呼。

十

白芷见到孩子面色红润地酣睡，眼中闪烁着母亲独有疼爱，对着我们深深地鞠躬。反倒是白芷丈夫表情很不自然，眼角微微跳着："真治好了？多少钱？"

我心里鄙夷他的市侩，懒得搭腔。月饼手指竖在唇边轻嘘，意思是别吵醒了孩子。我们蹑手蹑脚走到门口，白芷忙不迭掏出钱包，只有几张皱巴巴的百元钞票，一股脑塞进月饼手里。

月饼收了钱，也没客气。我注意到白芷丈夫眼睛几乎滴出血，恨不得用目光把钱勾回来，愈发觉得厌恶，心说等我给你家设了招财的格局，你以后喝酸奶连盖都不用舔，这点儿钱算什么？转念想想白芷家的困境，俗话说"一块钱憋死英雄汉"，多少也理解一些他的想法。

"白女士，这钱就收下了，也是为孩子积德买福，"月饼摸了摸鼻子，"我们想和您先生聊聊。"

白芷念叨着"钱给得太少"，招呼丈夫送送我们。白芷丈夫显然很不情愿，假装抬着腿就是不挪一步。我看得心烦，话里带着刺儿："甭客气了，就这么几层电梯，摁几下按钮的工夫，又累不着。"

月饼冷不丁冒出一句不相关的话："白女士，车祸那天你们刚从四川旅游回来吧？"

白芷用力点着头，那个表情快把我们当神仙了。

"所以，您还是送送我们吧。"月饼眯着眼盯着白芷的丈夫。

我就算是智商再低，也明白其中必有蹊跷，心里提高警惕，暗自打量着白芷的丈夫。

一米七五左右的个子，面色白净，略微发福，加上这几年的日子过得清苦，虽然显得有些苍老，依然能看出年轻时颜值不低。只是眉宇间略带青气，鼻梁窄细双眉近，嘴唇薄，下巴稍有内收，从面相看，是个天性凉薄之人。

月饼眯眼瞅着白芷的丈夫，右手揣进兜里，看似漫不经心地露出香水瓶。白芷心里牵挂孩子，碎碎念着丈夫失礼，哪注意到这些细节？

白芷丈夫看到香水瓶，肩膀微微一颤，脸色变得煞青，随即堆出一副笑脸："两位兄弟，辛苦你们了。看到孩子好了，心里激动，失态失态。哈哈，我送送你们。"

他前倨后恭的市侩嘴脸更加让我看不起，尤其是看到香水瓶的反应，又联想到白芷始终用CHANEL香水，让我心生疑窦——

欧洲有一个盛产香水的国家，香水匠利用植物的花瓣、苞蕾提炼香精，根据植物的气味制成不同香气的香水。据说，闻名于世的顶级香水，真正达到浓而不郁，久而不散，勾魂动魄的效果，必须配入一定比例的尸油。

这种恶心的制作方法是黑女巫炼药过程中的意外收获。女子只要涂抹少许香水在眉间、耳垂，就能对男性产生致命的吸引力。贵族女子对此更是趋之若鹜，高价购买，以此引诱皇室成员。

直到中世纪，欧洲几个重要国家发生了由女子引起的政变、叛乱，追根溯源，矛头自然对准了香水和黑女巫，衍生了"女巫用婴孩炼成的魔鬼油（香水）引诱魔鬼在夜间出没，寻找涂抹香水的女人作为诱惑目标，引起自然灾害、疾病、国家动荡"的传闻，并由此展开了长达三百年屠杀黑女巫的活动，无数良家妇女因涂抹香水被诬陷为"女巫"，或被斩首示众，或被剥光衣服活活烧死。

想到这一层，我心里明白了七八分。白芷丈夫出于某种目的，在香水里添加了尸油，引来了不干净的东西，反倒妨了孩子。再细细一想又觉得不对，他这么做很明显不符合人伦逻辑，"虎毒不食子"，更何况是当爹做丈夫的人。

这么胡思乱想着，电梯门缓缓打开，起降舱正对着门的镜子，清晰地映着月饼愤怒的目光。

十一

我和月饼很默契地前后夹着白芷的丈夫，走到小区园林区的亭子里，依次坐下。月饼递了一根烟，白芷的丈夫摆手拒绝：“我不抽烟。”

“烟是很奇妙的东西，”月饼摆弄着香烟，“只要抽过一根，身上就会有永远无法驱散的烟草味儿。不像香水，要每天涂抹才能有效果。”

白芷丈夫盯着月饼举着火机的手犹豫片刻，叼着烟歪头凑过去。烟头一亮，他深深吸了一口，鼻孔喷出两道烟柱，轻咳几声：“我叫李磊，四川贡城人。”

我听到“贡城”这两个字，立刻想到了魇族的周、苏两家，心说怎么会有这么巧的事情？正要追问，月饼使了个眼色让我噤声。

李磊又狠狠吸了口烟，夹着烟的手不停颤动，烟头亮光在黑暗中留下一圈圈光晕残影。

“魇族？”月饼扬扬眉毛。

李磊张着嘴愣了片刻，眼睛直勾勾地盯着月饼：“你说什么？”

我观察着李磊的表情，没眨眼睛，瞳孔并未收缩，视线没有往左偏斜。正常人在说谎时，会下意识地眨眼掩饰目光，瞳孔因为心情紧张而略微收缩，视线会不由自主地往左瞄。

我虽然很讨厌李磊，但是看他惊愕的表情和面部语言，证明他说的是实话。

“香水里面为什么会有尸粉？”月饼有些意外，不停地开合打火机，火苗忽明忽灭，很有规律。

我心脏“突突”跳了几下，刚才由香水联想到尸油，却不如月饼这比狗还灵光的鼻子好用，没闻出尸粉的气味。而月饼看似随便玩着火机的无心之举，也是大有含义。

他在利用Zippo火机的碰撞声、火苗明灭，施展类似于“怀表催眠”的催眠术。

月饼语调低沉：“告诉我，是怎么回事？”

李磊目光慢慢涣散，眼神忽明忽暗，梦呓般说出一段离奇的往事。

以下是我根据李磊讲述做的记录——

李磊家境一般，自己没什么本事，高中没毕业就来到这个城市打工。一

年多的时间，除了日常花销，根本没有任何积蓄，和他一起来的朋友，凭着自身能力，或多或少都改变了生活状态，在城市立住了脚。

有种人永远抱怨命运不公，却从来不曾想过是否有能力抓住命运。李磊就是这样的人，整日除了怨天尤人，就是泡网吧打游戏、撩妹玩、一夜情，得过且过地混日子。

同乡的朋友看不过去，托关系把他介绍进某豪车品牌的4S店当销售顾问。李磊长得精神，嘴皮子也利索，这份工作倒也干得有声有色，攒了一笔小钱。

按照这个节奏发展下去，李磊虽然过不上大富大贵的生活，再过几年按揭买个房子没什么问题。可是人就怕欲望膨胀，他在4S每天接触富豪美女，心里更加失衡，一咬牙把积蓄投进股市，做起一夜暴富的美梦，偏偏赶上股市大跌，“辛辛苦苦三十年，一夜回到解放前”。

直到一个人的出现，彻底改变了他的命运。

李磊正偷空用手机看着绿油油的股票发愁，店里来了一对青年男女。职业敏感性让他意识到，这两人一身名牌，肯定是来购车而不是转悠两圈打个哈哈就走的观光客。

他盯着身形火辣的女孩正要搭话，男子突然用乡音问了一句：“你是李磊？”

他这才看出来购车的男子，居然是和他一起来打工的高中同学刘珂。正所谓“仇人相见分外眼红，同学相见分外脸红”，身份的巨大差异让李磊自尊心极度受挫，尤其是刘珂趾高气扬的架势，更让他面上赔着笑脸，心里早就骂了个痛快。

刘珂签了订车意向书，搂着美女施施然走了。李磊琢磨着刘珂什么都不如他，如今却凤凰翻身，更可气的是居然是那个美女付款！刘珂这个德性居然也能傍上了富家女？这里面肯定有什么门道。

下班后李磊打了个电话，找了个“好久不见吃个饭”的借口约刘珂见面。刘珂多少也有些显摆的意思，就没推辞。

酒过三巡，李磊支支吾吾聊起这事儿，刘珂也是喝大了酒，“嘿嘿”一笑，故作神秘地给李磊发了个微信号，让他回家加微信就明白了。

十二

回到家里，李磊加了微信号，匆匆看了对方朋友圈，居然是个兜售药品的微商。李磊正要骂刘珂不仁义，对话框里冒出一句话：“专业定制蛊魅粉，可以使你逆袭白富美，推倒高富帅，短时间达到人生巅峰。购买商品无需付现款，只需填写收货地址。达成目标后，将每年的30%收入汇入指定账号，否则后果自负！”

李磊看得心烦，正要把微信号拉黑，刘珂打来电话：“微信号千万别透露，就当送你的人情，发达了别忘了我。”

李磊多了个心眼儿，看刘珂这意思，说不定蛊魅香水真有用，填上了收货地址。

过了一个多星期，李磊的心情早已从期待变成了咒骂，却在下班时收到了一个快递。寄件人地址是他的家乡贡城，包裹里装着一瓶白色粉末和手写的使用方法：取一滴眼泪融入粉末，购买一瓶香水，倒入少许粉末，涂抹香水之人即可对你死心塌地。

李磊此时信了七八分，照着做了。

也许是前世孽缘，白芷去4S店买车，李磊是销售顾问，一来二去熟悉了。李磊了解到白芷是富家独生女，花了半个月的薪水买了瓶CHANEL香水，加入魅惑粉作为购车礼品赠送。

半年后，白芷掏钱买房购车，在亲朋好友一片反对声中嫁给了李磊。

逆袭成功的李磊过上了梦寐以求的日子，他对白芷也没有真感情，如今想得到的都有了，虽然白芷父母始终不接受他，但是这又算得了什么？再熬十几二十年，这份偌大的家产，还不是由他继承？

毕竟是做贼心虚，那个微信号询问他效果如何，并提示不要忘记按时付款的时候，李磊毫不犹豫地拉黑了……

李磊讲述完，眼神依然迷离，看来催眠效果还没有褪去。我听得心头“噌噌”冒火，恨不得抡拳碎了这个畜生的鼻子。

“难怪周苏两家这么有钱。”月饼摸了摸鼻子，“南瓜，你可以不用内疚了。那天就算你不撬下壁虎标识，那场车祸也无法避免。”

我想起周家在贡城的豪华别墅，显然不是大夯在周博文婚礼上说的“周家世代盐商，瘦死骆驼比马大”能解释通，看来确实通过这些邪术敛财。

转念一想，我又有些担心：“万一魇族不是做邪术的商家，那不是还有更多人受害？”

“用尸粉施术的部族，除了魇族，只有蛊族。”月饼望着星空，面色微变，“蛊族对心上人用的是情蛊，绝不会制作这么下作的东西。”

我知道月饼又想起了阿娜，不知道该说什么，只好继续对李磊怒目而视。忽然，我想到了一件事情，冒了一身冷汗：“月……月饼，魇族在贺兰山全军覆灭，购买蛊魅粉的人岂不是？”

“人一辈子目的不同，”月饼无奈地摇摇头，“这种阴邪的魇术，只对心有魔祟的人彼此起作用，但愿这样的人不多。”

我苦笑，每个人心中都有欲望，膨胀即心魔！

这些年，不知道有多少人，收到过香水礼品；不知道有多少人，被蛊魅粉诱惑。

但愿，这样的人，不多！

十三

月饼打了个响指，李磊如梦初醒，茫然地看着我们。

“李先生，谢谢您陪我们聊了几句，”月饼笑得很真诚，“每天早中晚定时给孩子们喝50毫升糯米水，连续一星期，病就痊愈。”

李磊显然把发生的事情忘了个干净，依然是那副市侩嘴脸，勉强挤出一丝微笑，打了个招呼就往回走。

“李先生，今晚夜色不错，北斗星特别亮眼。”月饼指了指天空。

李磊瞥了一眼，随口应道：“是啊，北斗星旁边那颗星星特别亮。”

我打了个激灵：“一看死兆星，灾祸殃运势；二见死兆星，三月赴黄泉。”李磊又一次看到死兆星，说明他的寿命最多还有三个月，大罗神仙也救不了。

李磊进了住宅楼，我闷闷地抽着烟，回忆着白芷家的房间格局，准备找机会帮她助助运势。李磊三个月内必有丧命之祸，白芷拉扯三个孩子，苦日子可想而知。

“不要想着帮白芷，李磊就是她的厄运。”月饼拍着我的肩膀，“他死了，白芷父母自然会接受女儿和孩子，白芷的运势也就转了。”

我突然发现，从我内心深处，竟然一点不同情李磊。

“有些人，死了比活着好。”月饼伸了个懒腰，插着兜走出亭子，“好困，该睡觉了，明天出发。”

“去哪儿？”

“回古城！”

我心说月饼你就不能矜持几天？起码等我做做你的思想工作再决定重新担当“异徒行者”吧？

“回来之前，咱们根本想不到，会遇到夜哭郎，更想不到白芷夫妇早在四年前就认识，而这一切，偏偏又和魇族有关。这个世界，就是一只巨大的蝴蝶，每一次扇动翅膀，都会改变无数人的命运。我以为逃避就可以改变一切，现在懂了，轮回环环相扣，宿命逃脱不了。不管那两个布置任务的人到底是谁，哪怕真是我们，也要继续走下去。或许，终有一天，我们都会变成自己曾经最讨厌的样子。希望到了那一天，我们有机会变回曾经的自己。所以，任务还要继续。”月饼走了几步顿住脚，月色拖着他消瘦的影子，冷冽孤单，“南晓楼，我看到死兆星了。”

我正思索着月饼这番话的含义，冷不丁听到最后一句，失声问道：“你……你看到了死兆星？”

月饼再没搭腔，走进了住宅楼。我冒出一身冷汗，抬头望着星空。北斗七星的开阳星旁边死兆星，熠熠生辉！

我，看到了，死兆星！

我明白了月饼方才望着星空，说起情蛊和蛊魅粉的区别时变了脸色，原来并不是回忆阿娜，而是看到了死兆星！

月饼之所以这么快决定重新执行任务，也是因为看到了那颗该死的死兆星，意识到时间越来越紧迫，很多事必须立刻去做。

一阵冷风吹过，我冻得脚底发麻，月饼是否知道我也看到了死兆星？

电话铃声响起，李奉先气急败坏地说道：“南爷，赶紧回来！图书馆，出事了！”

异闻：

《异物志》记载，精选红蓝花瓣，用石磨细细研磨成花浆，用木杵把浆汁捣成红蓝两色。舀去上层蓝浆，刮掉下层粗糙红浆，留精细红浆，沉淀七日夜，红浆成粉，放入各类香料，制成胭脂。川西一族，善用控尸异术，取骨粉、眼泪混入胭脂，可魅惑男女心神，名为“蛊魅粉”。

第四章　黄金家族（上）

一千多年前，蒙古草原曾经崛起一个战力极度强盛的部族，凭着弓箭和烈马建立了举世闻名的庞大帝国，版图横跨欧亚大陆，国力举世无双。

然而，这个雄伟的帝国仅仅存在了九十八年就走向消亡，史学家对此众说纷纭，始终没有统一的观点。唯有部族的名称，在历史长卷深深烙印——黄金家族！

据说，这个家族与一种神秘生物有密不可分的联系。

二

我磕磕绊绊地把奉先的话复述了一遍，月饼皱着眉一言不发，接过手机查看奉先发过来的照片。

桌子上面整齐地摆放着喻示着任务线索的书本，和我们出发时并没有什么不同。奇怪的是，许多书本的线索图案消失了。

“会不会是奉先做了手脚？”我开始怀疑是否对奉先太信任了。人不能联想，一旦针对某个人有了想法，各种负面的念头越来越多，最终导致彻底怀疑。我就是这种状态，想得越多，越觉得李奉先有很多疑点。

“奉先要是有别的想法，早就有动作了，还会等到现在？”月饼放大了手机图片，“书本蒙了一层灰尘，散落均匀，没有指印，不会是有人动了手脚。”

“书本敞开接触空气造成氧化，颜色褪了？”这是我唯一能想到的解释。

“有些任务图依然保留着，所以不会是氧化造成的图案褪色。”月饼摸摸鼻子，沉默片刻，“我倒觉得有可能是某种神秘力量对任务进行了筛选，保留必须完成的任务。”

我有些不理解月饼这句话的意思，且不说“神秘力量”这个概念玄之又玄，何况这些任务又不是一桌子酒菜，还要挑肥拣瘦，专门对着好吃的下筷子？

“自从接受‘异徒行者’这个任务，我一直思考几个问题。”月饼推开窗户，遥望着北斗星方向，“为什么是选择咱们执行任务？经历了这么多的事情，这个问题好像有了解释，我始终有种‘这根本不是真正原因’的困惑。另外，老馆长、韩立、明博、万莫、李文杰忍了这么多年，却在这个时候爆发式的急切完成任务？你还记得么？他们都说过同样一句话，‘时间不多了’。这到底意味着什么？”

其实月饼这几个问题我也想过，始终琢磨不出答案，索性懒得去想。人生么，走一步是一步，何必纠结走过的坑坑洼洼，喜气洋洋地继续往前走就行了。

如今月饼这么一说，我心中一动，似乎明白了其中的关联。

我和月饼都看到了死兆星，是否那几个人也是因为看到死兆星，知道生命即将走向尽头，所以急切地寻找终极任务，以此延续生命？如此一想，以前很多不明白的问题好像有了答案。

然而，这个答案更让我觉得恐怖！反过来想，这些人都看到了预示死亡的死兆星，无论怎么抗衡宿命，终究逃脱不了死亡的命运。也就是说，我和月饼也会……

“那股神秘力量也察觉到这一点，选出必须要完成的任务让咱们执行。类似于玩游戏的NPC，只需要完成主线任务，不用理会副线任务，这样才能把有限的时间用来探寻终极任务。”月饼伸了个懒腰，“南瓜，你也看到了死兆星对么？”

我没有在意月饼关于终极任务和游戏NPC的比喻，耳边不停重复着“死兆星”三个字：“你……你怎么知道我看到了死兆星？”

月饼指着眼睛，嘴角扬着笑：“看到死兆星，左眼白会在十二个时辰之内出现一条血丝。”

我打开手机自拍，若隐若现的血丝贯穿瞳孔，像是一根红绳深深勒进眼球，渗出一溜血痕。

“咱们的时间也不多了。”月饼扬扬眉毛，挎上背包，“那股神秘力量似乎没有恶意，倒像是暗中帮助咱们摆脱死兆星的诅咒。”

我的心脏“怦怦”跳得厉害，愈发觉得那股神秘力量和“我们”有关，甚至有可能就是“我们”。在那一瞬间，我有种很玄妙的虚幻感，满天星辰仿佛虚化成圆脸、黄衫两个老人，是我和月饼年老的模样，正坐在图书馆，认真地画着任务线索……

“许多星星其实早已毁灭，我们看到的只是几亿年前它发出的光芒，就像图书馆那些任务喻示。”月饼重重地拍着我的肩膀，“不管那股神秘力量是谁，不管死兆星的诅咒是否应验。南瓜，我命由我不由天！”

我很想跟着月饼激情澎湃，可是那颗天杀的死兆星就在脑门上面烁烁生辉，要多别扭就多别扭，哪还有心情热血人生？

“唉！南少侠的心思比老娘们儿都难懂。”月饼紧紧背包，径自出了门，“我去老杂货店采购桃木。等我半小时，出发回古城，你开车。”

“我又不是老司机，凭什么是我开车，困得眼都睁不开了。”我收拾着零碎东西，“刚回来就要走，二半夜的就不能睡一觉再出发？”

“你要真有心思睡觉我也不反对，”门外传来月饼的声音，“南少侠，一定要加油啊！”

“一定！”我回答得有气无力。

两个小时后，去往古城的高速公路，房车打着双闪停在路边。我和月饼满脸堆笑，见到呼啸而来的车辆就连蹦带跳大呼小叫，然后目送车辆呼啸而过。

“世道变了，人心坏了。”我靠着轮胎盘腿坐下抽着烟，“就没有一个人愿意‘学习雷锋好榜样’么？”

月饼抢过烟抽了一口：“跟你说了加油，你加哪儿去了？耳朵呢？”

“我他妈的以为你让我加油努力完成任务。”我又点了根烟闷闷地抽着，“下次有事儿能把主谓宾都用上么？你丫语意不详怪我没长耳朵？”

“别以为是个作家就可以咬文嚼字，上大学的时候也没见你多认识几个大字，”月饼斜着眼瞥我，“回回考试都是‘六十分万岁，多一分犯罪’的学渣属性。”

“你丫哪回考试不是抄我的？”

“我是为了把有限的精力放到无限的经历中，哪有空儿啃书本？再说那次考毛概，我抄你的还抄了个62分。如果没记错，南少侠考了59分吧？”

“毛概老师觉得我比他帅，故意整我。”

“你快拉倒吧，你的颜值去演个恐怖片都不用化妆！”

“月无华，枉我出生入死陪你这么多年，还能愉快历险不？”

“呵呵……”

友情的小船说翻就翻！

二

回到古城酒吧，已经是第二天傍晚。多日不见，奉先又胖了两圈，陈木利和燕子正在厨房忙活，过了油的辣子香味儿勾得我直咽口水。

奉先拽着我肚子的肉膘“嘿嘿”直乐：“南爷，小生活不错。咱可不能光长脂肪不长脑子，下次可别忘了加油。”

我红着老脸没有搭腔。说来惭愧，我和月饼在高速路上吵了半天也没遇到仗义援助的路人，这才想起给奉先打个电话，终于弄明白了道路救援可以送汽油。

当救援车开过来的时候，我头一次对车顶闪着灯的车这么感恩戴德，比见了亲人还亲。

月饼径自走向图书馆：“奉先，把最近三天的视频监控调出来。”

奉先对月饼明显不像和我那么随便，规规矩矩板着脸回答：“月爷，按照您的吩咐，都准备好了。”

月饼“唔”了一声，穿过酒吧后门进了院子。

我心说月饼你丫懂不懂生活？天大的事儿也不如吃口饭喝个酒重要。那颗死兆星又不是陨石，还能砸下来正中天灵盖？

心里虽这么想，但我也知道事情紧急，跑到厨房和陈木利夫妻打了个招呼，上楼去了图书馆。

看到摆在桌上的那些书，我倒吸一口凉气，才意识到问题的严重性——又有三本书的线索图案消失了！

更诡异的是，我眼睁睁地看到第四十八本书的图案，像是逐渐晒干的水迹，一点点褪掉了颜色，书页留下几道干硬的痕迹。

“还记得任务程序么？”月饼扬扬眉毛，“完成任务，线索图会自动消失。”

“也就是说，那股神秘力量正在替咱们做任务？”我直勾勾地看着那些书，突然有种很奇怪的想法。如果这些任务被“他们”完成了，我们会怎样？是否无法摆脱死兆星的诅咒了？

“还记得出现在泰国、日本、印度、韩国的青铜棺么？古城别墅有一间完全相同的图书馆，说明图书馆并不是独一无二的秘密，‘他们’如果拥有同样一间图书馆，也可以执行任务。”月饼围着书桌转了两圈，随手拿起一本书翻着，“他们抢着完成任务。”

我从来没想到这一层，愣了片刻：“敢情这图书馆也有山寨版？”

“山寨手机同样可以上网打电话。”月饼打开视频监控，时间调到三天前，“说不定这间图书馆才是山寨版。”

我的脑子有些乱，琢磨了两根烟才弄明白其中的关联——

图书馆不只有一间，另外的一间或者几间，也会有人担任“异徒行者”。如果把“异徒行者”比作“程序员”，几间图书馆类似于共用一台主机的电脑，不同的程序员操作，同样可以完成所需的工作。

这么一想，我倒不觉得这是坏事儿。IT公司分配的工作许多人一起做，有些工作狂主动加班加点，这不正好可以偷懒么？我们只需要按照线索找到“他们”，等待终极任务抢先完成不就解决了么？还省得上山下海、出生入死的遭罪受累。

“南瓜，快来看！”月饼定格了画面。

我凑头看去，视频里是院子的静态图，完全看不出端倪。月饼倒回三分钟的时间，放慢视频播放速度：“再仔细看。”

我眼珠子都快瞪进屏幕，看到一件奇怪的事——

院落的西墙，一块两米见方的墙体，很缓慢地向图书馆正门移动。当这块墙体移动到阴影、树枝，又随着周围颜色产生不同的色泽变化，就像是一条巨大的变色龙，身体幻化出不同的伪装色适应周边环境。

我突然想到两个人，心脏猛地一紧。

“伪装术。”月饼声音冷得像冰，“但愿不是我想的那样。”

伪装术源自于日本忍术，简单来说，就是忍者利用一块和周围颜色接近的布遮挡身体，起到隐藏行踪的作用。这种随着环境改变颜色的伪装术，是活跃于日本平安时代的阴阳师安倍晴明，给衣服施加阴阳术隐藏行踪的高深技巧。及至日本战国时代，忍者根据此法创造了伪装术。

我在日本曾经有一段异常奇诡的经历，认识了两个曾经是顶级阴阳师的好友。我心里“咯噔”一声，难道月饼也想到了他们？

我正胡思乱想着，那块墙体移动到房门位置，左边微微皱起，探出一只女人的手，摸索着转开门把手，悄身没入图书馆。在她进门收起伪装布、房门即将关闭的一瞬间，模糊的面孔一闪即逝。

虽然只有短短不到一秒钟的时间，我却看得异常清晰，如同一盆冷水从头泼下。

这张脸实在太熟悉了！熟悉到了我甚至能隔着屏幕听到她的呼吸声。

我最不想承认的事情还是发生了。

那个人是——月野清衣！

月饼嘴角挂着一丝很奇怪的笑容，拨了一个电话，无法接通。

“为什么会是她？”月饼手指颤动着划着屏幕，连续拨打了三个电话。

无法接通！

我彻底失去了思考能力，就那么傻站着。心脏猛烈跳动，震得肋骨生疼，脑子里更是如同塞了根点燃的香烟，把脑膜烫得焦红，疼得无法忍受。

“南瓜，我不相信，”月饼的声音很空洞，“那股神秘力量会是他们。”

他的手机屏幕上，赫然显示着四个人的电话。

月野清衣！

黑羽涉！

柳泽慧！

杰克！

我也想说“不相信”，可是种种证据证明，抢在我们之前完成终极任务的人，除了这四个曾经最好的朋友，还会是谁？

他们，究竟为什么要这么做？

他们，这么做的目的是什么？

是谁，引导他们执行“异徒行者”任务？

体内的肾上腺素因为过度激动导致急速分泌，我的嗓子火烧火燎，脑袋阵阵晕眩。我从背包里取出矿泉水，仰脖灌了大半瓶，冰冷的水呛进嗓子，忍不住剧烈咳嗽起来，水瓶迸出几滴水，洒到那块从贺兰山得到的龟卜玉上。

“嗞”的一声轻响，水珠在玉石表面滚动，残留的水迹化成水蒸气飘起。不多时，水珠蒸发殆尽，水蒸气在玉石周围聚而不散，聚拢成白茫茫一片，隐约看到玉石内部亮起一团耀眼的白光，逐渐转为红色，骤然暴亮。一道红光穿石而出，把玉石纹理映在天花板上，出现了一幅奇怪的图案——一柄铁斧，柄分十节。

我被异象吸引，隐隐觉得这个图画在哪里见过，只是脑子太混乱，一时间想不起来。

月饼从书桌拿起一本书，线索图案与天花板的映像完全相同。

“《推背图》第25象，戊子，艮下巽上渐。”月饼扬扬眉毛，“铁木真……”

“唰”，龟卜玉里的红光如同即将熄灭的火焰，忽忽跳动几下，光芒黯淡直至完全消失，映像也随之不见。

我眼前残留着那道影像，想起金圣叹对袁天罡、李淳风所做《推背图》里关于第25象的释意——

谶曰：北帝南臣，一兀自立；离离河水，燕巢补缺。

颂曰：鼎足争雄事本奇，一狼二鼠判须臾。北关锁钥虽牢固，子子孙孙五五宜。

这一象预言了元太祖建国及整个元朝的气数。斧柄（木）十节的铁斧（铁），暗指元太祖叫铁木真，斧柄分十节是元朝有十个皇帝，正与“子子孙孙五五宜”，“五五”为“十”吻合。

“北帝南臣”预示着南朝(汉人)将向北方(蒙人)臣服，“离离河水”指元太祖称帝于离河。

“下一个任务，应该在离河。”月饼嘴角扬着笑，“南瓜，与其纠结于他们的行为，不如探寻真相，才能知道更多的真相。”

三

“就不能吃顿饺子再走么？”我坐在副驾驶打着呵欠，“好歹歇歇脚补个觉，疲劳驾驶可是大忌。”

月饼仰起脖子，一口气灌了瓶红牛：“你要是困了就去车厢睡会儿。我们在古城搜集的线索足够多了，也确定了奉先和陈木利夫妻没什么问题，抓紧时间吧。”

月饼不这么说，我心里也有数，且不说那股神秘力量处处抢占先机，如果真是月野他们几个人，不说也得要抓紧时间行事，才能弄清楚其中的谜团。我们在图书馆确定了任务目标和蒙古草原最著名的那个人有关，根据那个人的资料进行了分析。月饼推翻了“任务目标在离河”的观点，认为真正的任务目标应该是千年来最神秘的历史谜团——那个人的陵墓所在地。

据说，那个人死后，他的后代用两片厚木板按人形大小凿空，把遗体放入，再将两块木板合上，制成“棺材”。然后把棺材放在一辆平板牛车上面，对着牛屁股捅上一刀，牛痛得拉着车狂奔，棺材落在什么地方就是安葬地。定好了地点，奴隶们挖一个很深的坑，把棺材埋进去。

棺材入土，奴隶们五花大绑地平躺在草原，眼睁睁看着士兵们纵马来回驰骋，被马蹄践踏得血肉模糊，与踩得稀烂的青草一同融进土里，士兵们随即封锁住这一地区，不准任何人入内。这种人血、油脂灌溉的土壤异常肥沃，来年青草长得极为茂盛，完全看不出陵墓痕迹，只是青草叶边会长出一圈淡淡红晕，枯荣三年后消退。直到这时，士兵们才撤走。

为了避免祭祀时找不到地方，陵墓初建成时，士兵当着母骆驼的面杀死小骆驼，来年祭祀的时候，由思子心切的母骆驼寻找墓地。

若是母骆驼死去，再换一对骆驼母子进行这个异常残忍的寻墓方式。

按照前几次任务的经验，线索藏在那个人陵墓的可能性极大。

我琢磨着这个可能性还算靠谱，心里多少有些很难形容的兴奋。如果发现了那个人的陵墓所在地，就算不能公布于众，也有种“解决了历史谜团”的参与感。

下面问题来了，陵墓究竟在什么地方？那个人所建立的朝代短短百年，号称草原最辉煌的“黄金家族”就此分崩离析。尤其是朝代即将灭亡的那几年，战火连天，估计没有人记得“杀小骆驼，母骆驼寻墓”的祭祀方式，这条唯一的线索算是断了。

各国考古学家对墓地位置有四个推断：一是蒙古国境内的肯特山南，克鲁伦河以北的地方；二是蒙古国杭爱山；三是中国甘肃的六盘山；四是鄂尔多斯鄂托克旗境内的千里山。

根据史料记载，那个人在远征西夏时受伤，1227年盛夏季节在六盘山避暑养伤时去世。按照黄金家族的风俗，去世三天就应送回草原下葬，是怕尸体腐烂，灵魂无法升天。考古学家将陵墓的地点推测于六盘山，考虑的就是

“去世三天下葬”这个因素。可是按照路程距离推算，以当时的人力物力，完全可以在三天内把那个人的尸首由甘肃六盘山运至草原，所以最有可能的地点就是千里山。更何况六盘山当时属于西夏境内，还没听说哪个朝代的君主埋在敌国的，于情于理也说不过去。

从千里山格局上看，沟谷浅缓，地势平坦，西有大河，东为山屏，山虽不高，却形如王座，山前草原纵横开阔，正应了“王气居中，西兵东庭，国运昌平”之象，倒是君主陵墓的上佳走势。

何况《元史》中记载：“太祖二十二年围西夏，闰五避暑于六盘山，六月西夏降，八月崩于萨里川哈剌图行宫，葬于起辇谷。”起辇谷正是千里山中的千里沟另外一个称呼。

科普完毕，还有件事不得不说。

之所以毫不犹豫排除前两个推断，倒不是其他原因，我们总不能开着福特房车大摇大摆冲过国境线，直抵蒙古国吧？

四

古城距离千里山不远，月饼一路开得风驰电掣，到了山脚下还不到零点。

正是深冬季节，“天苍苍，野茫茫，风吹草低见牛羊”的草原景象压根儿没有，北风卷着积雪打着旋儿，地面凝固着一层掺杂黄泥的积冰，黄白相间，显得无比肮脏。远眺千里山，乌黑的山体覆盖着斑驳白雪，稀稀拉拉的树木横生竖长，更是杂乱不堪，早就没了曾经的雄浑之势。

很难想象，这是叱咤风云的一代天骄葬身之地。

我下意识地望向北斗星方向，墨黑色的夜幕笼了层乌云，许多星星隐约不见，那颗死兆星却依旧耀眼。我联想到贺兰山的经历，一阵冷风吹过，顺着衣领灌进身体，忍不住打了个哆嗦：“这里不会有什么人獒、雪女、阴尸之类的玩意儿吧？”

月饼检查背包里的装备：“说不定还有吸血鬼哦。”

我灌了口二锅头暖暖身子，听了这句话差点把酒呛进嗓子眼：“月饼，你丫也学会忽悠了？吸血鬼是欧洲的好不好？闲得没事跑千里山来一场‘说吸血就吸血的旅行’，估计国境线都过不了就被凡赫辛用银枪做了吧？”

“也就南少侠的脑洞能把这么多事儿塞到一起。”月饼扬扬眉毛，眯眼望着千里山，一把摁住我的肩膀。

我没反应过来，“扑通”跪进雪窝子，膝盖又疼又冷：“你丫干吗？拜山神啊！”

月饼伏低身子，指着千里山东边半山腰：“看那边。”

我顺着方向看去，只见十多个忽忽闪闪的火苗在山间若隐若现，火苗间距大约一米，隐隐看到一队人在山间穿梭。

“他们也找到这里了？”我想到那股寻找任务线索的神秘力量，说不定月野也在队伍中，忍不住有些兴奋。

“还不好说。”月饼挎上背包，“抓紧时间。”

我收拾着装备，又多瞥了那队人几眼，忽然觉得有什么地方不对劲，一时间愣住了神。

月饼见我戳着不动，伸手在我眼前摆动：“想女神月野清衣了？那还不麻溜的？”

我从月饼的指缝往山间看去，心中一动，终于明白了哪里不对劲。

想通了这一点，我忍不住起了一身鸡皮疙瘩：“月饼，那队人，可能不是人。”

月饼愣了片刻，眯眼望去，长长吸了口气：“冥人赶山？”

我仔细数了数，18支火把，正应了“冥人赶山”所需的“双九互阴阳，千里寻坟场”这句话。

我之所以觉得不对劲，是因为古城图书馆有本《寻墓密扎》，详细记载了古往今来各种探墓术。常见的“观星定穴”“望山启墓”“探土搜陵”暂且不提，最让我感兴趣的就是“冥人赶山”。

“冥人赶山”的由来倒也有趣——

东汉末年张角创立太平道，自称“天公将军”，率领信徒发动“黄巾起义”，不久张角病死，义军被东汉军队镇压。张角死后，他的《太平要术》为夏侯氏所得。

这本书可是大有来头！

据说张角本是个不第秀才，入山采药，遇一老人，碧眼童颜，手执藜杖，唤角至一洞中，以天书三卷授之，曰："此名《太平要术》，汝得之，当代天宣化，普救世人；若萌异心，必获恶报。"

张角拜问姓名，老人曰："吾乃南华老仙也。"

言讫，化阵清风而去。张角得此书，晓夜攻习，能呼风唤雨，号为"太平道人"。

《太平要术》分为"天、地、人"三卷。天卷以星辰变换，气候更迭推知人间气数，朝代兴衰；人卷记录了符水治病，咒语祛邪种种法门。最神奇的当属地卷，书中详细记载了百川名山的格局走向，其中包括如何操纵"冥人"寻墓探穴。

"黄巾之乱"带来的影响实在太大，东汉朝廷将《太平要术》列为禁书，十多个赝本全都销毁，民间私藏此书者必诛九族。

夏侯氏得到真本，秘密研习，推知曹家幼子阿瞒（曹操）必为一方雄主，主动与曹家交往靠拢，将此书送与曹操，算是交了投名状，这也是历史中曹氏与夏侯氏亲如家人的缘由。

曹操得了《太平要术》，依天命而行，短短几年崛起中原，又凭此书喻示，打赢了历史中著名的以少胜多的战役——"官渡之战"，大败袁绍，确立了北方霸主的地位。

及至三国时期，连年战乱，国力消耗甚巨，曹操建立虎贲军，意为"如同老虎勇猛地奔走追逐野兽"，明着是禁军，暗着却是依照《太平要术》的"地卷"四处寻墓，挖掘陪葬品充斥军资。

"冥人赶山"是"地卷"中最诡异的寻墓方法。

所谓冥人，是在掠国夺城之后，选皇族或者达官贵人血脉的后裔，自三岁起豢养在体型相仿的瓦瓮里，荫于地下三丈的暗室，终年不见阳光。每日以尸液浸泡，喂食同族的人骨、血肉捣成的糊糊。随着年龄增长，不断加大瓦瓮，直到冥人十六岁时，五脏六腑、血脉筋络完全纳入尸气，与死人无异，才从瓮中取出，用细竹筒刺入筋脉，注入红花、接骨丹、藕梗、鸡爪等药材研磨的浆液，促使肌肉迅速生长，使萎缩的胳膊、双腿能够自由行动。

冥人常年在暗室浸泡尸液，双目看不见东西，瞳孔为白色，皮肤早已泡得糜烂不堪，根本不能接触阳光，只能夜间行动。冥人虽然手脚能动，关节却僵硬无比，走路宛如僵尸，直着腿儿左右摇摆肩膀，必须由赶尸人用铁丝穿过锁骨，首尾相连才能统一行走。

冥人寻找墓穴，是利用冥人体内尸气与地下陵墓的尸气产生共鸣寻穴，倒有些类似于“杀死小骆驼，用母骆驼寻找方位”的原理。至于举着火把，是为了用阳火驱散杂乱的阴气，避免冥人被外气干扰。

这种探墓术不仅消耗时间财力，又过于残忍，而且培养冥人的成功率极低，据说早在三国末年就已失传了。

我之所以想到这是“冥人赶山”，一是这都什么年代了，半夜里，一群人不用手电筒居然打着火把，这不是脑子进水么？二来这群人走路姿势很奇怪，彼此始终保持着相同的距离，这完全不符合队伍夜里走山路的常识。尤其是月饼把手指竖在我眼前的时候，挡住了周遭的虚光，勉强能看到这群人的肩膀处连着一根极细的绳子。

“八族里除了魇族，谁还擅长赶尸？”我脱口问道。

月饼摸摸鼻子：“不知道，反正不会是蛊族。”

我眯着眼想看得更清楚一些，却发现了更诡异的一幕。

五

按照正常姿态来说，登山的人会不由自主地前倾，以此保持身体平衡。如以此来，从远处看，每个人的背部略高，肩膀前耸，头部向前探伸，目视地面。如果这队人是冥人，身体僵硬，断不会出现这种生理特征。

可是这些人走山路的特征似乎和正常人没区别。

再一细看，我发现他们背部高得有些夸张，像是长了个篮球大小的肉瘤。头部比正常人大了起码两圈，头发更是毛茸茸的一大片，几乎包住脖子。就着火把的光线，隐隐能看到他们嘴巴向前突出，鼻孔喷出粗重的水汽。更让我觉得脊梁发寒的是，那些人的手脚特别长，没有拿火把的那只手几乎垂到膝盖。

远远看去，倒像是一群直立行走的动物。

月饼显然也发现了这个异状：“人獒？狼人？有点意思。”

我打了个哆嗦：“快拉倒吧，哪能有那么多稀奇古怪的玩意儿？冥人倒还好说，从涌泉穴泄了阴气也就老实了。要真是狼人，我扭头就跑，千万别拦着我。”

“黄金家族远征欧洲，带回来几只狼人守墓也说不定，”月饼仰头深深吸了口气，“搞不好这支队伍不是寻穴，而是守陵人。”

我心说月饼你这脑洞都开到马里亚纳海沟去了，且不说狼人守墓这事儿是真是假，这小一千年都过去了，难道就没别人察觉，单单等着我们发现？

“叮咚……”山间传来清脆的铜铃声，那队人听到铃声，略微探直脊梁，加快了步伐，隐入山坳之中。

“肯定是魇族的赶尸铃！”听到铃声我反而踏实了，“杀千刀的魇族阴魂不散，不知道又冒出哪门妖魔鬼怪。”

月饼侧耳停了片刻，脸色微变：“赶尸铃沾着阴气，是‘噗噗’声。这个声音有点儿像……”

我极少见到月饼欲言又止的模样，正想追问，脑子里忽然想到“月野进入图书馆”这件事，眼前闪过一个人的模样，连冷汗都顾不得出：“她？”

“但愿不是，”月饼眼中闪过一丝慌乱，“快跟上！”

六

山路看着近走着远，好不容易赶到发现那队人的地方，已经过了半个多小时。我心里惦记着一个人，脑子乱糟糟的混成一团糨糊，一路跑得磕磕绊绊，小腿被横突的岩石蹭了几道血口子，火辣辣的，心脏更像是塞了团火，烧得焦躁。

一路赶来，我始终有个疑惑。此时虽是寒冬，地面坚硬，可是沿途根本没有看到任何人的脚印，那堆人就像是凭空出现在山间，又凭空消失一般。

月饼见我喘得厉害，示意我简单休息，自己调开手机的电筒功能，照着四周寻找线索。

我本着“不休息好怎么探险”的懒汉原则，一屁股坐了块岩石准备歇口气。哪承想石头不结实，直接让我坐塌了一角，结结实实墩在地上，碎石子差点把盆骨硌裂了。

“跟你说了多少次，减个肥就能改变人生。”月饼慢悠悠地举着手机，照着山路边的枯树。

我老脸一红也没空搭腔，右手撑着地准备起身。正所谓“人倒霉喝凉水都塞牙”，手掌陷进一个地窝子里，身体失去平衡，左手连忙扶着地面，结果又是一个坑，我直接连泥带水来了个扑街。

“坑爹啊！”我恼羞成怒喊了一声，两手摁着坑正要起身，突然觉得有些不对劲，手指摸着坑的形状，忍不住“咦”了一声。

“咦？”月饼从树枝上摘下一丛东西。

“月饼，照照这里。”

光线所及之处，地面有两个距离将近一米的圆窝，看轮廓类似桃子，顶端分瓣，突出两个尖角，整体看上去很像加菲猫那张胖脸，应该是某种动物的脚印。

月饼顺着脚印向前照去，地面果然有一排或深或浅的相同印痕，一直延伸到山路拐角处。我此时也看清了月饼手里的东西，是一簇白色茸毛，闻着有淡淡腥膻味儿。

我恍然中冒出个大悟，难怪一路没看见人的脚印。我们一直认为那队“人”走山路，所以一直寻找人的脚印，这种圆窝即使看到，也主观排除了脚印的可能性。

“还好不是人獒、狼人什么的。”我刚松了口气，突然从心里泛起一层更深的恐惧！

留下这种脚印的到底是什么东西？

“马蹄印？”

“人丑就要多读书。”月饼捻着茸毛闻了闻，“马是奇蹄类，这明显是偶蹄类，应该是牛或者羊。”

我没心思和月饼斗嘴，只觉得如果这是一群直立行走的牛羊，比人獒、狼人更难接受，顿时整个人都不好了。细想倒也有几分道理，黄金家族本就是游牧民族，说不定整出什么幺蛾子，用什么驯兽术让牛羊两条腿儿走路。

可是这和她有什么关系呢？

月饼拍了张蹄印的照片：“她会萨满巫术。古代巫医不分，巫术是医术的一种。”

我敲着脑袋，试图让思路清晰，心里却翻腾着同样一句话：“她是医族？她怎么可能是医族？”

月饼哑着嗓子，眼神有些疲惫：“还记得牛头马面的传说么？”

月饼的话如同一瓶冰水注入血管，我浑身冰冷！

“牛头马面”源自于《楞严经》卷八，“亡者神识，见大铁城，火蛇火狗，虎狼狮子，牛头狱卒，马面罗刹，手持枪矛，驱入城内，向无间狱。”

在中国传统文化中，“牛头马面”是中国佛教、道教的两个阴间的角色，负责捉拿阳寿终结的亡魂到地府审判，又称为“勾魂使者”。

然而关于牛头马面，在民间有个更凄凉的恐怖传说——

七

西汉年间，辽东半岛有牛、马两姓村落，世代为耕地、水源纷争不休，村民死伤无数，世代下来，两村人丁凋落。双方族长眼看这么打下去不是办法，便划河为界，在河边宰杀一牛一马，立下了“牛马两族老死不相往来，否则必受天谴”的诅咒，这才罢休。

光阴荏苒，岁月如梭，黑发送白头，村前草枯荣。上几代的恩怨，随着村民们老去死亡，早已随着潺潺河水远逝。唯有那个可笑的诅咒，根深蒂固地铭刻在两村人的心里。

又过了几十年，两村中间的河畔，来了一个说书人，盖草庐住了下来，逢年过节进村说书。他书说得精彩，还有一手好医术，常给村民免费看病祛邪，深受两村人爱戴。只是说书人有个奇怪的规矩，看病时需紧闭大门，病人不得说出如何治疗。

久而久之，村民私下里聊天，说书人是精通萨满巫术的出马仙，能通鬼神，对他自然是愈发敬重。

闲暇时，说书人喜欢坐在河边的树荫里喝茶乘凉，两村的孩子围在树下，听他讲些稀奇古怪的故事。只是孩子们都记着长辈的叮嘱，都是同村挨着坐，绝不和邻村往来，彼此间竖起了一道无形的屏障。

马家有一个小女孩，特别爱听书，即使一个人，每天也要跳过水坑，绕过小村，用充满乡音的口吻央求说书人多说几段。说书人总会摸着她的小脑袋，皱纹里满是慈祥的笑容，笑呵呵地讲着故事。

小女孩没有注意到，每次她歪着小脑袋听书的时候，有个牛家的小男孩，躲在树后面偷偷地看着她，眼神里全是爱恋。

一晃几年过去了，听书的孩子们早已听腻了那些故事，再也不来。唯有那个小女孩，出落成长发及腰、明眸皓齿的半大姑娘，依然每天蹦蹦跳跳地跑到大树下听书。其实，在她很小的时候，就从树影里看到了小男孩。少女的羞涩萌动着一种异样的情愫，她分不清到底是为了听书，还是为了看到小男孩怯怯的影子。只是每天看不到那条小小的影子，她心里就像缺了点什么。

而且，她也知道，小男孩每天都会远远跟着她，直到她走进村里，小男孩才痴痴地傻站半天，放心回村。她会躲在村里的屋后，又酸又甜地望着小男孩远去的背影，很久很久……

只是，他不说，她一个姑娘家，怎么会主动开口?

或许，在很久以前，两个孩子第一次听书，相视一刹的眼神，就已经把彼此放进了一见钟情的心里。

说书人怎能不明白两个孩子的心事?他原本就是出马仙，生性洒脱，自然不把两族誓言放在心上。这天，小女孩听他说书，他讲到一半，“哈哈”一笑，扬长而去：“情到深处自然来，是孽是缘何须怪。小娃娃，你们俩天天拿我这个老不死当幌子，该见面了。剩下的时间留给你们年轻人吧！”

小女孩娇羞了脸，手指绞着长发，脸红得像熟透的柿子：“你在么？”

小男孩怯怯懦懦地走出树影：“在。”

小女孩“扑哧”笑了：“你好呆哦。”

小男孩抓着乱蓬蓬的头发，傻笑着：“我带你去山上玩好不好？”

爱情，很自然地蓬勃生长，如同山野间盛开的野花，野蛮茁壮。

山间，留下了他们的笑声；田野，印下了他们的脚印。他在河边，用泥巴捏了一座城，发誓将来要娶她进门；她靠着他的肩膀，入迷地守着他，小小地打着盹儿。

他会突然醒来，学着说书人的口吻，豁着牙的发音还不稳，给她讲着自己编的故事。

她拍着巴掌："你要为我讲一辈子书哦。"

他很认真地点头，两张稚嫩的嘴唇，还不会亲吻，只是轻轻碰触。

她问："你姓牛，我姓马，咱们之间是什么关系？"

他说："风马牛，不相及嘛。"

"不许胡说！"她捂住他的嘴。

那一刻，横亘在两族之间的狗屁诅咒，统统滚蛋！

他们没有察觉，一双妒忌的眼睛，久久注视……

八

说书人走的第二年，两村突遭瘟疫，村民们或者病死，或者背井离乡逃荒，一时间人心惶惶。

他们俩虽然没有染病，却被锁在家里，不得外出。两人只能趁着到河边取水时，在约定好的那块大青石，写下彼此的思念。

这天夜里，小女孩正熟睡，院门被踹开，族长带领族人冲了进来，不由分说把父母五花大绑，架了出去。女孩家是村里的大户，父亲哪受过这等羞辱，破口痛骂族长。

族长"嘿嘿"冷笑："你养的好闺女，居然和牛家孩子私通，给村里带来瘟疫。"

"什么？"父亲从人群里找到瑟瑟发抖的女孩，眼睛里喷出羞耻的怒火，"你……你……畜生！"

"孩子没有错。"妈妈绝望地嗫嚅。

族人哗然，鄙夷、嘲笑、唾弃、咒骂，把对大户人家的羡慕嫉妒一股脑发泄出来。

女孩“哇哇”地痛哭，扒开人群跑出村。

那一刻，她只想跨过那条隔断两村百年的河，不顾一切冲进男孩怀里！因为，他为她用泥巴捏了一座城，他说将来要娶她进门！

他，是她，最后的希望！

她跑到河边，摔在大青石旁。惨白的月光下，一行歪歪扭扭的字，如同一把把尖刀，一点点剜掉了她的希望。

“我爸妈知道了咱们的事，如果再和你在一起，就会打死我，对不起。”

她久久地，久久地，盯着那行字，指甲顺着字的笔画抠进石缝。

“咔嚓”，指甲断了，血缓缓流出，她丝毫不觉得疼。因为，心太疼了。

她对着夜空号了一声，嘴角挂着凄惨的笑，跌跌撞撞回去了。

第二天，族长宣布，娶她为妾，为族人祛除诅咒，为族落洗刷耻辱。族人都为族长舍身为族的气魄叫好，婚礼很简单，只是一顶小小的轿子，还有她脸上两行小小的泪珠。

春去冬来，布谷鸟鸣叫的季节，女孩父母忍受不了族人奚落，郁闷而终。族长说她天生命硬，克死了亲人，收了她的家产，大老婆把她赶出门，嫁给了村里一个破落户。

自此，她的脸上没了笑容，只是多了破落户喝醉后拳打脚踢的青紫。傍晚，她总是搬着破旧的板凳，坐在河边大青石旁，望着那棵老树，夕阳映着她依然娇媚的脸庞。

只有这时，她才会傻傻笑着，说着谁也听不懂的话，直到露水湿了脸颊，才蹒跚回村。

九

时间不能治愈疾病，却能让人们遗忘心病。几年后，她有了儿子，破落户当爹转了性子，日出耕种，日落回家，日子虽然清贫，倒也不失滋味。

族人们忘记了她当年带来的瘟疫诅咒，或许是因为她的家境败落，族人的仇富心理得到了平衡。

她安心拉扯孩子，早已把小男孩小小的影子，遗忘在那棵老树的树荫里。只是每次到河边洗衣服时，她从来不看那块曾经记录着两人爱情和背叛的大青石。

这年秋天，一个满脸烧伤，相貌丑陋的独臂男子，带着粉雕玉琢的小丫头住进了说书人留下的草庐。

独臂男子虽然相貌可怖，却精通岐黄之术。两村人有个头疼脑热，两三服草药就能痊愈，更何况小丫头着实可爱，逢人未语先笑，人们也就接受了这对父女。

男子看病之余，经常进山采药，偶尔还拎着牛角、马蹄、兽骨出山，随手丢在河边。时间久了，竟堆出一座兽骨坟冢，每当山风吹过，“呜呜”声宛如鬼泣，搞得村妇们结伴才敢在河边洗衣。

两村族长看不过去，找男子商量把兽骨搬走。男子那张烧得满是红肉的脸没有丝毫表情，取出一张地图，讲了两村百年来水火不容的原因。

牛、马两村都是半圆形，合起来正好是个整圆。河道位于中间，由南蜿蜒至北。从山上鸟瞰，两村恰似太极图，河道正是阴阳分界线，这种格局必会导致阴阳相抵，两村也由此争斗不休，死伤无数，导致怨气极重，妨了运势。兽骨坟冢位于太极图的正中央，以煞克阴，历经三个寒暑，方能彻底消了怨气。

两村族长听得懵懵懂懂，哪里相信这些？男子咧嘴一笑：“信与不信皆随心意。如果没有算错，这股怨气在几年前曾经带来一场瘟疫吧？”

牛家族长这才相信，千恩万谢地走了。倒是马家族长脸色一变，似乎想到了什么事情，急匆匆回了村。

男子盯着马家族长的背影，僵硬的嘴角微微抽动。小丫头拉着他的手：“爸爸，你怎么了？”

“你觉得爸爸是坏人么？”

“爸爸为了救妈妈，差点被烧死，”小丫头脑袋摇得像拨浪鼓，“怎么会是坏人？”

“可是，爸爸有件事情不得不做。”男子摸着小丫头的脖颈，轻轻一摁。小丫头晃着身体，昏沉沉地睡去。

男子把小丫头抱到床上，对着她光洁的额头轻轻一吻，凝视了很久，才从床下拖出一个沾满蛛丝的木箱，取出两张淡黄色的整张人皮，七枚核桃大小、刻着鬼脸花纹的青铜铃铛，拓着一行歪歪扭扭文字的粗布。

他单手颤抖地捧着粗布，长叹口气揣进怀里，把铃铛别在腰间，直奔河边的兽骨坟冢。

“这些年，你过得还好吧？”男子摊开人皮，按照人体形状摆着兽骨，“当年你答应我，要一生一世在一起。呵呵……”

他冷笑几声，拗断一根兽骨，骨刺扎进掌心，鲜血滴在人皮上面，“嗤”地渗了进去，如同蜘蛛网爬满整张人皮。男子把人皮合拢，双手呈火焰状缓缓举过头顶，神色肃穆地念着萨满咒语。人皮接缝处竟然自动愈合，兽骨“咯咯”作响，散发着幽绿的光芒，拼接在一起。

男子晃动腰肢，青铜铃铛响着不同的音符，又是一阵骨骼碰撞的声音，两具人皮包裹的兽骨僵直地站立起来，像两个无头僵尸垂手立在他的两侧。他从坟冢里取出两副牛马头骨，安在僵尸脖颈处，只见人皮边缘长出数百条白色肉丝，紧紧缠绕住头骨。他对着牛头马面的天灵盖重重一拍，两道浊气从嘴里喷出，发出牛马的嘶吼。

“成了。”男子踏着河水向马家村走去，牛头马面紧跟其后，“跟我来。”

早已入睡的村民，浑然不知这个从地狱归来的男子，心中只有一个念头——

复仇!

十

独臂男子戴着青面獠牙的兽皮面具，以奇异的舞姿摆动身躯，随着青铜铃铛的节奏，重复唱着同一句歌谣：“鬼门夜开，阳走阴来。牛头马面，勾魂萨满。”

牛头马面从骷髅鼻孔中不断喷出灰气，隐约能见无数条灰色气丝纠缠连接，逐渐聚成两道人形气体，一南一北飘入村落。

“没有人能逃过尸阴成气的瘟疫。”独臂男子摘下面具，疲惫地揉着太阳穴，凝望着曾经熟悉的方向，“当年你负我，如今也该结束了。”

“确实该结束了。”黑暗中有人鼓掌笑道，“不愧是我看中的好徒弟，替为师将一村人变成活蛹。”

独臂男子半张着嘴，顺着声音的方向望去，房屋阴影中缓缓走出一人。

正是离去多年的说书人！

“师……师父……”男子嘶哑着嗓子，“你还活着？”

“好徒弟，没有找到那个东西，我哪里舍得死？”说书人悠然地背负双手，“这一天我已经等了很多年。”

“师父，你到底在说什么？”

“牛马两村，本是一脉相传的守陵人。”说书人不紧不慢踱着步子，“为了寻那个东西，整整耗费了百年时间。师徒一场，也罢，就让我告诉你吧。”

战国时期，燕国活跃着三支萨满巫师的部族，分别以猪、牛、马为图腾，并以此为姓。牛氏部族擅长医术，马氏部族精通巫术，而朱氏部族却另辟蹊径，认为以毒攻毒才是正途，精研瘟疫之术。部族之间虽然理念不同，但是“治病救人”的理念却不违和，多年来倒也各行其是，井水不犯河水。

公元前232年，秦国一统天下的大势已成，燕王喜畏惧秦国武力，送燕太子丹当人质，暂时保得国家平安。太子丹虽为人质，实则进行间谍活动，在秦国广交各界好友，尤其对炼丹术士格外礼遇，其实是为了暗中勾结，伺机毒杀秦王嬴政。

可是依照当时环境，谁敢对嬴政起歹念，那可是诛九族的大罪。太子丹自知此计行不通，也就压下了念头，却偶然得知炼丹房有一枚鸡蛋大小的丹石。据说此石为天外神石，参透其中奥秘，可识破天机。

太子丹偷得丹石逃回燕国，立刻召集萨满巫师的三大族长入宫研究此物。族长们研究了三个多月，实在窥不透丹石奥妙。此时嬴政发现丹石失窃，将炼丹师杀了个干净，兵抵易水，威胁燕国立刻交出丹石，否则举兵灭燕。

如此一来，太子丹更明白这块丹石非同凡响，利用嬴政急获丹石的投鼠忌器心理，想出一条计策。

他一面对嬴政回信说“丹石放于督亢之地妥善保管，只要秦国撤兵，就献上督亢地图，标明丹石位置”；一面暗中结交死士，选中荆轲和秦舞阳进献地图，伺机刺杀嬴政。

嬴政求石心切，生怕两国开战，丹石在战乱中再无下落，自然是满口答应。否则以秦国武力和野心，灭了燕国不费吹灰之力，何必多“进献地图”一举。

作为历史中最悲壮的大忽悠，荆轲进献地图时没能刺杀嬴政，反被嬴政砍了左腿，当场毙命。嬴政大怒，令王翦挥师攻下燕国。

燕国军队哪里是秦军的对手，燕王喜和太子丹一路逃到辽东郡首府襄平（今辽宁辽阳）。燕王喜再也顾不得父子亲情，砍了太子丹的脑袋送到秦国求和。

正所谓“覆巢之下，安有完卵”，嬴政收了脑袋也没客气，一举灭了燕国，唯独找不到那颗丹石。

及至秦朝建立，嬴政仍对丹石念念不忘，五次东巡，暗中派人寻找，最终死于沙丘行宫（今河北邢台）。

十一

说书人说完，舔了舔嘴唇：“知道那颗丹石的作用么？”

独臂男子茫然地摇了摇头，说书人“呵呵”一笑，继续说道——

太子丹被斩首求和，燕王喜自知理亏，以国礼厚葬。为防止秦军掘墓，秘密葬在格局俱佳之处，又掘河道引水于墓穴之上。三族萨满巫师感恩于太子丹多年厚待，自愿当了守陵人。

这本是好事，偏偏三族为丹石的归属起了争执。牛、马两族认为此物不祥，所现之处都是兵国之祸，不如作为陪葬品入葬，再以中原太极图镇克。朱姓部族却认为丹石玄妙无比，应该继续参研。

牛马两族本来就对朱姓部族行事作风颇为不满，又认定丹石必会给部族带来不可预料的灾祸，两族私下密谋，假意答应朱姓部族的要求，在陵墓完工庆功之际，下药将朱姓部族毒杀，丢进陵墓做了人殉。

为了保住秘密，牛马两族萨满巫师对这件往事绝口不提，随着老一代萨满巫师的死去，两村人早已不知自己的身份，反倒成了两个世仇延续的村落。

朱姓灭族那晚，有一人入山寻药，逃过此劫，为部族留下了唯一血脉，也就是说书人的祖先。百年来，他们隐居长白山，苦练萨满巫术，时刻不忘报灭族的血海深仇。

直到说书人将三族的巫术融会贯通于一身，带着复仇的信念，按照祖辈留下的地图，寻到牛马两村。他发现牛马两族早已忘记曾经的身份，只是一群为了水源耕地立下可笑诅咒的愚民。说书人多年积累的仇恨无从发泄，就像是铆足了全身力气打出一拳却打了个空拳，这种失望可想而知。

说书人随即想到关于丹石的传说，就掩饰身份住了下来，寻找开启墓穴的方式。经过勘察，他明白了牛马两族“两族老死不相往来，否则必受天谴”诅咒的真正含义——相爱的牛姓男子与马姓女子都到了二十八岁，通力合作才能打开由萨满巫师亲自设下的巫局，打开大门。

原来这个诅咒，是为了保护墓穴而立！

他试图通过医术缓和两族关系，发现两族仇恨深入人心，一切都徒劳无功。也许是机缘巧合，一见钟情的小男孩、小女孩出现了……

这对男女虽然相爱，但是要冲破两族的诅咒，除了私奔没有别的办法，根本不可能帮助他打开墓门，何况还有个二十八岁的年龄限制。如果两人过早暴露恋情，被两族人发现，多年心血算是落了空。

于是，一条毒计在说书人心中酝酿成型。

他点破了这对男女的关系，任由他们相恋，假意离去不归，实则躲在山中苦练开启墓穴的“双鬼拍门”之术。又利用马姓族长贪恋小女孩美色和她的家产，暗中找到族长揭发此事，并在两村下了瘟疫。族长以此为借口，强占了小女孩和家产。

小女孩跑到河边看到的那行字，实际是说书人所写。待小女孩离去之后，说书人抹掉那行字，又写下另一行字——“我怎么可能看上你这个姓牛的穷小子，别白日做梦了！我是因为两族仇恨，故意耍你这么多年。过几天我就要嫁给族长，你滚吧。”

不知内情的小男孩看到这行字，万念俱灰，离开了村子。说书人收他为徒，教习萨满巫术，又给他娶了妻子，生下个女儿。

到了小男孩二十八岁那年，说书人见时机成熟，深夜放火烧了他们住的房子，假装葬身火海，还在外墙留下了一行血字——“当年你带来瘟疫，寻找数年，大仇终于得报。”

小男孩没有救出妻子，原本英俊的脸也被烧得如同鬼魅。看到这行字，昔日的羞辱，今日的仇恨涌上心头，当场断臂立誓，必灭马姓部族。

十二

说书人讲完这段数代仇恨、贪婪交织的阴谋，独臂男子“扑通”跪地：“师父，这不是真的！”

“呵呵……当年两族灭我们全族的时候，或许我的先辈也不相信这是真的吧？”说书人嘴角抽动着，“冤冤相报何时了？哼，只有死干净了，才能一了百了！什么以德化怨，都是世人的狗屁说法。”

“你为什么要告诉我这些？”独臂男子眼神涣散，已经濒临崩溃边缘，“不如直接用巫术控制我，帮你把墓门打开就好。”

“我如果不把这些事情详细讲出，你心中只有仇恨，哪里还有对她的爱呢？”说书人转过屋角，再出来时，拖着一个血肉模糊的女人，“况且，由你亲手布下尸阴成气的瘟疫，灭了两族，比我动手更快乐。”

独臂男子根本没有听到说书人说了什么，眼睛直勾勾地盯着那个女人。

惨白的月色下，她“咿咿呀呀”喊着，及腰长发沾满混着泥土的血污，双手的指甲齐根拔掉，抠着坚硬的泥土，疼得蜷成一团。

独臂男子“啊”地惊叫一声！他真切地看到，女子原本漂亮的双眸，眼皮没了，硕大的眼球分别插着两枚钢针，血顺着眼眶流进剜去鼻子的窟窿里，又随着呼吸慢慢淌出，滑过针线缝合的嘴唇，凝聚在圆润的下巴……

“是……是你么？”独臂男子哑着嗓子，随即怒吼一声，冲向说书人。

“我要杀了你！”

“你的本事都是我教的，”说书人漠然笑着，双手像是扯了几根无形的线，人皮兽骨组成的牛头击中男子后脑。

男子“呃”了一声，扑倒在地，嘴里吐着白沫，手指深深抠进泥土，像一条即将死去的蛆，一点点向女子挪动。

马面重重一脚，踏在男子脊柱，“咯噔”一声脆响，男子脊梁凹陷。

“我错怪你了。”男子喷出一口鲜血，牙齿深深咬进嘴唇，依然艰难地爬向女子。

“她的耳朵灌了聋药，舌头也拔了，被我封了五感。”说书人踢着女子柔软的小腹，“在此之前，为了唤起她对你的爱，我把对你说的话也对她说了一遍。放心，我会在开启墓门之后，把你们留在墓里。生不能同眠，死亦能同穴，算是对得起你们了。”

独臂男子又挪动了半尺，滚烫的眼泪滑过丑陋的脸：“我回来了。其实，这么多年，我心里一直想着你，从未忘记。”

奇迹出现了！女子早已瞎了的眼睛像是看到了男子，伤痕累累的脸上露出一丝笑容，双手颤抖着向前摸着。

终于，两个人，三只手，相隔多年，彼此，再次触碰！

女子喉音含混，发出三个音节。

男子，听懂了！

那是他们初识，小女孩对小男孩说的第一句话：“你在么？”

“在。”男子笑了。

那是他们初识，小男孩对小女孩说的第一句话！

如果，人生的相逢只是千百年等待的一次邂逅；那么，生死的离别却是轮回中宿命的再次回眸！

这一刻，即永恒！

“也好，久别重逢，让你们再温存一会儿。”说书人说，“我会割破你们头皮，锯掉一块头骨，把这两具头骨箍上去。待到血肉相连，你们成了真的牛头马面，即是开墓之时。”

远处，极其细微的空气摩擦声响起，一道灰色影子没入说书人心脏。

说书人身子一直，望着灰影飞来的方向，又低头看着胸口，衣服破了个小洞，小半截手指粗细的木柄兀自颤动。一抹指甲盖大小的血迹渗出，迅速扩成拳头大小，染透了衣服……

两道身高相仿的身影，立在远方，向说书人走来。

“那两个人能救活么？”

“废话！没死当然能救活。”

“嗯。”

“只是这些伤治不了。你说，他们活着还有意义么？”

“有爱，就有意义。”

两个人走到那对男女身边，一人抱起一个，看都不看说书人一眼，径自离去。

“你们是，传说中的……”说书人咳了口黑血，“不要小看萨满巫师。区区小一枚桃木钉，根本伤不了我。”

“你已经死了。”其中一人扬了扬眉毛。

说书人正要封住胸口穴道，却发现手指以奇异的角度向手背拗了过去。

“嘭！”皮肉炸裂，指骨刺出。

“嘭！”说书人左眼一黑，右眼看到左眼球喷出，耷拉在胸口。

“三、二、一。”扬眉毛的人低声数着。

“嘭嘭”声不绝于耳，说书人全身爆裂，血肉横飞！

“任务还执行么？”另一人问道。

“算了。这种任务，没有必要完成。”

多年以后，辽东半岛流传着一个传说。一对夫妻常年游走于各个村落。丈夫满脸烧痕，断了一条胳膊，妻子黑布罩头，从来不说话，总是静静地依偎着男子肩膀，两人靠在树下，一坐就是一天。

这对夫妻相貌实在诡异，村民们把他们当作牛头马面的人间化身，不敢靠近。时间久了，夫妻并没有给村落带来灾难，村民们也就习以为常。

阳光明媚的时候，丈夫搂着妻子肩膀说一段书。丈夫说书说得极好，很多喜欢听书的小孩子，跳过水坑，绕过小村，搬着板凳跟着这对夫妻，用充满乡音的口吻，学着说书。

夕阳西下，另一对俊美的年轻男女，会把他们接走。

没有人知道他们住在什么地方，只知道夫妻俩的手，始终握在一起，从未分开。

又过了很多年，这对夫妻再没出现。年轻男女也已暮年，如同他们的父母，紧握着手，走遍每个村落，说着书，给村民带来欢乐。

曾经听书的孩子们长大了，模仿着说书夫妻，组成一男一女的表演形式，逐渐兴盛于辽东半岛，延续至今。

这段传说是我和月饼在韩国的时候，从柳泽慧那里听来的。当时我不以为意，如今细想起来，却大有深意。

这个传说中有三个关键点：

一、萨满巫术有某种奇妙的法门，可以操纵兽骨，类似于赶尸术；

二、燕太子丹从秦国带回的那块丹石，隐藏着一个惊天的秘密；

三、干掉说书人的那两个人，很有可能就是圆脸黄衫两个老人！

第四章　黄金家族（下）

一

“小慧儿正在寻找丹石。”月饼直截了当地说了出来。

我暗自松了口气，千里山出现的所有线索都表明这件事和柳泽慧有关。我并不知道她目的何在，宁愿相信她的所作所为并不是敌对方，但是我顾虑月饼可能不会这么想。

月饼称呼柳泽慧为“小慧儿”，证明他没有敌意。打开这个心结，我脑子活泛起来：“按照那个传说，丹石应该在辽东半岛，怎么会在千里山？”

“元朝当年都打到欧洲了，版图几乎是这个形状，”月饼双手摆了个圆形，“历代君主搜尽天下异宝，找到丹石也不是什么奇怪事儿。而且……”

月饼摸摸鼻子：“我有个奇怪的想法。燕太子为什么叫丹？是否也和这块丹石有关？”

“你丫的脑子比我都天马行空，”我结结实实觉得月饼这个想法太扯，“燕太子生下来就叫丹，后来才偷了丹石，前后差了很多年，这都哪儿跟哪儿？”

“经历了这么多事情，你还不明白？”月饼摇头叹气，“我们知道的历史，只是我们能知道的历史。”

月饼这句话很有玄机，我脑子转了好几圈才整明白。世人所能接触到的历史，只是能让大众接受的事情。更多的隐秘事件，出于各个方面考虑，一旦公布必然引起轩然大波，所以只能用隐晦的方式写进史书，或者成为口口相传的传说。

这种事情，历朝历代、各个国家都有存在。达·芬奇的名作《最后的晚餐》，不也是用极其隐晦的方式暗示了不可告人的秘密么？

由此换个角度想，燕太子可能真的不叫“丹”。后世之所以称他为“燕太子丹”，或许就是为了给真正懂得其中含义的人留下丹石线索。

“小慧儿作为萨满巫师，对这段传说肯定有更深的认识。”月饼望着隐没在黑暗中的山路，“可是……”

我抢着接了一句：“小慧儿怎么记起原本身份的？”

“那只有找到她才能弄明白了。”月饼灌了口二锅头递给我，“歇够了没？”

“没歇够又能怎么办？”我接过酒喝了个底朝天，“以前看探险电影、恐怖小说我还纳闷儿，为嘛这些事都要赶在晚上？现在才算弄明白！”

“大冬天的居然有虫子顺裤腿往里爬，”月饼解开鞋带绕着裤腿系了个死结，“请南少侠随便说说高见。”

“剧情需要啊！”我没好气地回答，“光天化日，朗朗乾坤，哪能干偷鸡摸狗的事儿？”

“你这脑子想到这个层面也不容易。”月饼走了几步顿住脚，“南瓜，如果小慧儿真得变成咱们想象不到的人，该怎么做？”

“你丫……”我话还没说完，突然看到月饼挤出一丝很奇怪的笑容，“哇”地喷出一口鲜血，双膝一弯，跪地，扑倒。

二

这件事发生的太过突然，我甚至没来得及做出反应，直勾勾地盯着月饼看了三四秒钟，才猛地回过神儿，几步冲过去挡在月饼有可能受袭的方向：“伤在哪儿？”

月饼勉强翻过身，脸色笼着一层灰气，牙齿不住打颤：“背，很疼。”

依着月饼的性格，哪怕是一刀砍断左手，也会封住穴道扎紧绷带和没事人一样：“还好我是右撇子。”如今月饼状态，显然是经受着根本无法抵抗的痛苦。

我撩开他的上衣，赤橙黄绿青蓝紫七道头发丝粗细的彩线埋于皮肤之下，由腰部延伸到背部，每道彩线的顶端，鼓出黄豆大小的肉球，里面鼓鼓囊囊满是黏稠的液体，把表皮撑得锃亮。

也许是见了风的缘故，七个肉球又涨大许多，眼看就要破裂。

月饼已经陷入无意识状态，背部肌肉时不时抽搐，七色肉球微微颤动，周边结出一圈密密麻麻的小疙瘩。

我搭着月饼脉搏，平滑有力，呼吸均匀，完全不像是受伤状态。我有些诧异，随即想到月饼曾经说过的“七线蛊”。施蛊者在人体埋入七种蛊虫，以内脏为宿主，分别寄宿于心、肝、脾、肺、肾、胃、肠，吸食精血，到了蛊虫长成的第八十一天，破肚而出。受蛊者苦不堪言，身体内外溃烂而死。

七线蛊种入人体，受蛊者毫无感觉，算是蛊术中极为阴毒的一种蛊。

我拿不准月饼是否受了类似于七线蛊的某种蛊术，但是月饼是用蛊高手，有人对他下蛊那简直是“闲得没事找阎王唠嗑——活不痛快”。

虽然情况紧急，我找不出病因，不敢贸然乱治，一瞬间回忆了下车到千里山的所有细节，终于想起一件事！

我摸出军刀挑断月饼系住裤腿的鞋带，发现了原因所在。月饼的小腿肚子趴着七个白色肉瘤，八根肉须插进肉里，左边四根“汩汩”吸食血液，右边四根吐着彩色液体。

我的脑子里闪出图书馆《异物经》看到的一段话：“辽东有异族，擅奇术。掘墓取尸虫，腐肉养之，是为阴豸。覆骨粉埋于土，凡踩踏者必受其噬，吸纯阳之气注纯阴之液。中者脉象无碍，阴液入筋络，撕体之痛如刀剐，一个时辰，亡。”

我就着月光细细看去，地面有一层极浅的白粉，月饼其中一个脚印中有七个小坑。不消说，肯定是某人在这条必经之路埋入阴豸，防止有人追踪。

月饼含含糊糊地说道：“南瓜，死……死兆星，好亮，好近。”

我心里一沉，只有将死之人，才能在昏迷状态看到死兆星！

“月无华，你丫坚持一会儿！”我点了月饼心脏附近的穴道，暂缓阴液侵心。月饼脸上的灰气淡了少许，那七只阴豸受到血脉冲击，又膨胀了一圈。

月饼神志略有恢复，勉强睁开眼睛：“不用管我，快走。”

“你丫都什么时候了还装圣人婊！”我故意骂了一句刺激月饼精神，心里把所有药诀背了个遍，根本想不出怎么才能祛除这该死的阴豸。

月饼死死咬着嘴唇抵抗疼痛，嘴角上扬，挤出一丝笑容：“我他妈的这么帅，哪能这么容易就死？你赶紧回车里，别影响我安心恢复。”

月饼强忍疼痛，牙齿咬破嘴唇，鲜血顺着下巴滴落。我心中一动，想到了一个方法。但是这个方法纯属冒险，一旦失败，后果不堪设想！

阴豸吸食阳血，不像七线蛊那样只攻击宿主，也就是说，我的阳血有可能把阴豸吸引过来，这样月饼就可以得救。我根本没有考虑阴豸遇到我的血，是否会附在身上。只要能救月饼，我这条命算什么？但我更担忧的是，万一阴豸遇血，并不转移目标，更加速吐出阴液，岂不是加速了月饼的死亡。

月饼似乎知道我要做什么，摇了摇头，张嘴没有发出声音，手指对着房车方向，又昏了过去。

“月无华，如果你死了，我这条命还给你。”我深深吸了口气，拿着军刀对准掌心，犹豫了一秒钟。这短短一秒钟，足有一个世纪那么长。

就在这时，手机铃声响起！

我本就绷紧的神经差点让铃声震断，瞥了一眼屏幕，赫然写着“小慧儿”三个字！

“南晓楼，想救月无华，就来这个地方，位置给你发了微信。不要多问，赶紧。”

冰冷的声音毫无感情，但确实是熟悉的柳泽慧。

电话挂了，我根本没时间想其中原因，急忙点开微信。

柳泽慧头像的右上角，有个红色“1”。昵称下面，显示着“【位置】”两个字。

我点了好几次才点开对话框，出现了“微信位置”图像，红球坐标显示出所在地——传说中那个人的葬身之地，千里沟！

对话框里冒出一段文字信息：“快来哟，月无华活不了多久了。”

我背起月饼，咬着牙往千里沟走去。每踏出一步，月饼都疼得闷哼几声。我的心，同样很疼。到底发生了什么事情，小慧儿变成了这个样子？

我知道，这是一个圈套！

我更明白，只要有一线机会能救月饼，就算是地狱，我也要去！

三

我背着月饼，咬牙绷腿一步一步往前挪，每走一步小腿肌肉“突突”跳得生疼。月饼起初还能双手揽住我的肩膀，随着呼吸越来越微弱，手臂无力地耷拉在我的胸前。

“月饼，你丫坚持坚持！”我大口喘着气，冷风灌得肺管子裂痛。

月饼“唔”了一声，剧烈地咳嗽，黏稠的黑血喷在我的脖颈。我心里一沉，按照《异物经》记载，中了阴豸只有一个时辰，也就是两个小时的机会，而我已经走了一个多小时，如果不能及时赶到……

我不敢再想下去了。

我腾手摸出手机查看位置，距离千里沟还有一里路。

“月饼，很快就到了。”我抬头望着前方，蜿蜒的山路延伸至黑暗深处，几株枯树从乱石里斜愣愣长出，树枝如同一截截断臂挂在树干，随风摆动，簌簌作响。

气氛使然，我没来由冒出一身冷汗，总觉得这几棵树会突然脱落树皮，变成一具具骷髅，“嘶嘶呀呀”地向我走来。本来就累得不轻，这么一想，我更是腿都软了，实在挪不动步子。

“南少侠，救人的时候不要胡思乱想。”月饼叹了口气，吹得我耳根子发毛。

我吓得一激灵：“你丫不是昏迷么？怎么说醒就醒，回光返照了？”

“小声说话，”月饼声若蚊蝇，“我踩到那堆骨粉，就已经发现阴豸了。我立刻想到无论和小慧儿有没有关系，也脱离不了萨满巫术，才会问你‘小慧儿变成咱们想象不到人，会怎么做’。”

“你故意让阴豸入体？”我脑子有些糊涂，“要不要玩得这么大？”

“不主动钻进圈套怎么能等到猎人？”月饼轻声咳嗽，“阴豸和蛊虫有些像，我用鞋带封住腿部血脉，只要阴液不能贯通全身，化解也就是几分钟的事情。结果还是大意了，没想到阴液这么猛，疼得差点背过气，来不及跟你说明白。你没发现那七个肉球大了许多？我眼看就要把阴液逼出体外，结果……”

我试探着问道：“也就是说……怪我咯？”

“嗯！”月饼微微摇头，我都能想到他一脸无奈的表情。

“南瓜，平时你的脑子少根筋也就罢了，怎么那会儿突然灵光了？居然解了我的鞋带！血气贯通，差点要了我的命！”

“不要随便低估我的智商。”我的心情异常尴尬，“那你这会儿怎么样？”

“二十分钟前，就已经好利索了。把毒血吐出来，彻底没事了。”

我这才算是放了心，随即琢磨过味儿：“你丫居然冒充死人让我背了你这么久？他妈的腿都快抽筋了，缺德不？”

“你这沉不住气的性格，早告诉你早就暴露了，”月饼打了个哈欠，“权当负重减肥了，也是个好事。”

别看月饼虽然说得轻松，我明白他化解阴液肯定忍着超乎想象的疼痛，倒也不计较多背他这么一段路：“月公公，您老人家歇够了，这会儿能落地自己腿儿着走了吧？”

“刚夸了你脑子灵光，怎么转眼就智商负数？对方能准确知道咱们当时发生的事情，明摆着有人暗中监视。”

“小慧儿的电话还说明了一件事。他们以我当诱饵，实际需要的是你。所以我还要继续装昏迷，剩下的路还要辛苦南少侠啊。”

我心说都背了一路了，也不差这500米，再说月饼恢复正常，到了千里沟也不用我出什么力，坐等蛊族大战萨满巫师就好。

我这么一想，腿肚子也不“突突”了：“兄弟归兄弟，劳务费可要另算。”

“噤声，十一点方向。”

我偷眼瞄去，只见左前方的乱石里，有两个支棱着长耳朵的脑袋，“嗖”地缩了回去。

虽说时间极短，但我看得真切，忍不住冒了一身白毛汗。

那分明是牛和马的脑袋，只是比正常牛马脑袋小了好几圈，大小类似于人头。

“那应该就是监视咱们的人。”月饼撑着我的肩膀跳下，“有朋自远方来，不亦说乎？”

远处的山坳忽然灯火通明，十多个人举着火把井然有序地分列两旁，中间站着一个身材高挑消瘦的女孩，一袭勾勒着红色花纹的黑袍被山风吹得猎猎作响。

“我就知道，区区阴豸不可能制住月无华。”女孩把长发拢到脑后盘成发髻，“你在将计就计，我何尝不是？”

我心里猛地一疼，那个女孩，正是柳泽慧！

月饼嘴角扬起一抹微笑，眯眼望了片刻：“小慧儿有些不对劲。”

由于距离太远，我看得极为模糊，经月饼一说，我才发现端倪。柳泽慧说话时面无表情，肤色死灰，好像戴了张人皮面具……

“牛头马面，接引使者，请老友近前一叙。”柳泽慧双手抬到胸前，手指摆动，似乎牵着一根无形的线。

我和月饼对视一眼，互相点了点头，心里有了计较。

这个女人，声音、身高确实是柳泽慧，但绝对不是她。上大学时，柳泽慧中文学得最烂，怎么可能回到韩国，反倒满嘴古话了，而且还是江浙口音！

家畜的响鼻声从岩石后面响起，两个身材壮硕的“男子”长身站起。

我看到了有生以来最不可思议的一幕。

那两个“人”长着人头大小的牛马脑袋，鼻子和嘴向前凸起，鼻孔喷出带着黏液的气体，粘在唇角，时不时伸出粗糙的舌头舔舐。他们赤裸的上身披着一层茂密的黄色兽毛，肌肉高隆的胳膊几乎垂到膝盖，十指粗长硕大。相对于上半身，套着沙滩裤的下身极短，膝盖向前弯曲，圆形的骨质双脚更像是兽蹄。

牛头马面灰蒙蒙的眼球没有一丝光彩，摆了个邀请的手势，僵直地往山谷走去，山路印出两排极深的兽蹄印。

我看着他们筋肉虬结的脊梁，脱口而出：“绿巨人？”

“明明是半兽人，”月饼摸摸鼻子，“我想起一个传说。”

“快讲讲，也好提前做个准备。”

“如果你是读者，这会儿是希望看到月无华大战萨满巫医呢？还是希望听月饼讲传说？”月饼摸出几枚桃木钉别进腰带，“小说源于生活，高于生活。东拉西扯很容易偏离主线，降低质量，用不了多久你就成了过气写手了。”

“我只是做记录不是写小说好么？”我哪承想月饼居然有心思给我科普

如何写作，“谁天天冒险没有生活，正常人都要吃喝拉撒睡，听个传说不应该嘛？”

“现在是听传说的时候么？”月饼打了个响指，跟在半兽人身后，居然还有心情哼着歌。

四

随着半兽人走进千里沟，“柳泽慧”双手拍掌：“老同学，好久不见，别来无恙？”

我细细观察四周，左侧站着六个马脸半兽人，右侧站着七个牛脸半兽人，硕大的鼻孔喷着雾气，核桃大小的眼珠子映着火把的光芒，如同眼球里燃着两团鬼火。

月饼摸摸鼻子：“小慧儿，什么风把你从大韩民国吹回来了？”

我注意到月饼摸鼻子的手翘起无名指和中指，微微摆动几下，似乎在向我暗示什么。折腾半个晚上我这脑子有些迷糊，死活想不出月饼到底是什么意思，当下也不能露怯，点点头假装知道了。

“别想从我这里套话，”她眯眼明明笑了，死灰的脸却一动不动，“这里是成吉思汗陵所在地，需要你们帮忙开启。”

“我怎么就这么听你的呢？”我恨不得立刻撕掉她的面具。

“你们俩都看到死兆星了吧？”她指着夜空，“那个人的陵墓有一样东西，可以破除死兆星诅咒。”

“你怎么知道？”我觉得她的语气手势很像另外一个熟悉的人，一下子却想不起是谁。

“如果你摘下面具，我或许会考虑你的提议。”月饼伸了个懒腰，走到一个半兽人身前，戳了戳皮糙肉厚的马脸。

月饼突然这么萌的动作很出乎我意料，更滑稽的是马脸半兽人一动不动，就这么让月饼戳着，还拔下一簇马毛。

“我记得那个人手下有一员大将，名叫哲别。征讨西夏遇到埋伏，身中数十箭，眼看活不了。”月饼捻着马毛闻了闻，“随军的萨满巫医用秘术医治，活剖一只犍牛，把哲别放入牛腹，缝合切口，只露头脸。哲别在牛腹中养了三天三夜，再出来时箭伤痊愈，只是牛血肉随着创口血脉融入，半年后体型容貌突变，异化成牛形怪人，自此终生披袍、戴面具不以真面目示人。不知道这几个人是不是也是这样弄出来的？”

我估计这就是月饼刚才要讲的传说，借这个机会说了出来。古代征战，“牛马治伤”倒也听说过许多，只是不如月饼知道得详细，应该是从古城图书馆哪本书里看来的。

突然，我的心里冒出一股寒意，一个可怕的念头从脑子里闪现。月饼这句话并不简单，他分明在暗示这个女人很有可能不是戴着面具，而是用类似于“牛马治伤”的方法，夺了柳泽慧的身体换了原本容貌，甚至有可能是用了小慧儿的人皮。

我不敢再想下去了！

难怪月饼一定要她摘下面具，是为了确定真正的小慧儿是否安全。

“我知道你们俩不会因为死兆星诅咒答应开启陵墓，”她的声音冰冷却透着早已看穿我们的狡猾，“想知道柳泽慧的下落，那就照我说的做。”

月饼扬了扬眉毛：“不照做呢？”

“呵呵……你们的性格我很了解。”

我从未像现在这样感觉处处受制于人。这件事情很简单，我们开启陵墓，不一定知道小慧儿的情况；可是如果不这么做，就完全没有机会知道。

月饼几次摸到腰间桃木钉，终于摊开双手：“你说，我们要怎么做？”

“开启陵墓，异徒行者必须心意相通，毫无芥蒂。”她的目光从月饼转向我，“南晓楼，你呢？”

“月无华的决定就是我的决定。”那一刻，我明白，就算小慧儿已经出了事，我们也要为这个答案听从她的安排。我也相信，无论发生什么，月饼都有办法扭转局面。

“好！”她取下挂在腰间的铃铛迎空摇响，山坳深处传来沉重的踩踏声。

五

山影中，一个马脸人牵着白毛骆驼走了过来。在他旁边，牛脸人高举一方直径两米左右的石盘，头顶冒着腾腾热气，步履沉重地踏着步子。

她再次摇着铜铃，马脸人从腰间抽出一把雪亮的弯刀，对准骆驼的脖子。骆驼似乎知道死亡将至，拽着缰绳四蹄绷得笔直，“哞哞”地惨叫着。缰绳深深勒进嘴肉，唇角被磨烂了，鲜血把雪白的皮毛染得星星点点。

马脸人一拳砸中骆驼头颅，骆驼的脖子如同折断的竹子，直直地垂了下来，巨大的身躯晃了几晃，四膝跪地轰然侧翻，嘴角涌出黏稠的白沫，侧着头，有气无力地哀鸣。两颗浑浊的泪珠从眼眶滴出，慢慢滑落，沾湿了皮毛……

月饼额头青筋跳了几跳，双拳攥得“咯咯”直响。我不忍再看，正要转过头，马脸人再一刀捅进骆驼脖子，滚烫的鲜血如同利箭喷出，洒出一道触目惊心的血痕。

骆驼受了剧痛，凄厉地惨叫，四蹄乱蹬。马脸人对着它的脑袋又是一拳，只见骆驼双眼受力迸出，上下颚猛合，剧烈起伏的腹部渐渐平息，只有脖子的刀口汩汩地涌着血浆。

牛脸人把石盘重重地摔在地上，上面居然刻着巨大的太极图，只不过阴阳两眼的位置刻着两个恶鬼的脸。骆驼血喷到石盘上面，一滴不漏地流进刻痕，顺着石道汇入鬼脸，聚在鬼眼位置，慢慢渗进石盘。

原本白色石盘变成通透的红色，隐约能看到里面有许多筷子长短长着四条腿的蛇形怪物张嘴吸食血液，摆动着尾巴爬到鬼脸周围。

“南晓楼，把你的左手放到阴眼；月无华，把你的右手放到阳眼。记住，要同时。很快，你们就知道柳泽慧的下落了。”

眼前的情形实在诡异，我心里毛嗖嗖的，有些犹豫。月饼对我点点头，眼中透着“相信我”的自信，把手放到了鬼脸上方：“我数到三。”

我深深吸了口气，手掌悬空，那些怪蛇愈发活跃，顶着石面几乎要钻出来。

“三！”月饼直接跳过了一、二，手掌摁下。我心说月无华你这也太草率了，好歹给个几秒钟的心里准备过程。牢骚归牢骚，说不得只好一咬牙，手掌摁到鬼脸。

接下来发生的事情更是奇怪！我眼睁睁看着手掌穿过鬼脸，就这么陷进石盘里，触感黏糊糊的，像是塞进了一坨烂肉里面。那些怪蛇从嘴里探出一根芯子，顶端的吸盘长满倒刺，咬了过来。

我顿时觉得好像有百十条烙红的铁针扎了进去，火辣辣的剧痛。全身的血液更像是被水泵抽吸，涌向手掌。我心里大骇，想把手抽出来，却被石盘牢牢粘住，动不了分毫，任由怪蛇吸食。

“我真搞不懂你们怎么想的？仅仅是为了一个所谓朋友，值得么？”

血液的快速流失让我感到全身冰冷，头晕目眩，根本没有力气回话。

“我已经知道你是谁了。”月饼单手撑地，黄豆大小的汗珠顺着脸颊流到下巴，“李念念，你永远不懂什么是友情。”

我心头一颤，这个人居然是李念念？难怪觉得她很熟悉！勉强抬头看去，李念念踉跄几步向后退去：“你……”

“你以为我们中了你的圈套？”月饼嘴角一抹冷笑，“螳螂捕蝉，黄雀在后。”

那个被月饼拔了一簇毛的马脸人，冲出队伍，双手紧箍住李念念。

月饼骄傲地抬起头，一字一顿地说道：“我，是蛊族，最强的人！”

李念念挣扎不动，索性任由马脸人控制：“再强的人，也挣脱不了鬼脸肉灵芝。”

“不一定哦。”月饼吹了声口哨，“你故弄玄虚让我们同时放上手掌，其实需要的只不过是人血而已。也就是说，谁的血都可以对么？”

我知道月饼要做什么了！他要以命换命！

“你不想知道柳泽慧的下落了？”李念念也意识到月饼要做的事情，扳着马脸人的胳膊用力推着，“只有我才知道。”

“蛊族秘术，不是你想的那么简单。”月饼眼睛透着一丝黯淡，“你是第一个死在我手上的人，也希望是最后一个。”

李念念摇晃铜铃，牛、马脸人纹丝不动，这才彻底慌了，双腿踢腾着，绝望地喊道：“南晓楼、月无华，你们是不会杀人的。”

“我们也不想被人杀死！只能你死！”我咬着牙说。

我看到了月饼脸上的悲伤。

马脸人举起李念念，扔到石盘上面，只见石面漾起水波状的纹路，李念念瞬间陷了进去，在里面拼命挣扎，却被黏稠的浆液粘住，动作越来越迟缓，嘴角冒着一颗颗气泡，脸色憋得青紫。

怪蛇发现新的猎物，一股脑爬了过去，围着李念念的身体噬咬吸血。

我终于抽出手掌，大量失血使我视线模糊，隐约能看到李念念脸上的人皮面具被怪蛇咬掉，露出那张熟悉的脸。她张嘴呼救，一条怪蛇顺着口腔钻进嗓子。她双手卡着嗓子，眼里满是哀求，又一条怪蛇咬破眼球，吸吮眼液。

接下来的一幕实在太过惊悚，我不想写出来。

月饼默不作声地坐在石盘旁，嘴角不住抽搐。我望着石盘里那具剩下的骷髅，大口喘气。

怪蛇群在骨骼中游来荡去，寻找着残存在骨头上的最后一点血丝吞噬。

“南瓜，我是迫不得已。”月饼点了根烟，深深吸了一口。

“我知道。”我再没有别的语言可以使用。

怪蛇群吸干净李念念最后一丝血肉，涌到石盘下方，扭动身躯钻进泥土。

“轰”一声巨响，石盘陷进地面五六厘米，严丝合缝地扣进地下的石制凹槽。

巨石摩擦的机关声从地底响起，石盘缓慢转动了九十度，“嗒嗒”几声链条转动声，凹槽连带着石盘向两旁裂开，露出寒气森森的地洞。

一排石阶斜斜向下，仿佛探进深不见底的地狱。

“嗷！”地洞里一声兽吼，地面颤动，山体“簌簌”落着碎石。

“敢不敢下去？”月饼走到洞边，往里面扔了根照明棒。

照明棒碰撞着落下，洞壁血红色稀奇古怪的花纹一闪即逝。

我甩了甩被怪蛇咬伤的手：“不敢，也要下。”

六

月饼捏着烟凑到洞口，香烟冒出的烟雾没有向上飘起，反而呈螺旋状被吸入洞里。这种情况有两种可能，一是石洞另有出口，多半是布满风眼的岩壁，造成空气对流；二是有条水势汹涌的地下暗河，形成空气旋流。

我想到暗河就头疼，在西山大佛执行任务，我和月饼差点淹死在大佛内部。这种荒郊老山容易出乱七八糟的玩意儿，何况还听到一声兽吼，不害怕那才是假的。

“等空气进得差不多再下洞。”月饼瞥了一眼牛、马脸人，变戏法似地从袖口抽出一根木哨，凑到嘴边吹了几声。把李念念扔进石盘的马脸人耳朵里飞出一点绿光，空中盘旋几圈，“嗖”地飞到月饼掌心。

我看得真切，那是一只色彩斑斓的天牛，身形却只有瓢虫大小，顺着月饼的掌纹来回乱窜。月饼又吹了几声木哨，天牛展翅飞到月饼鼻尖前方，两根触角上下点动，就像是对着月饼鞠躬，如此三次，才扑棱棱飞走。

我心知这是某种蛊术，肯定和刚才发生的一系列事情有关，正想问个明白，月饼倒打开了话匣子：

通过和李念念的谈话，月饼明白了“完成任务需要我而不是他”的判断完全错误，很明显需要我们合力才可以开启陵墓。他担心小慧儿安危，也明白李念念布了这么大的局，如果不假装处处受制，根本得不到线索。

他发现牛、马脸人和李念念心意相通，借着拔马毛的机会下了“窃蛊”。蛊虫进入马脸人脑子需要时间，他竖起两根手指其实在暗示我，最少需要两分钟。

月饼说到这里，一本正经冲我点点头：“南瓜，你的智商总算用对一次，猜出我的意思，配合真不错。”我当然不能露怯，云淡风轻地抽了口烟表示默许。

等窃虫入脑的那段时间，说不得由我们开启陵墓，被怪蛇吸血。就在这

个时候，窃虫向月饼传达了信息，假冒小慧儿的人是李念念……

月饼突然不讲了，盯着石盘发呆。李念念的骸骨被分开的石盘扯得七零八碎，我一时间忘了这个算是半熟朋友差点把我们害死。想想在金陵还活蹦乱跳的小姑娘，如今尸骨散落在千里沟，我心里越来越不舒服。

“有些事实在没有办法。”我点了根烟递给月饼。

月饼接过烟没有抽，自顾自地说道：“其实咱们早就该想到，李念念没有那么简单。否则怎么能一眼看出西湖任务图？”

“如果她是医族，和李文杰是什么关系。”我觉得脑子有些乱，努力整理着线索，“她是假装被李文杰控制？其实一直在等咱们完成某个任务，然后接手任务？”

“我想不明白，”月饼弹着烟灰，“有一点可以确定，李文杰没有完全跟咱们说实话，李念念和他达成了某种交易。”

我试图从诸多线索中找出一条相互联系的线轴，只觉得所有线索缠成一团麻绳塞在脑壳里，乱糟糟的，根本没有头绪。

“窃蛊的时间只有几秒钟，我来不及知道更多事情，只是隐约感觉到小慧儿困在某个地方，没有生命危险，”月饼使劲揉着太阳穴，“如果能从石盘中挣脱，我也不会这么做。说到底，我还是高估了自己的实力。”

我的心情比月饼好不了多少，可是如果再谈这件事，哪怕只是安慰几句，对月饼来说，都是一辈子走不出的阴影。

很多事情，只能用时间慢慢遗忘。

“月饼，窃蛊为什么用天牛炼制？”我故意岔开话题，“你到底还藏着多少蛊虫？”

“也许是天牛两根触角很像天线。”月饼摸摸鼻子，“历代蛊族传下来的手艺，我哪知道这么详细？”

“你丫脑洞开得还挺大。”我捶了月饼一拳，“你的先辈玩蛊怕是有两千年，那时候能有天线？”

月饼指着夜空的星星：“墨西哥、玛雅文化、太阳神金字塔，玛雅人留下的壁画还有类似于宇宙飞船，宇航员的图案。蛊族凭什么就不能知道天线？”

月饼恢复常态，我心里宽松，嘴皮子也利索了：“瞧您这意思，蛊族和玛雅人一样都是外星人？长得和地球人还挺像。”

“还汪星人呢。时间差不多了，下洞！里面还有一只外星怪兽等着咱。”月饼活动着手腕，“讲真，等所有任务完成了，咱们去玛雅遗址看看？”

我们在南美洲的经历极为诡异，有时间我会把那段经历写出来。

“行啊，你想去我就陪着你。”我正要起身抻抻筋骨。月饼摁住我的肩膀：“少了两只。”

我稍一愣神随即反应过来。我坐的位置正好背对牛、马脸人，转身一数，两排人各少了一只。

控制他们的李念念已经死了，这些异人现在都是没有意识的壳子，根本不可能行动，那两个人到哪里去了？

七

月饼像只狩猎的豹子，微微弓起背部，掌心扣着几枚桃木钉，眯眼环视山谷：“一前一后，注意观察。”

我背靠背挪到月饼身后，正对着深不见底的地洞。鬼脸肉灵芝原本散发着暗淡的红光，逐渐转成石头的青白色，内部的黏液逐渐凝固，怪蛇摆着尾巴向裂开的边缘艰难游动，漾起一圈圈波纹，还未抵达肉灵芝边缘，就被固定成一圈圈石纹。

地洞里鼓出一道灰色旋风，肉灵芝加速了石化过程，“咯咯”作响，表面皲化成皱皱巴巴的石纹。怪蛇、骸骨被淡青色的石层包裹，再也看不见了。

眼前的异象就像是远古时代的巨型松树渗出松脂滴进蛇窝，包裹着蛇群凝固，形成琥珀的过程。

山谷乱石随着山风吹过，“呜呜”作响，几根生长在石缝里的枯草微微颤抖。

我稍有些晃神，很奇怪地联想到石头缺少植物必须的营养，植物却能在石缝里茁壮生长，仅仅是用生命力顽强来解释的么？是否有许多石头如同鬼脸肉灵芝，具备石头的外形，却是另外一种物质，内部隐藏着不为人知的东西？

1773年5月，瑞典建筑师约翰·格罗贝里在万林格博的采石场视察，两名工人告诉他一个令人吃惊的消息。在开采位于地下3米多深的大块砂岩时，其中一个工人发现在刚刚砸开的大石头中有一只巨大的青蛙。

靠近青蛙身体的岩石有一部分非常疏松多孔，已被敲击的力量震破，印在上面的青蛙轮廓也被震坏了。青蛙处于昏睡状态，嘴巴上有一层黄色薄膜。

可惜格罗贝里不是生物学家，没有多做研究就不耐烦地用铁铲把青蛙拍死了。

中国自古对“石中养异物”的奇特现象研究颇深，统称为“石胎”。相关的传说更是数不胜数，最著名的当属“东胜神洲有一花果山，山顶一石，受日月精华，生出一石猴”。

想了这么多，其实就是一眨眼的功夫。也许是心情使然，我忽然觉得从乱石里长出的野草，并不是被山风吹动，而是石头本身在动，随时会变成类似于鬼脸肉灵芝的东西，从里面钻出奇怪的玩意儿。

“有发现么？”月饼碰碰我的肩膀。

衣服冰凉地黏到皮肤，我才觉出不知道什么时候出了一身冷汗：“没有。”

话音刚落，地洞里再次传出低闷的兽吼，只是声音比之前听到的隐约多了一丝畏惧，好像是遇到了什么让它害怕的东西。

难道消失的牛、马脸人在洞里？可是它们是怎么从洞口进去的？我们两个人四只眼，眼神再不济也不至于看不见，总不能是隐形的吧？

月饼向洞里匆匆瞥了一眼，桃木钉捏得“咯咯”作响，满脸恨不得立刻进洞的表情。我又何尝不想？可是如果不弄明白怎么回事，否则冒冒失失下了洞，这几只傻站着的牛、马脸人再闹什么幺蛾子把洞口随便那么一封。我和月饼也别异徒行者了，想出来除非变成孙行者。

“砰”！

类似于巨石落进湖里的砸落声从石洞里响起，随着“噼里啪啦”的水声，兽吼声更加恐惧，如同在天际滚来滚去的闷雷，忽远忽近。

“快取那个东西！”石洞里传出很苍老的人声，可能因为形势紧迫，声线由粗转细，直至尖锐刺耳。

“到手了！风紧，扯呼！”另一个人像是被热水烫坏了声带，嗓音沙哑干裂。

“下！”月饼终于沉不住气，抬腿起身，却只是上半身立起，双脚一动不动。

月饼奇怪地低头查看，用力拔着双腿，依然丝毫不动。我心知不对劲，正要起身帮忙，发现两只脚如同被烙铁箍住，根本动不得分毫。

我低头看去，才发现双脚不知道什么时候陷进了地面，就像踩进了烂泥浆，岩石边缘把脚背包裹严实，完全抬不起来。

“要了命了！”我叫苦不迭，吃奶的劲儿都使出来了，就差把脚脖子拽断，死活拔不动。

月饼蹲身摸着岩石，居然有些兴奋地打了个响指：“这一整片岩石都是鬼脸肉灵芝。牛、马脸人抬过来的那块类似于它的心脏或者大脑，放进空缺位置使肉灵芝完整，用人血激活，由固化转为液化开启墓门。咱们没察觉，被液化的岩石箍住了脚。盗墓贼就算是发现了开启墓穴的方式，也要用人血祭祀，稍不留神就像李念念被肉灵芝吞噬，或者被活活钉在地面。南瓜，你不觉得这绝对是最牛的防盗墓方式么？太神奇了！”

我怔怔地盯着月饼，真想打开他的脑壳看看里面到底装了什么东西。这种时候不想着脱身，居然还有心情琢磨这些？转念一想，月饼这么胸有成竹，肯定是找到了解决办法，不由转忧为喜：“月饼，这么说起来，你是想出办法了？赶紧的，再这么下去迟早成化石。”

月饼手扬在空中，慢悠悠放到脑后挠着头发：“把这茬儿忘了。”

我顿时体会到了大喜大悲这句成语的确切含义：“你丫……”

整句话还没来得及说利索，地面一阵剧烈颤动，像是风暴前夕宁静的海平面，突然惊涛骇浪，碎石颤动弹起，重重落下。

我控制不住身体平衡，双手撑着地面左右晃动，脚踝在巨力摆动中“嘎嘎”作响，几乎要被拗断。五脏六腑更是翻腾不已，在肚子里乱作一团，眼看要震成糨糊。

“气贯双腿，”月饼摁住我的肩膀，“想象这是龙卷风的风眼，不管周围怎么转动，脚下是最平静的地方。”

我试着凝神冥想，可是实在做不到月饼那样心如止水。就在这时，一道耀眼的金光从洞里喷出，散成无数条细细密密的光线，把山谷映得一片金黄。

两道身影从洞中鱼跃而出，向谷口疾驰而去。其中一人背着隐隐透出红光的包裹，另一人呼啸几声，原本呆立的牛、马脸人忽然动了，排成两队向洞口走去。

一个、两个、三个……

牛、马脸人直挺挺踏到洞口，摔了进去。

洞内兽吼连连，金光中喷出一道道夹杂着碎骨、皮毛、肉块的血沫，浑似一股人血喷泉。

直到最后一个马脸人跌入洞中，血泉“汩汩”涌着血泡，随着渐渐平息的兽吼声沉入洞底。

金色光线像是收拢的散乱绳索，重新在洞口聚成金色光柱，火焰般暴涨三四米的高度，忽地缩回洞里，山谷恢复了原本的黑暗。

骤亮骤暗的光亮使我的眼睛瞬间失明，只听到有人高声说道：“南晓楼、月无华，李念念太低估你们。放心，我们绝对不会犯她的错误。洞里，有你们想知道的一部分事情，如果能识破机关，自己去看吧。”

我的眼前虽然还飘浮着许多黑点，但是勉强能看清楚周遭。极远处，逆风站着两个身高相仿的人，山风吹得长袍紧紧裹着干瘦的身体，左边那人背着一个人头大小的包裹，隐隐透着暗红色光芒。

“后会有期！”俩人冲着我们挥挥手，转身消失在谷口。

“那两个人，咱们见过。”月饼追了几步顿住脚，“趁着肉灵芝又吸食了血液化，赶紧拔出脚。”

我使大劲把脚拽了出来，鞋底粘连的黏糊糊肉丝“嘶嘶啦啦”绷断，要多恶心就多恶心。

“他们是谁？”我大口喘着气，浓郁的血腥味灌进肺里，熏得想吐。

“东越，三坊七巷，合抱榕，圆脸，黄衫。”月饼说得很简单。

我心里一哆嗦，想起那两个讲“合抱榕传说”给我们线索提示又突然消失的老人：“怎么会是他们？”

“我怎么知道？”月饼显然动了怒气，右拳重重击中左掌，围着洞口绕了几圈，跳了进去。

我心说月无华你丫平时挺稳当的人，怎么这会儿比我还毛躁？且不说洞里那只野兽是什么还没搞明白，单是把十几只牛、马脸人瞬间撕成碎骨烂肉就非同小可！单凭那两个老不死说了句“进洞去看”就敢随便进去？万一是借野兽之牙把咱们灭了口也说不定。

“你要是不下来，就在外面放风，免得有人封洞。”月饼突然从洞口冒出脑袋。

我吓得肝儿颤，“嗷”了一嗓子才回过神：“死的死，跑的跑，谁能封洞。鬼啊？”

八

进了洞我才弄明白，敢情这洞壁凿出了两排可容纳手脚的石窟窿，看来是方便送葬人把“那个人”送进洞底陵墓的石阶。难怪月饼明明跳了下去又能冒出来。

我和月饼咬着照明棒没办法说话，只能闷着头往下爬。石窟窿里面满是血浆肉渣，手脚塞进去像是戳进一摊肉泥，“咕叽咕叽”的，着实恶心人。越往下爬，上端洞壁残留的血水滴得越多，滴在身上腥臭，头发都糊成血糨糊。我偶一抬头，偏巧一滴血水落进鼻孔，就像是淌出的鼻涕又倒流进鼻腔，要多恶心有多恶心。

月饼也好不到哪里去，活生生淋成了血人。不过他的心思显然没有放在这形象上面，咬着照明棒左右照着，好像是发现了什么东西。

照明棒的光线太过幽暗，我也看不清他发现了什么，只听见水声越来越近，算算距离快到洞底，暗暗提高警惕，放慢往下爬的速度。

这时，月饼突然向我眨眨眼，咬着照明棒就像是叼根雪茄，向我微微一笑，双手从石窟窿里伸出，手臂展开，后仰向洞里落去。

我吓得不轻，拿不准月饼到底怎么了，探手抓向他的胳膊，结果一把抓了个空，眼睁睁地看着他消失在黑暗里，几秒钟的工夫，连照明棒的绿光也消失不见。

我盯着黑漆漆的洞底，一团团潮湿的雾气顺着裤腿钻进，撩着汗毛蔓延全身，激出一身白毛汗。

我暗骂自己大意，“那个人”当年建立的帝国版图横跨欧亚大陆，更有诸多能人异士随部队远征，搜罗奇珍异宝。那块覆盖整个谷底的鬼脸肉灵芝应该是生于山底的“太岁”，被随军能人异士发现，通过某种神秘方式，培养成巨型太岁，作为陵墓的防护罩。

“那个人”统领的军队每至一处，攻城拔寨，烧杀抢掠。凡是遇到誓不投降的城市，把老弱妇孺捆绑，烈马奔驰拖行。直至血肉模糊，哀号而死，借此瓦解守军战意。

但凡生前杀戮太多，更是担心死后不得安宁。由此推之，鬼脸肉灵芝虽然神奇，绝不可能成为陵墓唯一屏障。很有可能洞壁由某些能人异士设计了类似于符语、咒画这些扰乱心智的法门。

如此一来，就算有盗墓贼识破鬼脸肉灵芝的奥妙，也逃不过第二道护墓机关。

月饼入洞后一直观察洞壁，又做出这种举动，说不定就是心神受扰，着了道。

想到这一层，我急得浑身燥热，对着洞底喊了几声月饼的名字，除了潺潺水声和我沉闷的回声，再没别的动静。

我扳着石窟窿停在半空，尽量往月饼坠落的位置挪动，想看看洞壁到底有什么，或许能找到破解的线索。血水依旧落个不停，也许是心情使然，每一滴落在身上，都像石块砸中，沉重生疼。

我腾出手抹了把脸，脖子后仰猛吸了口气，忽然看到洞口闪烁着一抹绿光，贴着洞壁飘忽不定，以极快速度往下落。接二连三的怪事实在太多，我连害怕都来不及，摸出军刀准备是妖是怪先戳一刀再说。

忽然，那抹绿光在空中划出一抹残影下落两三米，又立刻跃起以同样的速度坠下。不多时，落到距离我头顶不到十米的距离，隐约可见是一个身材瘦削的“人”，上半身让绿光笼罩，看不清模样。

我屏着气握紧匕首，瞄着那个“人”下落位置正要甩刀，那个“人”慢悠悠冒出一句：“别开枪，是我！”

我乍一听熟悉的声音，立马哭笑不得，随即回过味儿。月饼明明落进洞底，怎么可能从洞顶下来。难道是什么东西幻化成月饼的模样？听这懒洋洋动静和什么危险情况都不当回事的说话方式，不是月无华又是谁？

“我终于弄明白了！”月饼衣领插着照明棒，几个起跃落到我身旁，“这是一个死循环，死循环！”

照明棒把月饼的脸映得惨绿，又过于兴奋显得脸部极为扭曲。我极少见到月饼这么兴奋，总觉得不太对劲，不敢确定月饼到底是不是月饼。

我故作深沉：“天王盖地虎。”

月饼随口回道：“小鸡炖蘑菇。”

我松了口气：“宝塔镇河妖。”

月饼忍着笑：“蘑菇放辣椒。”

说来惭愧，我和月饼年少无知的时候也混过糗事百科，暗语学了不少。本来觉得没啥用的玩意儿，没想到派上了用场。

“你丫怎么又从上头冒出来了？”我也懒得费脑子琢磨，直接问道。

“来不及多说，”月饼展开双手，脚蹬洞壁，又落了下去，“Follow me。”

“你丫还有心思说洋文。”我双手一松，坠向洞底。

呼啸的风声钻进耳膜，我有些气血翻腾。尤其是空气阻力和地心引力对抗，那种明明是身体下落却又往上顶的感觉分外明显。我想到一个问题：如果这个月饼是假的，我岂不是几秒钟后摔成一摊肉泥？

友情真是一件可怕的事情，可以毫无保留信任对方，哪怕和生命有关。

突然，我的背部触到了某种平面，这种感觉极难形容，完全脱离物理常识。我真切地感受到了那个平面，却没有丝毫坠落的反冲力，倒像是落进了厚厚的棉花堆，身体轻飘飘陷了进去。

我试着活动手脚，根本不能动弹，眼前闪烁着五颜六色的光线，身体处于虚无的状态，像是完全脱离了时间和空间的界限，没有呼吸，没有感觉，没有思维……

这种情况不知道持续了多久，当我又听到山风，又看到熟悉的景象，又闻到寒冷的空气，才发现重新回到了千里沟。

月饼站在我对面，指着脚底：“这是什么位置？”

虚实互转的感受让我有些晕眩，定了定神才发现站在那排马脸人的地方。我所站的位置正是突然消失的马脸人那里。

“我一直在想，伪装成牛、马脸人的圆脸、黄衫两人是怎么进的洞，又怎么出来的，”月饼用力跺着的地面，“阴阳鱼，两界眼。生死门，通天地。”

“居然是真的，”我忍不住也跺了几脚，“这里布了‘阴阳两界阵’？”

九

说到“阴阳两界阵”，不得不多说几句。这个阵法据说源于上古，由“中华第一图”的太极图演变而来。太极图形状如阴阳两鱼首尾交缠，也被称为“阴阳鱼太极图”。

关于太极图的起源众说纷纭。有不少人认为太极图起源于原始时代；甚至有人认为是太古洪荒之时外星人馈赠地球人的礼物；更激进的人士认为是人类文明出现之前，上一次甚至两三次地球文明毁灭时遗留下来的唯一信物。

太极图诸多神秘之处，在此就不一一列举。我对各种阵法极感兴趣，自然多些研究。中国阵法分为“斗”、“运”、“局”三种，“斗”多用于两兵交战，如诸葛亮的“八卦阵”；“运”以增气运、旺财运、助官运为主，如“五鬼运财阵”；“局”分祈福、诅咒两种，既能祛病消灾，也能增厄添灾，如前文提到过的“厌胜术”。

这三大阵法皆由千古第一阵“阴阳两界阵”衍生而来。至于这个上古奇阵如何布置，我不甚了解，只记得图书馆的《奇阵谱》里很含糊地描述：

“阴阳两界阵，可辨生死，识阴阳。阵随人心，幻象虚实，皆由心生，其妙无穷，其灾无尽。”

月饼所说的“阴阳鱼，两界眼。生死门，通天地”，指的是阴阳两界阵其中一种变化。此阵以太极图为形，阴阳鱼眼为门，站在相应的位置，可以通天达地。

换句通俗的说法，就是阴阳鱼眼为任意门，可以瞬间移动到达要去的地方。而我们从洞里坠落回到地面，也验证了世间确实存在阴阳两界阵。

我心说月饼你不好好玩蛊术，居然抢我饭碗研究阵法，抢先一步识破了其中奥妙，多少有些不痛快：“你是怎么想到的？”

“我对阵法哪能有你精通？”月饼先给我戴了个高帽，“记得圆脸、黄衫两人说的话么？如果能识破机关，就能知道一部分事情。他们冒充牛、马脸人，在咱们没有察觉的情况下抵达洞底取了东西，显然另有机关。你和我聊起过阴阳两界阵，我入洞时就往这方面琢磨，碰巧看到洞壁有字：‘余一生经历甚诡，诸事皆可破。唯此洞奥妙，不可参透。入洞十余次，不抵洞底。呜呼，无功而返。望后世异徒行者慎之，切记。’”

“两者结合，八九不离十，这就是传说中的阴阳两界阵，”月饼双手摆成圆形比画着，“千里沟天生就是个圆形，正好可以布阵。道教自古推崇阴阳鱼太极图，‘那人’远征时，曾有丘姓得道高人随军，畅谈生死阴阳，极受尊重。这个阵有可能是得道高人作为陵墓机关布下。我只是把所有线索进行了简单推理，也多亏了你和我提到过阴阳两界阵的特征，说到底还是南少侠给力。”

俗话说“千穿万穿马屁不穿”，月饼一席话让我大为受用，脑子也活泛了：“这么说起来，曾经有异徒行者入过洞，留下名字没？”

“如果换作咱们俩没完成任务，留个告诫就不错了，哪还能留名字丢人现眼？洞壁的字体是小楷。清朝书信善用小楷，应该是清朝的异徒行者。”

我想到族谱里清代异徒行者的人名，十有八九就是他，不由感慨：“那哥们儿写了一辈子狐鬼故事，看来都是亲身经历。”

“你现在不也是把经历写成小说么？”月饼解鞋带脱袜子，赤足站着，“涌泉抵黄泉，天灵通天庭。牛、马脸人都是赤足，说不定这就是到洞底的玄机。”

我有样学样脱了鞋，脚底板踩着冰冷的地面，冻得不停跺脚。

等了几分钟没有动静，我的脚都快冻麻木了，正准备抱怨几句，一股很强的吸力从地底涌出，把双脚牢牢黏住。我低头一看，脚下直径一尺的地面顺时针转动，形成阴阳鱼形状的平面漩涡。原本坚硬的岩石地面变得松软，双脚缓慢地陷了进去。随着漩涡越转越快，下沉的速度也快了许多。几秒钟时间，就已经没到了膝盖。

月饼双指搭在眉角，斜前方挥动："南少侠，洞底见。"

我还没来得及回个手势，只觉得吸力骤然强烈，身体一沉，五脏六腑仿佛全坠进小腹，血液涌向双脚，肺里的空气像坨铁疙瘩压着胸口，根本吐不出来，热辣辣的，非常难受。

"呲"，一声轻微响动，地面漾出一抹蓝光，漩涡扩大了半尺。我眼前一黑，除了无数条快速闪过的光线，什么也看不到。身体随着漩涡旋转，轻飘飘无处着力，脑壳像被砍了一刀似的痛，渐渐失去知觉。

十

"南瓜，怎么样了？"月饼的声音仿佛很远，又好像很近。

我勉强睁开眼睛，视线无法聚焦，模糊了好一会儿，才看清月饼脸色煞白，靠着一方青色石台抽烟，显然也好不到哪里去。

"到墓穴里面了？"我试着起身，脑袋又是一阵晕眩，好不容易保持住平衡。

"嗯。"月饼吐了个滚圆的烟圈，不往上飘反而直直坠落，砸在半透明的青色石面，摊成薄薄的一层渗了进去。

我心中叫奇，观察着周遭。这个石洞呈椭圆形，洞顶垂着长短不一的钟乳石，超乎常理的是，这些钟乳石都是黑色的。我轻轻跺着石面，一圈类似水波的石纹从鞋底荡出，向四周延伸，直至完全消失。我有种踩在水面的错觉，可是脚底的触感异常坚硬，分明是脚踏实地的感觉。

"如果千里沟是阳间，这儿就是阴间。"月饼仰头指着洞顶，"阴阳相悖，所有的物理常识都是相反的。这或许是阴阳两界阵最大的奥义。”

我摸出军刀往空中一扔，果然没有落下，空中停留片刻，刀刃“啪”地被钟乳石吸附，刀柄抖个不停。轻微的颤动声在钟乳石间回荡，像是蜂群发出的“嗡嗡”声，密集而不嘈杂。

我注意到钟乳石落下些许黑色粉末像一道道黑色微型龙卷风，飘浮在石隙之间旋转。

“月……月饼，我明白阴阳两界阵的原理了。”

“钟乳石是磁铁，这是一个巨大的天然磁场。”月饼摸了摸鼻子，“当磁力达到一定程度的时候，就可以改变常识性的物理状态。难怪阴阳两界阵只是听闻没有见过，这么强的天然磁场确实不好找。”

“你丫又抢我的话，”我兴奋地挥着手，“百慕大也处于巨型磁场范围，随着潮汐达到磁力峰值，轮船、飞机路过，受到强磁干扰，仪器失灵，沉入海底，又会在磁力最低值的时候重新浮出海面，成为传说中的‘鬼船’‘幽灵飞机’……”

“咱们两个文科生就别卖弄物理知识了，”月饼嘴角扬着很奇怪的笑容，“你要是回头看看，更超乎想象。”

也该着我这人有时候脑子缺根筋，想都没想回过头。青石台上摆满金银珠宝，瓶瓶罐罐，中间端坐着一个穿着华贵、肤色黝黑的干尸。

我也算是见过大风大浪的人，可是这具干尸实在太过恐怖。头顶淡黄色的长发脱落大半，头皮皲出手指粗细的口子，露出暗黑色的头骨。整张脸皱巴巴像枚巨型核桃，耳朵蜷缩成两个肉球。眼睛鼻子几乎聚在一起，眼皮早已脱落，眼眶里爬着一堆米粒大小的白色小虫。嘴角斜着咧到耳根，淡黄色的牙齿脱落大半，舌头已经成为一块黑肉坨，散发着阵阵恶臭。

我一时忍不住恶心，随手抱起石台上的一个瓷盆，哇哇吐了起来。

“这可是湖田窑的青花瓷，”月饼满脸遗憾地拍着我的背，“带出去最少几千万，就这么让南少侠当了夜壶。”

“你家才用夜壶呕吐，”我的胃里也实在没多少东西，又呕了几口应景儿，“你全家都用夜壶呕吐！”

月饼“哈哈”一乐没有回嘴，摸出枚桃木钉对着干尸左戳戳右攮攮，嘴里还念念有词也不知道嘟囔什么。

我对月饼的重口味举动不敢苟同，算算捧在手里的湖田窑青花瓷兴于宋末元初，这满石台晃瞎眼的金银珠宝价值连城。这具干尸必然是“那个人”无疑，否则谁有这种规模的陪葬品？

转念一想，所谓的雄姿英发，一世豪杰又有什么用？到头来还不是一堆生不带来死不带去的物件中间的一具干尸？人忙活一辈子到底图些什么？

月饼摆弄得挺上瘾，看架势准备挑开干尸衣服深入研究。我心说指不定烂成什么样了，万一再看到满身爬着尸虫留下心理阴影，起码两三年吃饭都不香。想到这一层，我急忙摁住月饼的手：“入穴扰尸，盗墓大忌。”

“咱们什么时候转行武族改盗墓了？”估计月饼也觉得不妥，收回桃木钉，“我是想弄明白那两个人到底拿走了什么。”

“衣服好端端的肯定不是寻尸搜宝。”我理论结合实际打消月饼的念头，忽然发现这堆明器（明为“冥”的谐音，是陪葬品的隐晦称呼）里有一件雕刻精致的龙形黄金烟斗。龙头为锅，龙身成杆，龙尾做嘴，就连龙鳞都刻得栩栩如生，着实是不可多得的好东西。

但凡爱抽烟的人，对烟具根本没有抵抗力。我搓手咂吧着嘴：“月饼，你懂我。虽然咱不是武族，偶尔顺点儿喜欢的东西，不是为了卖钱，就是单纯喜欢，也是可以理解的吧？你看，这个金龙烟斗多可爱。”

“龙？”月饼微微皱眉，盯着干尸后面的石壁，“还记得那几声兽吼么？”

我向石壁看去，惊得后退几步，踩碎了青花瓷盆，险些摔倒。

十一

石壁呈半透明的翠青色，笼着柔和的荧光，波光流影，温润剔透。目力可及壁内两三米，清晰可见直径两尺左右的长洞从上斜下延伸至石壁极深处。长洞边缘沟壑纵横，数条手指粗的抓痕粗粝深邃，足有两三厘米深浅。我在《动物世界》里看过穿山甲掘洞，这条洞倒像是巨型穿山甲钻山留下的痕迹。

可是这块石壁分明是一整块天然玉石，坚硬程度可想而知，穿山甲根本挖不动。

“我和韩立聊过盗墓，他说防盗墓最高明的方法是‘太岁闭陵，奇阵护陵，异兽守陵’。”月饼顺着长洞起点位置向洞顶望着，“墓里有两块青石台，这块是‘那个人’的棺椁，对面那块为什么是空的？这不符合常理。”

自古以来，但凡大墓，为防土夫子盗墓，会布下各种机关。箭弩、流沙、滚石、刺坑、毒气属于最低级的防盗措施；利用玄学布阵使盗墓者迷路，死于墓中为中级措施；最高级的手段当属“阴兵异兽”。

始皇陵的兵马俑以及古代墓葬的人殉都属于“阴兵”范畴，至于“异兽”却是众说纷纭。最普世的看法是，墓门前、陵墓内的动物雕像就是所谓的“异兽”，只能起个镇墓保陵的心理作用，并没有实际效果。

我对这种观点不以为然。异兽的范围很广，不单是指传说中的动物。许多墓穴开凿时涌出的蛇、大甲虫、蝾螈，谁知道是不是墓葬时故意放入用来护墓的“异兽”？

月饼之所以说“两块青石台，其中一块空的不符合常理”，是结合了“那个人”的民族信仰做的结论。“那个人”的民族以天地、自然、生灵为图腾，既然一块青石台为棺椁，另一块应该放置图腾相关的东西，作为守护灵与“那个人”同处墓穴。再联系方才的兽吼、被撕成碎渣的牛、马脸人、石壁内的长洞，答案呼之欲出。

我手心微微冒汗：“月饼，如果真有龙存在，绝对能颠覆整个世界的认知！我得赶紧看看手机有没有电，拍几张照发网上，起码能火两三年。”

“它能短时间解决牛、马脸人，估计咱俩不够塞牙缝的。”月饼围着空置青石台摸摸敲敲，“洞口听到的水声从哪里来的？墓穴很完整，没有破坏痕迹，它是怎么穿过玉石掘洞的？”

“龙能呼风唤雨，穿个墙也不是什么难事。”我哪还有心思想这些，一门心思准备拍龙，“再说龙是祥瑞，就喜欢学雷锋助人为乐。咱们眉清目秀，怎么看也不像牛、马脸人那种怪胎。”

“还真能往脸上贴金。我眉清目秀不假，你说好听点也就是长得有特点，”月饼猫在青石台后面，探出半个脑袋，“别找手机了，赶紧过来，有发现。”

我三步并作两步绕过青石台，月饼盘腿坐着，手指在地上写写画画。

我凑过去看得真切，石壁后居然镶了一面金属板子，竖刻着细细长长，曲里拐弯的奇怪图形。

我心说难道传说中的龙是外星生物，这个墓穴实际是外星遗迹，难怪阴阳两界阵有瞬间移动的作用，这么说起来“太极图”真是外星文明遗留地球？如此一想，更觉得自打进了千里沟的种种经历，完全是科幻片的节奏。只恨手机受到洞顶那堆磁石影响，满屏跳动的横条根本用不了。我把手机塞回包里，脑洞早就开到太阳系：“火星文？”

“火你妹！”月饼的眼神恨不得生吞了我，“大学历史白学了？这是古蒙古文。”

我噎得一口气差点没喘上来，岔开话题：“写了什么？”

“我要能看懂还玩什么蛊术？”月饼锁着眉头，摆弄着Zippo火机，“早当古语言学家了。”

火光照着铁板，映得古蒙古文忽明忽暗。我心中一动，再细细一数，文字一共五排，冒出个很古怪的念头。

我刚准备说出来，又怕不靠谱让月饼笑话，耐心看了几遍。铁板年代久远，生满厚厚的铁锈，我特别注意的那几个文字，铁锈的颜色稍浅，字的表层在红色的火光中有一层很难察觉的细痕。

我心里有数了，翻腾背包找出微型紫光手电。这还是前段时间收了假钞，一时气愤淘宝买的，没想到这会儿派上了用场。

“如果不纠结文字内容只注意文字本身呢？”我打开紫光手电，对着第一排第六个字照去。果然，那个字出现了一个橙粉色，极为模糊的指纹。

月饼满脸“南少侠干得漂亮”的神色，扣上火机金属盖子，避免火光影响了紫外光：“你是怎么想到的？”

“油脂在紫外线的照射时会出现橙粉色，”我把手电移到第二排第二个字，又出现了相同颜色的指纹，“洞穴没有破坏的痕迹，肯定有机关，除了古蒙古文没有别的特殊玩意儿。我寻思说不定和62188有关。五排文字对五个数字，哪里有那么巧的事情？文字上有指纹，那两个人很明显开启了机关。”

“这还是我认识的南晓楼么？”月饼半张着嘴，眼睛瞪得滚圆，“这分明就是罗伯特·兰登啊！”

罗伯特·兰登是小说《达·芬奇密码》里的男主角，擅长高智商解谜，月饼这么说是对我的肯定。

真难得啊！

我把剩下三排与数字对应的文字照出指纹，尽量压低嗓音显得很稳当：“打开手机APP，随便下载个密室逃脱类型的游戏，比这难多了。月公公，生活不止有蛊术和桃木钉，还有手机和游戏。”

“所有的密室逃脱游戏我差不多都通关了，而且没使用提示。”月饼依次摁着“62188”位置的文字，“刚才想得太复杂，没想到这么简单。”

五个文字被月饼摁得陷入铁板两厘米左右，从第一个字到第五个字依次逆时针旋转了180度。几秒钟过后，青石台颤动不止，响起金属齿轮的“锵锵”声。响声越来越大，由石台内部沿着地底传到洞壁，再延伸至洞顶，在钟乳石形状的磁石中来回震荡，“呜呜”声响个不停。

磁石群如同一片能够自由伸缩的倒刺，随着声音的节奏伸缩。突然“嘎嘎”几声巨响，磁石群向两边裂开，正中分出一道笔直的缝隙。

我从未见过设计如此精巧的机关，心中的震撼根本无法用语言表达，屏着气瞅着缝隙裂到两米左右停止了，透出淡白色光芒，才深深吸了口气平复心情。

我这不吸气还好，一吸气满鼻子蛇腥味，顶得嗓子里像是塞了团棉花，痒痒得好不难受。

“里面有两个人。”月饼脸色一变，摁着我肩膀蹲到石台后面。

我眯着眼往上看，石缝两侧各站一人，向对方举着双手，手里握着一根矿泉水瓶粗细的铁链。

“那两个人又折回来了？”我念头刚起，月饼起身从背包里取出一捆登山绳：“白光看不清楚。石头做的假人，虚惊一场。”

“能让你丫吓死。”我干咳了几声，“胆子小成这样，原来你是这样的月无华。”

“小心驶得万年船，”月饼甩着登山绳绕过铁链，拽了拽试着力度，把其中一头塞给我，“一人一头往上爬。”

我心说也别废话了，三四米的高度也就分分钟的事儿，对着月饼打了个手势，两人一齐使劲，抓着绳子向上跃起。

结果，月饼升了上去，我落地了。

月饼抓着绳子晃晃悠悠：“南少侠，让你减肥你不听，非说咱们差不多体重，这次还有什么好说的？”

这就尴尬了！

十二

别别扭扭爬到洞顶，我气还没喘匀乎，就被洞内的景象震住了。从下往上看，判断不出洞有多大。身临其境我才看明白，这个洞足有篮球场大小，四面洞壁方方正正，处处留有刀斧凿痕。洞顶呈弧形，由南向北镶着七颗摆成北斗星形状、脸盆大小的白色圆玉，照得洞里一片雪白。

地面也许是巨型磁石的缘故，黑得透亮，九条半米多宽的人工沟壑以扇形排列。每条沟壑的起点分别是九只骨质兽首固定在洞壁里面，类似于有些人家具布置在墙上装个骆驼、牦牛的骷髅头。但是这些兽首形状实在太奇怪，根本不像已知生物头骨，有的像龟、有的像鸡、有的像马……九股冷冽的泉水从兽首的口、鼻、眼眶中涌出，顺着沟壑流入。

洞东边的一方石潭，冲淡了凝固在水面、化成血膜的黏稠血水。每当水面即将超过石潭，就涌进潭边的石洞。

这潭水有可能是类似于“西山大佛”内部的自动水循环设计，用来启动机关；也有可能是连接山体暗河维持石潭里面某种动物的生命需要。

潭水表面覆盖的血膜越来越淡，时不时“咕嘟咕嘟”冒着泡泡。我没来由地打了个哆嗦，瞬间脑补了丛林巨蟒、大白鲨、巨型章鱼之类的灾难片，生怕突然从水里血呼啦冒出个什么怪物。

“龙生九子，子子不同。”月饼跳过裂缝，“南瓜，水潭里可能真的有龙，已经逃走了。”

我的脑补画面立刻从灾难片转为科教片，九个龙子的形貌在眼前“嗖嗖”飞过，只要糊上皮肉鳞甲，和那些异形兽首完全吻合。

“这个……这个发现……太惊人了！”

月饼走到石人跟前，比量着身高：“更惊人的是这个。”

我爬上来就一直被洞里稀奇古怪的事物吸引，反倒忽略了这两具石人。月饼如此一说，我才回过神，注意力转向石人。

当我看到石人的脸，心头像被人狠狠捶了一拳：“他们怎么会在这里？”

“我倒觉得，他们在哪里出现都不奇怪。”月饼摸了摸鼻子。

十三

两具石人身高和我们差不多，显然出自石刻名家之手，就连手指、衣鞋、头发都刻得惟妙惟肖，唯独面容已被毁去看不出模样。其中一具依稀是圆脸，另一具的衣服残留着黄色颜料，和古城红尘宾馆地下密室两具被毁掉面容的木人惊人相似。

自从莫名其妙担任异徒行者以来，这两个神秘老人如同阴魂不散的幽灵出现在传说中、现实里，始终驱之不去。

我原本想依着月饼“既来之，则安之，水落石出的时候自然有分晓”的状态不去想这个问题，可是哪有那么容易？99%的正常人头疼脑热第一反应是琢磨什么原因得了病，而不是去立马医院检查对症下药。

更何况圆脸黄衫两个老人，比病毒更让我头疼，哪能假装不当回事？

我实在忍不住了：“怎么这么多黄衫圆脸？千里沟那两个老人到底是谁？这么大岁数老不正经，还玩cosplay。”

“你说什么？”月饼突然转身，嘴角微微抽动，直勾勾瞪着我。

我吓了一跳，结结巴巴说道：“我……我说……这么大岁数老不正经。”

“下一句。”

“还玩cosplay。”

“就是这句！”月饼托着下巴盯着洞顶，脸色忽白忽赤，瞳孔微微扩散，围着石人踱步。起初走得很慢，随着眉头越皱越深，脚步愈发快疾，几乎是脚不沾地。双手更是虚空抓着什么东西，摆出杂乱的扔放动作。

难道月饼又中了某种扰乱心智的机关？我试探着喊了声“月公公”，月饼挥手阻止：“别插嘴！再给我十秒钟时间。”

我屏着呼吸没敢吭气，心里有了计较。月饼有个很奇怪的习惯，当他针对某件事情有所发现时，会把各种线索虚化成实体，类似于科幻片里的高智能4D电脑，通过扔掉无用信息，合并有价值的线索找到答案。

“南瓜，我明白了！”月饼兴奋地搓着手，对着石人笑了，“这个局，很有意思。”

“首先，确定圆脸黄衫真实存在历史传说，身份不明；其次，异徒行者相关的任务他们都曾经出现；然后，根据传说提供的线索，他们才是解决各类任务的关键；最后，三坊七巷和千里沟的圆脸黄衫似乎也在帮助咱们完成任务。”月饼指了指洞顶，表示“圆脸黄衫”出现的位置，“这会对咱们造成一种错觉，那就是圆脸黄衫一直存在。可惜他们忽略了一点，或者说，太想欲盖弥彰了……”

月饼对我眨着眼睛，笑容渐渐凝固成沉默。我懂了月饼这番话的含义，心脏倏地一紧，耳膜“嗡嗡”作响，却能清晰地听到汗毛根根竖起的声音。

“圆脸黄衫确实存在，却不是他们俩。”我咽了口吐沫，如同吞了火炭，干裂灼痛，“红尘宾馆地下密室的木人、这里的石人，都被毁掉面孔。根据形貌衣着，这才应该是真正的圆脸黄衫。这两个是cosplay，乔装打扮成他们。”

“假冒的在三坊七巷提供线索，那时咱们觉得圆脸黄衫很神秘，思考重心自然在完成任务上面。直到这次，假冒的再次出现，提前拿走了任务线索，还把石人的面容毁了，只能说明一个问题！”月饼顿了片刻，眼圈微红，“徐老说‘太像了’，是否说咱们长得很像圆脸黄衫？他还没说出最后的秘密，万莫和阿……阿华就……”

我想起李文杰异化成人鱼之前没有说完的话：“异徒行者、八族有关联的人，都在阻止咱们知道他们是谁。”

“我还有个更可怕的想法，”月饼微微扬了扬眉毛，低着头冷笑，“异徒行者是假的，圆脸黄衫才是真的。”

其实，经历了这么多事情，我对圆脸黄衫和我们有某种关联早已心中有数，之所以忽略不想，是因为还缺少完全证实的契机，所以月饼的推断我完全能接受。可是历朝历代写在族谱里的异徒行者全都是假的，圆脸黄衫才是真的异徒行者，我无论如何接受不了。

说到底，异徒行者都是有名有姓、真实存在于历史里的人；圆脸黄衫只存在于传说异闻里。退一万步讲，就算长得我们一个模样，那又能证明什么？难道我们真的完成终级任务之后穿越了？回到过去布置这些吃饱了撑的没事儿干的任务折腾自己玩？反正我没这么好的闲情雅致，这不是脑子有病么！

“假冒的应该属于八族，他们也是两个人，试图完成任务。”月饼神态有些疲惫，斜靠着石人，“设想一下，任务因为某种原因，只能两个人完成。于是每个年代，八族选出两个精英与真正的异徒行者，也就是圆脸黄衫争夺任务。有些任务八族无法完成，只能在圆脸黄衫即将完成时出手争抢，或者给他们提供线索完成某些任务。这像不像假冒的和咱们之间发生的事情？”

一语惊醒梦中人！月饼的分析确实有道理。可是月野、小慧儿、杰克、天杀的黑羽为什么也要牵扯进这些事？我想了好几种可能性，每种可能似乎都不靠谱，细想又都存在着必然性，不由心头烦躁，没来由地冒出一身热汗。

“月饼，如果按照你所说……”我被一件事情惊得说不下去了。在思考问题的时候，我随意走了几步，此时正巧走到月饼和石人的侧面。我突然发现，从这个角度看，月饼和那个石人的感觉实在太相似了，完全就是一个模子刻出来的。

“怎么了？”月饼察觉我神色有异，以为身后有什么东西，扭头看了过去。

我的心一哆嗦！月饼侧脸的某个部位有个很不明显的生理特征，而石人侧脸相同位置，也有同样特征。

这绝对不是用巧合能解释！

一时间，我仿佛看到石人的被毁掉的脸长出疙疙瘩瘩的碎石子，挤压碰撞着互相纠缠，石屑纷纷落下，渐渐隆起一副清晰的面孔，正是月饼的模样。

“咦？”月饼指着横沟对面的石人，“南瓜，那个石人的左……”

月饼话音未落，石洞“咚”的一声闷响，地面如同惊爆的海平面起伏颠簸，拳头大小的碎石块“噼里啪啦”砸落。我立足不稳，虽然躲过一块擦着鼻尖落下的石头，肩膀还是被另一块石头砸中，手臂像是触到了强烈电流，瞬间失去知觉。

“咚！”又一声闷响，洞壁随之颤动，裂开无数条手指粗细、闪电状裂缝，由地面迅速延伸至洞顶。

澎湃的水声从洞内深处震出，第三次闷响过后，一声凄厉的兽吼贯彻石洞，回声震荡，耳朵像塞了团棉花，根本听不到其他声音。

也许是听力受到限制，其他感官变得分外灵敏。我很明显地感觉到一股股潮湿腥膻的空气从裂缝涌出，洞壁突起的石块抖个不停，“啪啪”震落，无数道水柱疾喷而出。

短短几秒钟时间，整个石洞就像360度无死角的洗车间，毫无间歇地喷涌着满是白沫的水柱。下层石洞瞬间被大水淹没，“那个人”的干尸像半截被雷劈中的黑木漂浮在水面，顺着水涡打旋……

我连绝望的念想都没了，眼瞅着地缝对面的洞壁在水流的冲击中崩塌，地面更是劈成数十块龟甲状的裂块，随着石洞震动，块块塌落，唯一能逃出洞的“阴阳两界阵”早被砸得稀烂。

当前的场景相当于《西游记》里金角大王的紫金葫芦，收了孙悟空再把盖子一塞，真是叫天天不应，叫地地不灵。

月饼扳着石人保持平衡，不停地向我身后挥手，嘴里重复着同样一个字。

杂声太大，我完全听不到说了什么。我仔细看他的嘴型，弄明白了他说的那个字——“洞”。

这漫天大水哪来的洞？难道月饼说的是“咚”？让我跳进下层石洞，憋气寻找能逃出去的缝隙？我又不是异化成人鱼的李文杰，没有鱼鳃喘气，跳下去还不是自寻死路？

“砰砰！”地面又塌落了几块石头，我和月饼之间裂开一条三米多的地沟。月饼用石人手中的铁索缠在腰间保持平衡，腾出手摸出一枚桃木钉，向我身后甩去。

我顺着桃木钉的轨迹一看，终于懂了月饼的意图。

洞，是指九兽首涌出的水流，汇聚石潭排出的那个石洞。我粗粗计算石洞直径，大约一米左右，足够一个人钻出。月饼的意思是，既然石洞能排流，也就是连接着地下空间，钻进那个洞，或许还有一线生机。

问题是，如果这个洞是个死胡同，一旦进去了转身都困难。且不说石洞随时都会完全崩塌，很有可能被石头压死在里面，一旦被水注满了，活活憋死也就一两分钟的事情。

这是一个“留下必死，钻洞还有一丝机会”的简单选择。我心一横打定主意，憋死在洞里也比和“那个人”的干尸搅在一起来得痛快！万一将来有考古人员发现这里，找到一具三头六臂、乱七八糟的尸体。大卸八块再检验DNA，居然是三个人，来个“千年墓惊现三身怪尸，历史中哪吒真有其人”的重大考古发现，想想就膈应！

月饼左手指着地沟，右手摆了个投掷的动作。凭着多年的默契，我立刻明白了他要做什么。地沟三米多宽度，只要稍微助跑，正常人都能跃过。可是月饼身后没有助跑的空间，原地跳过几乎没有可能，只能借助外物辅助。

石洞晃动得更加厉害，肉眼所见之处，满是龟裂的石缝，眼看就要彻底崩塌。

月饼捡起一块石头对着石人手腕砸去，准备取下铁索。我的心脏都悬到嗓子眼了，闪身躲着落石：“月饼，你丫赶紧！”

月饼也是发了狠劲儿，石头落下，石人手腕齐根断开，铁索落地。

“快扔过来！”

月饼居然还有心思冲我扬眉笑笑，悠着铁索甩了几圈，铁索笔直地飞过地沟，落到我的脚下。

我拾起铁索，围着腰部缠了几圈，身体后倾，双脚钉紧地面：“跳！”

月饼把铁索绕过背包的肩带固定结实，双膝微弯，腾空跃起。我急忙拽住铁索回收，给他增加助力。这个场景惊险异常，乍一看却有些搞笑，我拽着月饼倒像是扯风筝。

月饼腾在空中，距离还有一米多时力竭下坠。我握紧铁索又是一拽，月饼绷腰卷腹，抓住铁索奋力一跃："干得漂亮！"

"轰！"月饼刚落地，半边石洞完全崩塌，大小落石砸进水里，激起层层白浪。

我本来还对钻洞有些顾虑，一看这场景也别矫情了，赶紧的吧！

"月饼，小爷要是在洞里有什么不测，做鬼也拉着你喝二锅头。"

"南少侠这文笔，估计能被阎王爷高看一眼，当个文书也不错，"月饼解开缠住背包的铁索，"有时候绝路就是生路。相信我，如……"

我正准备回句嘴，忽然看到一块拳头大小的石头落了下来，急喊一声："躲开！"

月饼手里还拿着铁索，根本没有做出反应，石头正中他的头顶，轻微的骨裂声分外刺耳！

月饼的笑容还没收起，眼神涣散，瞳孔渐渐扩大，喉间"咯咯"几声。殷红的鲜血从额头淌出，覆盖了眉毛、眼睛，顺着鼻梁、脸颊流到下巴。

月饼抬手摸了把血迹，举手看着，肩膀轻轻晃动，双膝弯曲，向后退了几步，仰面摔向地沟。

我一把抓住月饼胳膊把他拖到安全区域，顺手点了几个止血穴道。月饼脸色煞白，气若游丝，眼皮微微颤动，勉强睁开眼睛，抬手指着石洞："跑……别管……"

"吧嗒"，手臂软踏踏摔落，眼睛慢慢闭合。

"要跑一起跑！"我搭着月饼胳膊，硬撑着挪到洞口，心里暗暗叫苦。

这个直径一米左右的石洞只容一个人进出。也就是说，我把月饼送进洞里也没有办法继续往里钻。慌乱间，我瞥见那条铁索，几步跑过去拎回，围着月饼的胸口绕了几圈，另一头绕过腰带牢牢缠紧固定在腰间，一头扎进洞里。

洞里一片漆黑，我胡乱摸着可以借力的石缝，扳动身体往里爬，总算把月饼拖了进来。

"月饼，坚持住，很快就能出去了。"逼仄的石洞回荡着我沉闷的声音，月饼没有一点反应，显然陷入了重度昏迷状态。

洞外的水声更加激荡，我感觉到小腿湿了，水已经涌进洞里。想到月饼随时都会被水淹过，我强绷着腰力，手脚并用往前爬。不知爬了多久，我对空间、时间完全失去了概念，也许只有几秒钟，也许是几分钟，石洞依然见不到有光亮的尽头。一块突起的石头扎进胸口，几乎硌断肋骨，火辣辣地疼。

我深吸了口气，活动着僵硬的手指："我一定把你带出去，只是为了证明你说了'绝路就是生路'的判断是正确的！"

月饼的身体越来越沉，缠在腰间的铁索似乎有千斤重。腰部好像有无数根钢针刺来刺去般麻木疼痛，腰椎"咯咯"作响，腿和上半身被拽得几乎分离。胳膊更是肿胀酸疼，手指渐渐不听使唤。

"南晓楼，你不会怂到连个破洞都爬不出去！"我对自己吼了一声，咬着牙挤出最后一丝力气，抠住一道缝隙，往前挪了半米。

"咯噔"，指甲绷断，手指碰触石头像是摸到烙铁般疼痛，全身更是被碎石划得稀烂。

我的意识开始模糊，眼前闪着金星，再没有一丝力气，瘫在洞里大口喘气。洞里空气稀薄，每一次呼气都像吞进一块石头重重压在胸口，沉闷地吐不出来。

那一瞬间，我似乎感觉到有种很难形容的东西从身体里慢慢飘出……

"月饼，对不起。我实在没力气了。"

下一刻，失去意识。

（深夜，古城，图书馆。我记录这段经历的时候，依然心有余悸。此时月饼正坐在窗台，双脚搭在窗外发呆，手里的纸笔不停写写画画。月光映着他瘦长的影子，冷寂萧索。

我抽着烟冒出一个念头："如果当时只有我一个人在石洞里，会不会还有这么强烈的求生欲望？"

各位看官读到这里，也许放心了。我和月饼就像影视剧里开启主角光环的男一号，总是能逢凶化吉，转危为安。

可是……）

十四

不知道过了多久，当我模模糊糊恢复意识，肌肉有种极度疲劳之后微微酸痛的舒适感。我好像听到了雪花“簌簌”落在脸上慢慢融化的声音，冰冷透骨的雪水滑过脸庞，让我彻底清醒，感官也更加敏锐。

我这才感觉到除了头部，整个身体被某种黏稠温热的皮囊包裹，动弹不得。试着睁开眼睛，却发现眼皮像是被胶水黏住，根本没有办法睁开。

我挣扎着活动手脚，可是力气越大，包裹感越紧。更恐怖的是，我真切地感受到一团团类似于内脏的玩意儿在身上挤来挤去，手掌更是摸着一堆堆满是黏液的肉糊糊。

我心里一惊，思维活跃起来，冒出的第一个画面是网络看过的蟒蛇生吞鳄鱼视频——鳄鱼一点点被蟒蛇吸入腹中，蛇身东突西拐地显着鳄鱼四肢、尾巴的形状。随着蟒蛇收缩身体，鳄鱼被挤压得骨骼寸裂，再也无法挣扎——只能睁着眼睛，保持清醒意识被胃液慢慢融化。

我吃奶的劲都使出来了，却被越箍越紧，一瞬间又脑补了墓穴石壁里面的奇怪石洞、未现身的“龙”，更确定那条“龙”是一条巨蟒。我们钻进的洞分明就是巨蟒巢穴，这不是自投蛇腹么？

这么一想，体感更加真实，我甚至感觉到皮肤已经溃烂，肌肉慢慢融化，露出白森森的骨头。

“还不如直接从脑袋吞进去，给爷来个痛快，省得遭这个洋罪。”我暗骂一句，嘴上也没闲着，扯着嗓子喊：“月饼，你丫在哪儿？”

“你喊谁？”月饼冷不丁冒出一句，听声音也就离我两三米远。

我吓得一哆嗦又松了口气：“我这是在哪儿？”

“你是谁？我是谁？”月饼的声音愈发空洞，透着些许惶恐，“我什么也看不见，我……我是谁？”

“月饼，你怎么了？”我顺着声音回道，“你是月无华，我是南晓楼，咱们是兄弟！”

“兄……弟，月无华，南晓楼，”月饼喃喃自语，沉默片刻，突然很尖厉地喊着，“他们是谁？兄弟是什么意思？”

我心里一沉，月饼被石块击中头顶造成了失忆？这种外力撞击造成的失忆，只要在神庭、上星、百会三大主穴银针渡穴，再配合几个辅穴针灸，疏导积压在脑部的淤血，激活脑神经，最多三五天就能恢复。如果不能及时治疗，很有可能形成脑部记忆的永久损害。

偏偏现在身不能动，眼不能看，我急得火烧火燎，玩了命地挣扎身体，还是白费力气。反而更明显地感觉到除了脑袋，我确实是在某种动物的身体里。

月饼胡言乱语着我根本听不懂的话，时不时尖叫几声，精神状态显然已经失控，如果再晚几分钟，突然失忆的恐惧感会导致精神分裂。

我满脑子搜着彼此之间最熟悉的事情，或许能平稳月饼情绪，唤起他的记忆。就在这时，我听到了极其轻微的脚步声，一团毛茸茸的东西糊到脸上，顺着脸颊来回摩擦，腥臭无比。

我不知道这是什么玩意儿，吓得差点背过气去，"嗷"了一嗓子发现眼睛居然睁开了，眼前是一团白色沾着血的动物皮。

一个身材高大，长发编成数十根小辫，肤色粗糙黝黑，身穿深红袍裙的女子收回动物皮："多利卡所？"

我实在是弄不明白情况了，回了句："你说啥？"顺便周遭一看，天空飘着雪花，堆着积雪的草丛里，一颗硕大的牛头端端正正摆在我面前。牛脖子齐根斩断，鲜血早已凝固成黑色，半截耷拉着的牛舌干裂细细密密的条纹，灰白的牛眼映着我惊恐变形的脸。

而我，居然被缝在牛肚子里，脑袋正好从斩断的牛颈里面探出。难不成这个女孩是李念念的同伙，用医族的巫术把我们制成牛、马脸人？

女孩显然也没听懂我说的话，手指快速抖动，变幻出不同造型："多滴阁颂，雅多利科物。"

"咱能说国语么？"我实在看不懂这是哪门子哑语。

女孩歪着头睁大眼睛眨着，莞尔一笑露出洁白的牙齿，甩着辫子跑到左侧。我这才看到月饼也是被缝在牛肚子里，只是脑袋侧歪，看样子已经昏了过去。

"你先把我放出来。"我对着女孩吼了一嗓子，"他脑子受了伤，需要治疗。”

女孩拿着沾血的动物皮小心擦拭着月饼满脸血迹，看神态倒不像是有恶意。听我这么一说，女孩腾出一只手又摆出一连串造型。

我这次看得明白，女孩所谓的手语，是通用的“62188”数字手势。

“尊敬的异徒行者，她不懂汉语。”我正琢磨着其中的关联，爽朗的笑声从身后传来。一个和女孩相同装束，眉宇极为相似的高个男子走到我身旁，蹲身抽出雪亮的弯刀，对着裹着我的牛腹插入。

弯刀划过一道闪亮的光痕，我心里暗呼“完了”，闭眼准备等死。只听见“哧哧”几声皮肉割破声，身体腾空而起。再睁眼一看，高个男子把我从牛腹中托了出来，平稳放到地上。

“草原赐予生灵神圣的生命，治愈了异徒行者的伤痕。”高个男子“扑通”跪地，对着夕阳落下的群山，双手举过头顶，匍匐膜拜，嘴里满是“阳光、空气、水、食物”之类的词儿。

我正要发问，忽然觉得由热转凉，这才察觉全身血呼啦的没有穿衣服，就这么赤身裸体傻站着……

我“哎呀”一声蹲进半人高的野草里面，探头瞅着女孩用同样的方法把月饼挖出牛腹，扯几把茅草揉碎了蘸雪擦拭着他的身体。我不由大为羡慕，心说月饼招桃花的命格真是万中无一，也不知道是哪辈子修来的福气，走哪儿都自带异性磁场。

“草原创造了身体，赤裸才是对草原最虔诚的尊重。”高个男子祭拜结束，打量着我，解开自己的皮袍。

我头皮阵阵发麻，这哥们儿怕不是也要脱光了以示虔诚？要是那个女孩这么做我倒不怎么反对，可是这么一个壮如野牛的大老爷们光溜溜晒肌肉，着实没什么兴致。

我可是比钢筋还要直的男人啊！

男子哪想到我寻思这些东西，脱了皮袍半鞠躬送我手中：“尊敬的异徒行者，黄金家族的守陵人等你们很久了。请允许我和妹妹在最温暖的蒙古包、用最好的美酒，最鲜嫩的羊肉款待你们。”

我手忙脚乱穿上皮袍，想着月饼需要及时治疗休息，兄妹俩也确实没有恶意，何况男子这番话信息量极大，便懵懵懂懂地点头应了。

妹妹把月饼拎小鸡似的扛在肩上，唱着歌大步向前。哥哥也来了兴致，随声附和。兄妹俩的歌声时而清亮高昂，时而低沉深邃，时而宽如辽阔草原，煞是好听。更神奇的是，歌声相互呼应，居然能同时展现多个声部，就像是四五个人合唱。

这种独特的歌唱技巧称为“呼麦”，是蒙古人独有的歌唱方法，运用喉咙底部发声，形成一人多声部形态，很是神奇。

我曾经在歌唱选秀节目里听过杭盖乐队的“呼麦”，如今身临其境，更觉得无比奇妙。说也奇怪，兄妹俩的歌声虽然苍凉，却有种让人忘记烦恼的魔力。我陶醉于音乐中，只觉得身心愉悦，凡尘俗世忘个干净，跟着兄妹俩向着太阳落山的方向走去。

只是，哥哥的身材实在太过魁梧，皮袍穿在我身上像是套了个布袋，晃晃荡荡四处兜风，有些大煞风景。

十五

“阿尔斯楞，我实在喝不动了，”我大着舌头，盘腿坐在皮毡上东倒西歪，直勾勾盯着烤得“嗞嗞”冒油的羊腿，“再喝就吐了。”

阿尔斯楞双手端碗，把马奶子酒一饮而尽，摸了摸嘴唇“哈哈”大笑：“只有最强壮的男人才能痛饮美酒，享受美味的羊肉。”

月饼脑袋缠着绷带，仰脖灌了一碗：“好酒！”

我感觉嗓子眼以下全是酒，闻着辛辣略带马奶膻味儿的酒就想吐，正想再次推辞，陶格斯举着酒碗，唱着歌走了过来。

月饼跟着歌声打拍子：“南少侠，民族大团结啊！何况是美女祝酒，不喝可丢大人了。”

我头都大了好几圈，使劲咽了口吐沫，双手接过碗，无名指沾上一点酒，敬天、敬地，点在陶格斯额头敬对方，再敬自己。忙完这套程序，我“咕咚”一口把酒咽进肚子，肠胃顿时缩成一团，顶着酒气就往嘴里涌。我大口吞着空气，好一会儿才压住吐意，鼻子热辣辣酸痛，顺手一抹，酒居然从鼻孔淌出一些，连忙假装整理挂在脖子上的哈达，擦了擦手。

“阿尔斯楞，陶格斯，感谢你们救了我们，”月饼又喝了一碗，“以后我们的命就是你们的！”

兄妹俩就那么随随便便一喝，酒碗见底了，笑吟吟地举碗等着我干杯。我一咬牙，直着嗓子把酒倒了进去。

“好！吃肉！”阿尔斯楞鼓着掌，用一把很精致的小弯刀，刀口对着自己胸口，剜了两大块冒着油泡的肥羊肉，挑进铜盘。

陶格斯托着盘子摆到我们面前，月饼拎起肉塞进嘴里，腮帮子鼓得老高大口嚼着：“上等黄羊肉，肥而不腻，香而不膻。好吃！”

我终于等到了梦寐以求的烤羊肉，可是我实在吃不下了。只觉得脑子轰轰作响要炸，那块羊肉在眼睛里变成了好几块，手脚也不听使唤，拿了好几次都没拿起来。

“月饼，我还不如死在石洞里，”这是我再一次失去意识前说的最后一句话，“和蒙古人喝酒比死都难受。”

十六

醒来的时候，我迷迷糊糊睁开眼，阳光透过蒙古包，晃得眼睛生疼。我口干舌燥，想找碗水喝，往身旁一看，怪叫了一声，差点把魂儿吓没了，连滚带爬钻出去。阿尔斯楞端着碗清水，看样子等候多时了。

我指着蒙古包话都不利索了：“阿……阿大哥，我喝多了，真的什么都没干。你看我衣服还都穿着。”

陶格斯整理着头发走出来，黝黑的脸庞透着一抹熟红，蹦蹦跳跳唱着歌堆牛粪，架锅生火。我实在不确定喝醉了之后到底干啥了，更想不明白陶格斯为什么会睡在我旁边，瞬间回忆了昨晚情景，断片断得厉害，大脑一片空白。

“他赛银百努（汉语‘安好’之意），”阿尔斯楞板脸指着碗，“口渴了吧，请喝水。”

我多少有些做贼心虚，更认为他话里有话，再瞅瞅阿尔斯楞腰间寒光闪闪的弯刀，哪敢造次，别别扭扭把水喝了，五脏六腑好不清凉，脑子也灵光了。

阿尔斯楞眯眼打量我好一会儿，突然举起手重拍我肩膀："不愧是心无杂念的异徒行者，让我们共进早餐，讲述黄金家族守陵人世代流传的故事。"

我被阿尔斯楞宽厚的手掌砸得龇牙咧嘴，心说和陶格斯同处一帐这事儿看来是翻篇了，忙不迭地点头答应。

"蒙古有个古风俗，款待醉酒客人留宿，女子会陪伴以示尊重。客人晚上有什么想法行动，女子也不会拒绝。不过呢，第二天清早，主人会让客人喝一碗水，里面好像加了马粪还是牛粪末子。如果客人干了那事儿，这碗水喝下去，也就几分钟工夫腹痛如刀绞，腰子算是废了。看来南少侠定力很强啊！"

月饼叼着根枯草，从蒙古包后面慢悠悠走了出来，似笑非笑地看着我。

我心说都喝得不省人事了，就算有啥想法也是心有余力不足啊。再细细品咂月饼的话，总算回过味儿来。那碗水里居然有牛马粪，顿时感到胃里直泛酸水，腹痛真真如同刀绞！

我吐了几口酸水，恨恨问道："陶格斯怎么没有陪你睡？"

月饼双手一摊耸耸肩："我没喝多啊，和阿尔斯楞一起睡的。"

"到底是怎么回事？"我瞄着兄妹俩正忙活着弄早饭，低声问道，"昨儿把咱带过来就开始喝，啥都不说，有些不合常理。"

"南少侠写悬疑小说写多了是不？"月饼点着脑袋摇头叹气，"他们用'牛马治伤'的古法治好了咱们，连我的失忆症都整利索了，又请喝酒吃肉，还有什么不正常？"

我还是觉得有些不对劲，换我是什么黄金家族守陵人，眼巴巴等来了"异徒行者"，那还不"老乡见老乡，两眼泪汪汪"，竹筒倒豆子说个痛快？

月饼接下来一句话差点没把我噎得背过气儿去。

"阿尔斯楞本来想吃饱喝足谈这些事，可是你喝得北都找不着了。偏偏必须异徒行者都在场才能行，只好等到你醒了再说。"

"要不是把你丫从石洞里往外拖耗了元气，我能这么点酒量就被放倒么？"

“南晓楼，谢谢你。”月饼伸了个懒腰施施然钻进蒙古包，“饿，该吃早饭了。”

我眼睛一酸，心里一热。

月无华，你这个外冷内热又死要面子的傲娇boy，多说几句感谢话会死啊！

十七

等早餐的空儿，我和月饼嘴里淡出个鸟来，想抽口烟偏生石洞逃命的时候全都泡烂了，只好摸出阿尔斯楞送的鼻烟壶，吸两口鼻烟过过瘾。

说到鼻烟，不得不多说几句。

鼻烟在清朝初期传入中国，在游牧的蒙古族流行起来，形成了特有的鼻烟文化。蒙古族尊崇凤凰石、玛瑙、珊瑚、水晶、玉石、琥珀等材料的鼻烟壶，其中以凤凰石、珊瑚、玉石制成的为尊。鼻烟壶用绸缎做成的荷包盛放，绣着福寿、花朵等吉祥图案。荷包有多种颜色，青色代表长生天，黄色代表爱情和感激，红色代表喜庆，白色代表纯洁。

敬献鼻烟是蒙古族游牧民的日常见面礼，以示对客人的尊重。吸闻鼻烟还有很多礼节，比喝酒还要繁琐，就不一一细述。

阿尔斯楞送给月饼的是青色荷包凤凰石鼻烟壶，意为“尊贵的长生天”；我的是陶格斯送的黄色荷包珊瑚鼻烟壶。本来还觉得没什么，想到昨晚和陶格斯睡了一宿，我心里就犯嘀咕，难不成有点儿男欢女爱的暗示？

“南少侠，话说陶格斯虽说黑了些，皮肤糙点儿，”月饼吸了一指甲盖鼻烟，闭眼陶醉着，“模样倒还周正，捯饬捯饬也是原生态美女。要不你就从了？生几个娃策马放羊，不失为一段佳话。”

“你丫能有点正形不？”我被透着草药味的烟叶末子辣得流泪，“陶格斯指定没户口，生了娃不成了黑户了？”

“万一人家有户口呢？少数民族高考加分，内蒙古考分低，这帐篷保不齐还是几百万的学区房。”月饼伸着两条腿，舒服得恨不能陷进背垫，“妻子、房子、孩子一水解决，齐活了。”

“月公公，瞧您这京瘫挺专业。就冲这架势也能拿下个北京户口，帝都高考分更低！”

正斗着嘴，一股浓郁的香味透进来，勾得肚子“咕咕”直叫。我和月饼立马来了精神，端端正正坐着咽口水。阿尔斯楞兄妹俩托着盘子进了帐篷，香气腾腾的奶茶、黄澄澄的酪蛋子（奶酪）、煎得酥脆的馅饼摆了满满一桌。

“饿坏了吧？想吃就吃，直接动手。”阿尔斯楞吸溜着抿了口奶茶，大有深意地看我一眼，“陶格斯特地为你煎了草原最美味的蒙古馅饼，我都很少有机会吃到。”

陶格斯笑眯眯地低着头，也不知道是不是听懂了哥哥说的话，脸红得透亮。我这正想拎馅饼，生生停住手，又赶紧拿了块奶酪塞了满嘴，假装腾不出回话的空儿。

陶格斯见我吃相狼狈，“扑哧”笑了，甩着辫子钻出帐篷，清亮的歌声悠悠扬扬。

月饼一口奶茶差点没喷出来，冲我眨着眼睛。我头都大了，酸甜的奶酪嚼着像啃木头，没滋没味。也许是心情使然，越听陶格斯的曲儿，越觉得有那个意思。

阿尔斯楞哪能想到我这点小心思，在一旁不客气地嚼着馅饼。我心说昨儿还羡慕月饼招桃花的命格，今儿落到自己身上才发现事儿不对。草原有句老话“弓箭抢来的婚姻不成夫妻”，我就不信阿尔斯楞兄妹俩还能抢婚不成？

这么胡思乱想着顺手拿了张馅饼，一口下去，焦脆的面皮“咯咯”脆响，热气腾腾的羊肉汁溅了满嘴，略带奶香的肉馅更是香气扑鼻，顺着嘴巴飘进鼻腔，浓得头皮发麻，冒出一脑门儿热汗，那舒坦劲儿别提了。

“好吃啊！一辈子也吃不够！”我大呼赞叹。再细细一看，馅饼形状如铜锣，外焦里嫩，饼面油珠闪亮，颤盈盈地如同珍珠，羊肉色如玛瑙红得透亮，菜馅翠绿如翡翠，红绿相间，煞是好看。

月饼含块奶酪，鼓着腮帮子嚼着：“要拴住一个男人的心，首先要拴住他的胃。”

“这是蛊族的秘术？从胃里下蛊，控制心智？”阿尔斯楞若有所思。

我差点被月饼这句话噎死，转过来又险些被阿尔斯楞的分析笑喷，索性“两耳不闻窗外事，一心只啃羊肉饼”。

“尊敬的阿尔斯楞，”月饼做着蒙古族微微鞠躬的敬礼，“为什么你知道蛊族？黄金家族守陵人藏着太多的秘密，该向我们讲述了。”

阿尔斯楞晃着茶碗，奶茶转出一道小小的漩涡，些许茶滴溅到手指。他呷了口茶水，凝望蒙古包顶部，刚毅的脸庞闪过一丝骄傲的神采：“后世的史学家始终在研究一个课题——处于奴隶社会的游牧民族，没有农业、工业基础，仅凭弓箭、弯刀、烈马，黄金家族带领不足一百万人的蒙古大军征服了欧亚大陆，摧毁了代表更先进生产力的文明帝国，内在原因究竟是什么？”

十八

阿尔斯楞接下来讲的事情，无非是成吉思汗的生平经历。这些历史典故，我上学时早就背得烂熟，听得没什么兴趣。也许是家族荣誉，阿尔斯楞讲得津津有味，我也不好意思打断，在这里就不写出来了。接下来记录的事情，是任何史料没有记载，和“异徒行者”有关的惊天秘密。

金朝鼎盛时期，一统蒙古南北草原，为了防止蒙古各部族联合反抗，采用了“分而治之”和屠杀掠夺的“减丁”政策。故此，蒙古民族虽然生性勇悍，却始终是一盘散沙，无力对抗金朝统治。

1146年，蒙古部落首领俺巴孩汗势力大增，金熙宗恐其羽翼丰满无法控制，以“惩治判部法”的名义将其钉死于木驴。据后世流传，俺巴孩汗极为骁勇，坐木驴之上，一尺多长钉着铁刺的木棍插入下体，岿然不动，骂不绝口，血流三天三夜方才死去。

临死前，他呕血数口，双目圆睁：“我死后十六年，必有天赐英雄降生斡难河。他会一统草原，建立世上最强大的帝国。太阳升起的地方，便有蒙古骏马驰骋。”

这句临死预言，在蒙古各部族种下复仇种子。南北草原空前团结，组织了多次反抗战争，虽然每次都遭到镇压，甚至被屠族，反抗金朝的火焰却烧遍了草原。

然而，随着时间推移，金朝更疯狂的屠杀，各部族元气大伤，四处飘零，渐渐忘记了“天赐英雄”的预言，再次为了抢夺肥沃的水草展开无休止的部落内战。

1162年，俺巴孩汗死去的第十六年，蒙古乞颜部首领也速该生擒塔塔尔部首领铁木真兀格，恰好第一个儿子降生了。为了庆祝战争胜利，他给儿子取名“铁木真”。

也速该并不知道，他的儿子，将会是世界为之震颤的一代天骄。

铁木真一生历经60余战，唯一一次战败是札木合联合塔塔尔、泰赤兀发动的“十三翼”之战。这场战役几乎耗尽了铁木真所有战力，就在全族即将覆灭之际，由两个道士领队的中原人士西赴草原拜访铁木真，向他提出了一个条件。

他们愿意全力帮助铁木真统治草原，代价是军队必须远征欧洲，夺回一样原本属于中原的上古奇物。

铁木真本不相信这十个人能有回天之力，见识了其中几人的古怪手段之后，尤其是一位身着奇异服饰的女子，于无形间施放某种利用虫子取人性命的“蛊术”，这才心服口服，答应了两个道士的要求。

达成协议后，两个道士继续回中原完成其他任务，留下八人协助铁木真。蒙古部落民族自尊心极强，很难接纳异族领导。为掩人耳目，八人以蒙古人自居，分别以吉祥神兽为名，称之为“黄金家族”。如此一来，八人名正言顺从部族中各选出精英传授秘术，悉心教导。

经过一段时间的操练，铁木真战力大增，南征北战，终于建立了横跨欧亚大陆的帝国。蒙古大军征讨欧洲时，两个道士归来，随军出征，在欧洲大马士革找到那样东西，这十名中原人悄然离去，只留下一方纸笺。

“余等数人，为寻先代之物，致使战火连绵，生灵涂炭，已悖天意，奈何此物事关重大，迫不得已而为之。为赎罪孽，可汗百年，可将吾二人石像立于墓内。书后有图，为可汗墓穴之地，吾已设立机关，并擒金蛟守灵，安心葬之。

墓成之日，黄金家族各选一人守灵。他日，若穴眼涌水，山体震撼，金蛟声吼，必是二人有难。此二人与吾等身份相同，皆为‘异徒行者’，立救之。

吾留一物，可视二人品性。若纯良，当送之，可全盘相告；若邪恶，伤愈遣之，诸多事宜，切勿告知。”

十九

阿尔斯楞讲述完，陶格斯捧着一方锈迹斑斑的铁盒钻进蒙古包，端端正正放在桌上。

“三天前，数声蛟龙怒吼，夜色如血，千里山震颤不止。按照守陵人世代相传的喻示，我和妹妹赶到井泉，井里血水翻腾，你们浑身是伤地浮出来，早已昏迷多时。”阿尔斯楞摩挲着铁盒的镂空花纹，神色极为虔诚，“这个盒子就是那两个道士遗留之物，守陵人已经保存千年。汉族有句俗话‘酒品如人品’，你们俩的酒品都很好，人品自然也好。按照先辈嘱托，如今也该交还原本的主人。”

月饼大有深意地瞄了我一眼，我自然知道阿尔斯楞所说的“人品自然很好”指的是昨晚和陶格斯共处一室之事，老脸红了一红，无暇多想，细细琢磨这番话的信息量，内心震撼不已。

留下这个铁盒的道人，自然是宋末元初赫赫有名的道士丘处机，曾带领尹志平、李志常等十八位弟子跟随元朝大军远赴西域，留《长春子西游记》一书，是后世研究13世纪漠北、西域的重要文献。

如果阿尔斯楞所言不虚，那么丘处机召集了八族精英，算上两位异徒行者共计十人，远赴西域并不是为了给成吉思汗讲道，而是利用蒙古的强盛兵力侵略欧洲取回任务线索。至于后世所传的十八位弟子，估计是为了掩饰身份，将十人与八族合并取了个虚数十八。

在此之前，我只当异徒行者和八族属于民间的神秘组织，从未考虑过竟然有这么大的影响力，为了完成任务能够改变历史格局。由此推之，历史诸多改朝换代的事件，异徒行者和八族是否也参与在内？

远了不说，单是朱元璋以一介布衣崛起于中原，推翻元朝，荡平天下群雄，本就是一件不可能完成的任务。而明末李自成大起义，数次被明军剿灭，最落魄时仅有数十人逃至深山，却又奇迹般重整旗鼓，一举攻入北京，打下大明江山，更是古军事史的未解之谜。

这一切，是否都和异徒行者有关？

蒙古包烧着牛粪，暖意融融，我却没来由冒出一身冷汗。如果真是这样，那么历史中的无数大事件，数不清的未解之谜，难道都和异徒行者以及这个该死的终级任务有联系？

“既然三十多年前那次大规模的罗布泊探险和他们有关联，历史里的许多事件为什么不能有关联？”月饼猜出了我的想法，掰了块奶酪放在鼻端闻着，“我不明白的是，为什么族谱里没有丘处机那一代异徒行者的记载？”

我“啊”了一声，想起在图书馆看族谱，翻到宋末元初的时候断了层，直到元朝中期才又重新续上。我们还聊过这事儿，那个时期，偌大的中国被南宋、蒙古、金、西辽、西夏、吐蕃、大理等国割据，各国之间明争暗斗，战火纷飞，戒备防范森严。单是从浙江到山东，现在也就是几个小时的事情，但在当时，可是从南宋到金国，常人一辈子都不一定能到达。

异徒行者本事再大，偷渡到敌对国这种事儿还是要斟酌斟酌，断了层也是合情合理，所以也没当回事儿。现在看来，那一代异徒行者不但没有斟酌，索性直接促使国家战争完成任务，这野心格局可比我们大得多。

“保不齐是丘处机挑起天下战火，心里有愧没脸把名字写进族谱。”我根据阿尔斯楞的讲述做了个看似合理的解释。

月饼扬扬眉毛不可置否，显然对我的说法不是很认同。阿尔斯楞兄妹不明白我们说什么，神态愈发恭敬：“请打开盒子，完成黄金家族延续千年的任务。先代嘱托，开启盒子，只能异徒行者在场，我们先出去了。”

二十

又是任务！我听到这两个字就头大，拿起盒子晃了晃，“咣当”作响，试着手感里面放着两个条状物。

“南少侠，这是千年古物，你这么折腾，盒子还没打开东西就先碎了。”

“放了小千年都没事儿，不差这几下。”我话音刚落，铁盒接口边缘的钮锁锈得厉害，居然直接断裂，盒盖耷拉着打开，掉出两样东西，落在毛毡上面，“噗噗”作响。

我胸口如同被狠狠擂了几拳，憋得喘不过气，只觉得头晕目眩，差点摔倒在地。月饼如弹簧般弹起，想拿起那两样东西，却在即将触碰的时候停了手。

“月饼，怎么可能？”我死死盯着那两样东西，虽然裹着一层油纸，但是依然能看出是什么。那一瞬间，我浑身冰冷，一股寒意从心底冒出。

月饼扬扬眉毛，小心翼翼地剥开包裹的油纸，一柄瑞士军刀和一枚油亮的桃木钉，端端正正摆在中间。

虽然我已经看明白，还是从兜里摸出瑞士军刀，型号完全相同。桃木钉更不消说，我常吐槽月饼这么高冷的人居然还有一颗少女心，每做好一根桃木钉，都要在尾端刻一个月亮标记。

这枚桃木钉的尾端，月亮标记赫然入目。

我想起贺兰山死人坑那两具活动的无头人骨身下破损的瑞士军刀、桃木钉，当时带来的震撼差点导致我和月饼放弃“异徒行者”任务。没想到黄金家族流传千年的物件，居然又是这两件东西，而且保存得异常完好。

我们常用的东西，怎么会出现在千年之前？

月饼吸了口鼻烟，捻起桃木钉，轻轻弹着：“终极任务是穿越？”

“按照我的性格，绝对不会给自己布置这么无聊的任务。”我始终不相信这个世界真存在狗血无比的穿越事件。

“南瓜，你对自己的评价蛮中肯。”

“会不会是那一批完成任务的人暗中调包？故意布置迷局。真正的任务线索早就被他们偷走了？”这是我能想出的最合理解释。

月饼拿起盒子摸摸敲敲：“锁扣没有打开的痕迹。”

我心里堵得难受，忍不住骂道：“那他妈的到底是怎么回事！桃木钉倒还好说，自西周就有。这个瑞士军刀怎么解释？难不成是丘处机这个老杂毛跟着成吉思汗西征欧洲，吃饱了撑的当作战利品带回来。这刀柄明明就是硬塑料，瑞士人再聪明，在那个年代也没造出塑料啊！”

“想不明白的事情先不要去想，白白浪费脑细胞，完成所有任务自然会水落石出，”月饼倒是心大，起身伸了个懒腰，“我在想，如果黄金家族费老劲保留的东西就是任务线索？除了给咱添堵，完全没有任何提示。”

月饼这番话故意避过军刀和桃木钉的来历，倒也有几分“只能这样”的道理。

我发了一通火，心情平复不少，脑子活泛起来，扳开手中军刀的螺丝，拆卸着那一把军刀。

“你干吗？”月饼不明白我要干什么。

我几下就把军刀大卸八块，螺丝、起子、剪刀摆了一地，没发现什么多余的东西，心里略有失望：“你拧拧桃木钉，万一是空心的，说不准藏着纸条之类的玩意儿。”

“也就你这脑子能想出这门道，”月饼试着转动桃木钉，忽然愣了神，“你刚才说什么？”

我实在懒得重复，没好气道：“线索用纸记录。”

“这就叫作‘骑着毛驴找驴’，”月饼一拍脑袋，捡起那张油纸，“这明明就有一张纸，却被军刀、桃木钉分散了注意力。”

我也恍然中冒出个大悟。如果线索真的就在这张油纸里，还真是应了“最危险的地方就是最安全的地方”这句老话。

我心里又一动，这倒很像月饼的做事方式。我连忙甩头打消这个念头，不免还是犯嘀咕。月饼察觉我神色有异：“怎么了？”

“昨儿酒喝多了，隔夜疼。”我随便找了个借口。

月饼心思没往我这里放，调开手机的手电功能照着油纸，又拿打火机炙烤又用水浸泡，忙活了半天，丧气地摊腿坐下：“不是这个。”

趁这个空，我已经把盒子里外里翻了个遍，也是一无所获，不免又烦躁起来：“咱们也别吃饱了撑得犯强迫症，直接翻照片研究下一个任务得了。”

“李念念死的时候，圆脸、黄衫那两个老人说过，洞里有很重要的事情，如果能识破机关就可以知道。”月饼说，“换个角度想，其实这个重要的事情就是指这个铁盒，必须破解机关才能了解真相。”

月饼说到李念念，我心里有些难过，虽说是敌对方，可是她确实没做什么真正伤害我们的事情。况且这么漂亮、古灵精怪的小丫头就这么死了，总是觉得很不舒服。

“让兄妹俩进来帮忙，也许有什么发现。”我拿着油纸，展开四角平铺桌上，细细观察。

二十一

油纸质地柔软绵韧，有股淡淡的腥膻之气，应该是浸了油不易腐败的羊皮纸。蒙古大军远征欧洲，带回了许多欧洲的先进技术，羊皮纸就是其中之一。

作为游牧民族，蒙古的生产力相对宋朝属于极端低下的水平，流行于宋朝用来书写文字的白绸、宣纸，对于蒙古来说，那可是能换几顶蒙古包的好东西，自然舍不得多用。反倒是欧洲的羊皮纸正适合牛羊不缺的蒙古，物尽其用，成了官方通用纸张。

我翻来覆去瞅了半天也没看出端倪，这时阿尔斯楞和陶格斯兄妹进了帐篷，见铁盒已经打开，神色庄严地双手交叉胸前鞠躬。阿尔斯楞低声说道：“尊敬的异徒行者，可以告诉我们盒中藏着什么秘密么？”

我和月饼对视一眼，故意瞒着军刀、桃木钉没说。

我指着桌子：“只有这么一张空白羊皮纸。”

阿尔斯楞走到桌前看了片刻，满脸讶异，使劲闻了闻，转头对陶格斯说了几句蒙古语。陶格斯半张着嘴很是吃惊，猫腰钻出了帐篷。

“你说了什么？”月饼眯眼笑着问道，手里却多了几枚桃木钉。

阿尔斯楞似乎没听到月饼的问话，直勾勾盯着羊皮纸，眼神变幻不定，脸色忽白忽赤，嘴里更是嘟嘟囔囔不知道说些什么。

他的反应确实有些奇怪，我暗暗提高警惕，跟着说了一句：“阿尔斯楞，做人要耿直。黄金家族的后裔可不是遮遮掩掩的人。”

阿尔斯楞听到“黄金家族”四个字，如梦初醒，擦了擦嘴角的涎水：“这张，不是羊皮，是龙皮。”

我的舌头差点吞进肚子，使劲抖了抖羊皮纸，心说这么一张普通皮子怎么可能是龙皮？照说龙皮起码应该有鳞片啊。

阿尔斯楞探手入腰，“唰”，银光闪过，弯刀划出一片刀影，停在我的鼻梁半寸处。刀尖兀自晃个不停，锋利的寒气直透皮肤，刺得鼻子发酸。

突如其来的惊变让我根本没有做出任何反应，想说几句话，嗓子却只是发出“咯咯”几声喉音。

一道灰影后发而至，击中阿尔斯楞手腕。阿尔斯楞闷哼一声，弯刀落地，手腕插着桃木钉，鲜血如箭直涌而出。我猝不及防，被喷了满头满脸。

月饼斜步掠到我身前：“没事吧？”

我微微点头，假装面不改色，心却跳得厉害。

正在这时，陶格斯端着一方拳头大小的陶土坛子钻进帐篷，见此情形，惊叫一声，也从腰间抽出弯刀。陶土坛子“骨碌碌”落下，封口的塞子掉落，洒出一蓬灰白色的粉末。

阿尔斯楞撕了半幅袍子，咬着一头，单手缠住手腕伤口扎了个死扣止血，这才拔出桃木钉，对陶格斯厉喝几句。陶格斯凤眼圆睁，恨恨地瞪着我们，不情不愿地垂下弯刀，握着刀柄的手指不住抖着。

“尊敬的异徒行者，”阿尔斯楞闭目深吸口气，恢复了谦和的状态，“您对黄金家族的圣物如此不敬，一时失态，请原谅。”

月饼摸摸鼻子，拿起乘酒的皮囊，“咕咚咕咚”灌了几口，递给阿尔斯楞。

阿尔斯楞“哈哈”一笑，接过皮囊仰脖喝了个底朝天。

这俩人一言不合就喝酒，倒是瞬间化解了矛盾。我老老实实捧着“龙皮”不敢乱动，生怕什么动作引起民族仇恨，被陶格斯的弯刀再指着鼻子，万一力度没有控制好削掉半拉鼻子，这就很尴尬了。

“请将圣物摆在桌上。”阿尔斯楞语气虽然恭谨，却不容置疑，“黄金家族的来历，也是源于这件圣物。”

二十二

以下是阿尔斯楞的讲述——

铁木真经“十三翼”之战，几乎全军覆没，逃至千里山，仅剩数百人。这一路前有围堵后有追兵，一行人早已粮水耗尽，就连蒙古人珍若生命的烈马，都已杀了果腹，仅剩铁木真胯下那匹汗血宝马。眼看部下一一倒下，铁木真拍着马脖子，含泪抽出弯刀：“他日待我一统蒙古，定会为你立冢建碑，不忘救命之恩。”

宝马极通灵性，长立而起，仰天嘶吼，挣脱缰绳，急冲至百余丈的一片荒草之处，前蹄狠踏山石。石屑纷飞，不多时踩出一个石窝，一股清冽泉水喷涌而出。

众人被此异象惊呆，许久才回过神，跌跌撞撞跑了过去，扒拉开碎石，露出一眼寒气森森的泉眼。说也奇怪，众人饮了甘甜清爽的泉水，不但解了渴，肚子也不饥饿，就连身上的刀箭创伤，也开始结痂愈合。

数日之后，一行人不但恢复了元气，身体也产生了奇怪的变化——在太阳照射下，隐隐透出黄金般的光芒。

这等百年难遇的异事，自然被铁木真当作上天的福瑞恩赐，更坚定了他重回草原重整旗鼓的信心。临行当天，有人在泉眼东侧的乱石堆里发现了一张五丈多长，形似巨蛇的白色皮子，周边还散落着几枚鳞片。

这张皮子极为奇特，寻常刀剑割不破分毫，正是做铠甲的好料子。正当众人为此发现欢呼时，两个道人带着十余个奇装异服的人来到千里山。其中一道人见泉眼已破，皮子铺在泉眼旁浸泡清洗，掐指一算，长叹一声：“天意如此，看来所寻之物并非金蛟，而是这群能一统天下之人。也只有他们才能助吾等远赴西方寻到那件东西。”

接下来几天，这一行人又寻到几处泉眼，道士和铁木真达成协议（见上文），并讲述了一个惊天秘密。

原来千里山四周高而中间低，东方树林茂密，西方泉水潺潺，南方山岩赤红，北方白雪皑皑，浑然天成青龙、白虎、朱雀、玄武四方神相。从堪舆格局角度来说，正是传说中的龙潭。此处谷底必藏有一处深潭，盘踞着上古神兽——龙。

这个道士自然是丘处机，完成上一个异徒行者任务，按照线索来千里沟寻找任务，没承想让铁木真误打误撞抢了先机。这几眼泉水里含有龙涎，饮用能精力充沛，不知饥渴，身体康复速度惊人。至于那张巨型龙皮，龙每逢一甲子，顺泉眼而出，身躯拍打岩石磨烂龙皮，方能蜕皮继续成长。

丘处机等人顺着泉眼深入地穴，再出来时或多或少受了伤，对发生之事闭口不谈。丘处机取出一根半尺多长的动物牙齿，将皮子分割数块，送与铁木真和部下做了护胸铠甲，唯独留下一块带回帐篷。

第二天，丘处机把龙皮送给铁木真，交代了两点：铁木真百年之后，必须葬于此处；龙皮在将来某个时刻，交与有缘之人，当用龙牙磨成的粉和黄金家族的血洒在龙皮之上，奥妙自现。

阿尔斯楞讲完这段不为人知的历史，我明白了七七八八。原来黄金家族的由来是饮了龙涎水，遇到阳光会发出金色，和历史里的记载完全不一样。那个巨型地洞的设计者居然是丘处机，难怪处处透着道家阵法玄机。只是那条传说中的龙并未看见，不免有些遗憾。

“我的血，很多。”阿尔斯楞攥拳，胳膊青筋暴起，伤口迸出一溜血箭落入龙皮，“吱吱”渗了进去，整张皮子变得微红，透出横七竖八的纹理。陶格斯捧起撒在毛毡上的骨粉，均匀涂抹于龙皮，只见一阵红烟冒起，龙皮透着淡黄色金光，那些纹理更加清晰可见。

“请异徒行者参透其中奥秘。”阿尔斯楞恭敬地站在我们旁边。

我细细端量那些纹理，纵横交错毫无规律可言，看不出所以然。如果硬要牵强附会，倒像是一幅每一笔都画了一半的山景画。反倒是月饼眼睛一亮，扬扬眉毛，从背包里拿出纸笔，打开手机，调出下一张任务的图片，一笔一画地临摹。

忙活了一根烟的工夫，月饼把画好的纸张和龙皮重叠，拉开帐篷帘子，对着太阳举了起来，阳光透过皮子，地面出现了一张群石林立的山景写意画的倒影！

“成了！”月饼打了个响指。

此时正是寒冬，虽然阳光高照，草原的朔风凛冽如刀，透骨割痛，山景画的影子仿佛也忍受不了寒风的侵蚀，晃晃悠悠跟着模糊起来。

阿尔斯楞兄妹周身透着隐约可见的金光，健硕的身躯更显得威猛雄厚，如同从神话中走出的上古人物。

我打了个冷战，使劲眨着眼睛。月饼脸庞清晰，我却有些看不清楚他的模样。

我知道月饼很聪明，可是这次破解线索，根本没有经过思考，实在太迅速了。

就像是，他早就知道了。

月饼单手托着下巴微微皱眉，抬头看着我，欲言又止……

二十三

“月饼，你说黄金家族还有多少纯血后裔？”我在车厢泡着方便面，卧了两枚鸡蛋，“这要是成群结队走在大街上那还真成了奇景。”

月饼握着方向盘没有吭气。

我按捺不住火气：“月无华，这都一天一夜了，你丫除了开车睡觉，能说句话不？哑了？”

月饼一脚踩死刹车，轮胎和地面摩擦出刺耳声响，车尾极速摆甩，车头冲向路旁，险些掉进沟里。

我扳着餐桌保持平衡：“你他妈的疯了！从发现任务线索开始你就不对劲，装什么大尾巴雀（qiao三声，北方用语）？”

“闭嘴！”月饼解开安全带，指着我鼻子吼道，“从上车开始，你总共说了612句话，我一句话没有回你，知道为什么？”

我认识月饼这么多年，虽然有争吵，闹过矛盾，但是他这种态度我还是头一次碰到，丹田顿时腾起一股无明业火：“你心里肯定有鬼！不知道你在遮掩什么！”

“鬼？”月饼冷笑着睃了我一眼，目光中满是鄙夷，“每次都是你拖后腿，真不明白厚着脸皮跟着我干吗？非要害死我你才高兴？我还不知道你？想收集素材写书那就回家自己百度，别他妈的给我添乱！”

我万万没想到月饼居然说出这种话，心头像被被狠狠捅了一刀，疼得胸口缩成一团，脑子更是“嗡嗡”作响，视线时而清晰时而模糊。

“月无华，你再说一遍？”

“呵呵，你这个猪脑子，除了能记住几个漂亮女孩还能记住什么？再说十遍又怎么样？”月饼抽了口烟，烟柱喷在我的脸上，“总结归纳就一句话，能滚多远就滚多远，我不需要你了。”

我第一次觉得香烟的雾气这么辣眼，几乎熏出眼泪。我使劲喘着气，胸口燥热难受：“月饼，是不是下一个任务很危险，你不想我去？”

“你知不知道你很啰唆，天天让我觉得很烦？”月饼拇指和食指摆出一厘米的距离，“就当了这么点儿的不入流写手，也好意思觍着脸说自己是作家？天天吃我的喝我的，还真是挺要脸。”

“月饼，我希望你说这些话是有原因的。”我已经不知道该说什么了。

“就此别过，”月饼拖长了声调，伸了个懒腰，“我受够了这些莫名其妙的任务，也受够你了。我想过自己想过的生活，只不过，这种生活里没有你。”

“南晓楼，让我寻找本该属于自己的生活吧。相濡以沫，不如相忘于江湖。”月饼走到我面前，递过一根烟，“Beginning in March，the end of September。Game over。”

我接过烟，狠狠攥在手心。指尖触到血管，血液流动得冰冷滞涩。

慢慢地，慢慢地，我的心，裂了一条缝，淌出了一种叫“疼痛”的血。

“保重！”我挤出一丝微笑，跌跌撞撞下了车，狠狠关上车门。

月饼从车窗探出头，挥手笑着：“再见……再也不见。如果你继续出书，我还会买。”

我僵硬着身体，转身，迈步。

我的背包，装满了一起游历的回忆，此刻，很沉……

他要寻找自己的生活，我的生活，在哪里？

天地间，自此以后，只剩我一人独行。两行眼泪，滑落。

月无华，此去经年，就此诀别。

再见！

再，也，不，见！

我们彼此给对方留下了离别的微笑，却把那滴眼泪，藏在了擦肩而过！

异闻：

2006年，内蒙古乌兰察布市四子王旗传言王府五队牧民敖特根家的饮羊井里落了一条龙，附近的牧民纷纷前往看龙，有些人还往井里扔钱祈福，还有人拍下了照片。专家对此分析，所谓的“龙”实际是井底光线折射导致的视觉效果，可是牧民们对此深信不疑。

这个帖子在网上一经发出，引起轩然大波。奇怪的是，此帖很快搜索不到全文，只剩只言片语。

发现龙的同一天，鄂尔多斯鄂托克旗境内的千里山曾发生里氏3.6级地震，露出几口喷着红水的泉眼，三天后泉水干涸。据当地牧民称，地震当天，泉眼附近出现了冒着金光的一男一女，似乎在寻找什么东西……

第六章　白发石林

石林禁忌：

一、关系暧昧男女，切勿在云南石林长时间盯着一块形似男女相拥的巨石凝望；

二、情意不坚伴侣，切勿在石林许一世诺言；

三、男女切勿在石林彼此整理头发，抚弄眉毛；

四、结辫、接发、假发男女，切勿去石林！

一

有时候，你会觉得自己很孤单，你会安静地坐着，你会莫名地思索。你会一个人看着星空，想着久远的事情。有过去的，也有未来的，但没有现在。

有一种孤独，叫作“一直这样坐着，看着窗外，直到天亮”。

——2016年9月6日22时27分

我把这段话发了微博、朋友圈，坐在飘窗，点了根烟，发呆。

窗外，夜色如墨，华灯初上，来来往往的车辆，川流不息的人潮，行色匆匆，来了又走，只顾吃穿。

烟，很快抽完了，我又点了一根。屋里烟雾缭绕，我的眼睛，疼得流泪。

半年前，我独自一人，向东而行，饿了吃，困了睡，漫无目的地走到这座黄河入海口的城市。

再往前，就是大海，没有路了。

于是，我在万达广场买了套五十平的精装SOHO，购置家具、电器，记录下这段匪夷所思却又真实无比的经历，出版了《灯下黑》第一季、第二季。

其间，我去了北京，参加了《异域密码》系列的影视发布会。那是我和月饼年少时在泰国、日本、印度、韩国并肩历险的故事。

掌声响起的时候，所有人脸上都带着笑容，我也笑着鼓掌，笑着笑着，眼泪落了。

“南瓜，将来你的书拍成电影，男主要是没有我帅可不行，影响票房啊。另外一个男主嘛，以你的颜值，我倒不担心。”

“滚！小爷瘦个几十斤，说不定就自己去演，万一拿个金马奖最佳新人，从此踏入影视圈，登上人生巅峰！”

“影视圈太乱，还是我和你一起去电影院贡献票房吧。字幕出现‘根据羊行中同名小说’改编这几个字，多牛逼！”

“他妈的，到时候包场！”我一饮而尽。

“你的性格，不适合和我探险。你最适合写作，这才是你的梦想。”月饼晃着酒杯，些许泡沫漾出，“成功就是用自己喜欢的方式度过自己的一生。”

“谁叫我摊上你这么个兄弟，”我吃着水煮花生，“见天儿耽误我的写作进度。”

“怪我咯。”月饼扬扬眉毛，摊手。

“那哪能？”

如今，没人耽误我的写作进度了，我却一个字也写不出来。

《灯下黑》第三季，写到“黄金家族”这一章，我停滞了整整半年。拖稿拖得编辑恨不得提刀上门砍我，就连出版公司老总都隔三差五打电话暗示：“老羊，《灯下黑》销量不错！趁着势头写完，咱们兄弟游山玩水，一起喝大酒。”

我总是满口答应，承诺了交稿时间，然后把自己灌醉，继续坐在飘窗发呆。

我不知道写完“黄金家族”这一章，接下来该写什么。其实，我更不愿承认的是，那个陪我喝酒游历的人，走了。

月无华，我很想你。

我想过月饼为什么会毫无征兆地离开，完全不符合他平日的行为逻辑。或许下一个任务确实凶险无比，按照他的臭脾气，必然是只身犯险，过段时间带着几处伤，嘴角挂着微笑，扬扬眉毛，摸摸鼻子：“南少侠，我把任务完成了。走，喝酒去。”

可是，这种事情并没有发生。

我试着给他打电话，不接；微信、微博私聊，不回；反倒是八辈子不更新的微博、朋友圈，居然活跃起来了，没事儿就晒晒吃喝玩乐，人生感悟。说明他确实没有执行任务，真的过自己想过的生活了。

更让人不理解的是，丫居然换了个女人头像，爱好、文字也越来越女性化。

谈对象了？还是当男人当够了跑到泰国变了个性？

细思极恐。

偏偏我联系不到他，这更让我觉得自从通信发达，拉近了人与人之间的距离纯属扯淡！如果联系不上，明明是越来越远了好不好？

而我们之间的纽带也成了所谓的“点赞之交”，彼此几乎都是秒点。

或许，我们都在做同样的事情。随时翻着对方的微博、朋友圈，看看对方在做什么。

有几次，他发了旅游照片，我立马跑到广东、泰山、济南、北京去找他。茫茫人海，谈何容易？我发了动态，希望他能看到找我，除了秒赞，那么多回复里面根本没有他。

真闹心。

丫这么做到底是为什么？

李奉先给我打了几次电话，我懒得接。我再也不想回古城了，我也彻底放弃了“异徒行者”这个身份，本来就是莫名其妙的事，干吗要这么认真？

月野、黑羽、杰克、小慧儿，我也没有联系过，反正他们也没联系我。爱谁谁，这都半年了，也没见地球毁灭，什么“快来不及了”，危言耸听，狗屁终极任务，和我有什么关系？

很多当时不得不做的事情，过段时间，想开了，其实并没有那么重要。

也罢，就当是做了一场梦。

梦醒时分，终究，会天亮，开始另一段人生。

我打开烟盒，烟抽完了。我把烟盒攥成团丢进垃圾箱，趿着人字拖下楼买烟。

门推开，一个白发过肩，衣衫褴褛的人蜷缩在安全通道的门口。

我皱皱眉，心说楼下保安实在不负责任，安全通道的楼梯都快成流浪汉的卧室了。前几天半夜倒垃圾的时候，拐角楼梯背坐着两个穿着破烂的女子，把我吓得差点没背过气。

心里虽然这么说，我还是走过去，准备多少给个钱，谁活着都不容易。

流浪汉咂吧嘴睡得正香，迷迷糊糊看了我一眼，翻了个身枕着胳膊继续睡。

那一刹那，我全身的血液几乎全都涌进脑袋。

尖削的下巴，挺直的鼻梁，两行剑眉似乎随时准备扬起。脸色苍白得可怕，嘴唇更是干裂数道血口，眼角布满密密麻麻的鱼尾纹，耳边长了几颗老人斑。

月无华！

只是比我熟悉的月饼，老了起码四五十岁。

“月饼！你怎么了？”

苍老的月饼慢慢睁开眼睛，手指拿捏成兰花状，竟然发出了年轻女人的声音：“你是谁？奴家在哪里？”

我一个踉跄坐倒在地！

二

“你说他今年只有二十四五岁？”医生厚厚的眼镜片闪出一丝疑惑，对着日光灯举起X光片，“他的骨骼密度，起码七十岁生理特征。”

月饼半躺在病床，白发绕在指尖，时不时摆出京剧花旦唱大戏的表情，“咿咿呀呀”地哼着含混的曲儿，浑浊的眼神顾盼流连，左右生情。

小护士“扑哧”一乐：“这个老疯子年轻时是戏子？”

病房里哄堂大笑，病号们似乎忘记了自己也是病人，笑得很开心。

“有什么好笑的！”我恶狠狠瞪着他们，“你们脑子才有病，一群疯子！”

病号们顿时止住笑声，东一句西一句夹枪带棒着——

“有病还不让人说了？”

“我笑我的关你什么事？”

“现在的年轻人，一点礼貌没有。”

“你看他爷爷那个疯样儿，能教出什么好孩子？大呼小叫没家教。”

月饼清了清嗓子，妩媚一笑：“小尼姑年方二八，正青春被师傅削去了头发……”

“月无华，闭嘴！”我怒吼。

我不是觉得月饼疯疯癫癫的样子让我很丢人，而是不忍看到表面高冷，实则一腔热血心肠的月无华被别人耻笑。

“我本是女娇娥，又不是男儿郎。为何腰系黄绦，身披直裰，看人家夫妻洒落，一对对着锦穿罗，不由心急似火，奴把袈裟扯破……”月饼自顾自唱着，时而莞尔一笑，完全沉浸在另一个世界。

“哈哈哈哈哈哈……”所有人笑出了眼泪。

“七十多岁了，老不正经，管自己叫奴家。”

“别不是个老兔爷吧？”

“好！再来一段。”

此刻，我很想花钱买来这些病号的所有资料，把他们的生辰八字用朱砂写在黄表纸，布下“阴鬼霉运阵”，让他们这辈子疾病缠身，事业败落，没有一天好日子过。

可是我不能这么做，因为我还有良心。所以，我只能涨红了脸，傻傻站着，看着丑陋的众生浮世绘。

“小伙子，要不把你爷爷……哦，你朋友……”医生看我的眼神，也如同病人，“转到精神科？我建议你也做做检查。”

“月饼，咱不治了，出院！”我拽起月饼，架着出了病房，“我一定治好你。”

身后，又是一阵刺耳的哄笑。

三

月饼坐在飘窗，痴痴傻傻地望着夜空，手舞足蹈地唱着曲儿。更可怕的是，他的举止越来越女性化，甚至对着窗玻璃的自己描眉画眼，皱眉微颦。

我揉了揉太阳穴，到卫生间洗了把脸，对着镜子里，眼球布满血丝地自己苦笑。

已经三天了，我完全找不到一点儿头绪，脑子更是越来越乱。

月饼是怎么找到我的？他在这段时间经历了什么？为什么会变成这个样子？

难道被“夺舍”了？

“夺舍”是道家一种借别人身体还阳的玄理。在道家看来，人死后精神不灭，也就是我们所说的“灵魂不散”，而身体只是类似于住宅、瓶子之类的容器。灵魂如果遇到合适的身体，会自行夺取占据，取代这个人原本的记忆、人格。

有些人到了陌生某地，会突然有种似曾相识的熟悉感；夜深人静独自思索，或者在睡梦中，凭空多了许多不属于自己的记忆，这就是“夺舍”的初期征兆。

原因其实并不复杂，在某个特定的地方，某个特定的时辰，人体的气会受到影响，阴阳二气失衡，给了外来的“气”进入身体的空隙。如果不加以防范，很有可能就被“夺舍”。

这也是有些人生了重病，旅游归来，性格突变，像是完全换了一个人的部分原因。关于这样的例子网上有很多，在此就不一一列举。

遇到这种情况，当在阴历初一、初三、十七、二十五这四天正午阳气最足的时候，左右双脚系上七彩细绳拧成的绳股，左手按住丹田，右手摁着天灵，深呼吸循环往返十次，每次都需把肺里吸满气再完全吐空（这种呼吸方式在瑜伽健身中也有，称之为“腹部深层呼吸”，可以排除杂念，凝神静气，其实就是祛除外来秽气）。然后把贝壳粉末、牛角粉、黄精粉倒入糯米水，搅拌均匀饮用。

轻者一次即可，重者七次痊愈。

想到这里，我使劲捶着脑袋，暗骂自己猪脑壳不开窍。月饼微博微信都换了女人头像，发的动态也极度女性化，肯定是被夺了舍。至于他半年老成这个样子，“心随气，相随心”，估计夺舍的是个阴魂不散的老娘们儿，搞不好生前就是个唱戏的。

我跑到飘窗，轻击月饼脖颈。月饼“小尼姑年方二八”正唱得起劲，“呃”了一声晕过去。

我紧摁他的脉搏默数十声，翻开眼皮。这个举动有讲究，人在眩晕的时候气最弱，摁住血脉阻止气随血涌，秽气会升到最易流逝的眼球。

然而，月饼瞳孔的虹膜边缘并没有秽气常见的青丝。

难道不是夺舍？或者是这股秽气实在太凶悍，寻常方式压不住？看来只能用“银针渡穴”导气了。

“没想到精通医术的南晓楼也会束手无策。”身后传来一句傲气得恨不得抽一巴掌的声音。

我心里一紧，还没来得及害怕就听出了是谁的声音，随即绷紧身体，戒备着慢慢转身，压低嗓音：“好久不见。”

本来吧，我还觉得这声音配合动作挺有电影感，可是看到门口齐刷刷站着的四个人，立马“嗷”了一声，脸涨得通红，指着其中一人，话都不会说了。

“月……月……月……月……”

“月无华变成了女人，”瞳孔蓝得近乎白色，灿金头发凌乱地散在额前，身材高大的外国帅哥摇头叹气，“南晓楼还是这么逗逼。”

“南瓜，你瞅瞅你都胖成啥样了？这半年净拣好玩意儿吃了？”瘦瘦小小、眼睛灵动的女孩张嘴就是一股东北味儿。

“南君，好久不见。”身穿紧身衣的长腿女孩做着半鞠躬见面礼，胸部呼之欲出，略带自然卷的长发透着天然的淡棕色，容貌精致得如同整过容，戴着无框眼镜。

“你……你……你们……”我尽量捋直舌头，可是就是不听使唤，四处打弯。

“咱能好好说话不？”瘦小女孩自顾自打开冰箱，拿了瓶可乐，“大老爷们咋这么磨叽？”

“这才是南晓楼可爱的地方。”金发男子冲着长腿女孩微微一笑。

长腿女孩红着脸，换了拖鞋，规规矩矩坐进沙发。

“他，可爱？”傲气男人冷哼一声，满屋踩着脚印，紧挨女孩坐下。

“黑羽涉！你个畜生！我刚拖了地！”我终于说利索一句话，“再不换鞋信不信我抽你丫的！”

“哟，南晓楼，你居然有最新款的Xbox 360，”金发男子盘腿坐在地板，招呼着瘦小女孩，“小慧儿，来玩儿。”

“南瓜，叫点儿好吃的外卖，这几天楼下的永和豆浆吃够了。”小慧儿接过游戏手柄，“杰克，NBA 2K！”

短短几分钟，屋子里和赶大集似的。月饼醒了过来，又开始“小尼姑”

了，杰克和小慧儿大呼小叫打着游戏，黑羽打开电视看着《七龙珠》，时不时跟着孙悟空的动作比画几下。

唯有长腿女孩，安安静静喝着茶，安安静静笑着，安安静静戴着耳机听歌，眉目如画，容颜娇艳。

我头都要炸了。我曾经想过无数次我们再次相遇的画面，没想到居然是这种场景。

所有人各忙各的，完全把我当成了隐形人。

月野清衣、杰克、柳泽慧、天杀的黑羽涉……

说好了久别重逢的喜悦呢？

四

两个小时后，在四个人东一嘴西一句的讲述中，我终于明白了很多事情。

大学毕业，月饼四处游历，接到老馆长的电话。他去了古城，得知“异徒行者”的事情。

那几个月，他和老馆长交流了很多。他知道经历了泰国、日本、印度、韩国这些事情后，我已经身心俱疲，只想过平常人的生活，所以他并不想我参与进来。然而，当几任候选人始终解不开图书馆的迷局，终于轮到我们的时候，宿命大门缓缓开启。

自老馆长开始，和任务有关的“八族”成员，都说过“时间来不及了”这句话。我们无法得知月饼懂不懂这句话的真正含义，他接下来做的事情，说明他掌握了很多我们无从得知的秘密。

他去了日本、韩国、加拿大，利用蛊术恢复了月野清衣、杰克、柳泽慧、黑羽涉在“九尾狐轮回”中失去的记忆，并把支线任务交给他们，我们只需要完成主线任务。

“异徒行者”任务设定时，为了防止“八族”叛变，设立了许多旁枝侧节的支线任务，偏偏主线任务只能由“异徒行者”执行，这也等于给任务上了双保险。

至于月饼如何分辨主线支线，估计是从老馆长那里了解到的。

恢复了记忆的月野四人，自然没有拒绝，替我们完成了支线任务。为了不让我得知这件事，他们切断了和我的所有联系方式。执行任务过程中，他们发现有些任务已经被完成，自然是那股始终隐藏的神秘力量。

执行山西九龙壁任务，柳泽慧的手机被偷了，这也是李念念在千里沟用柳泽慧微信联系我们的原因。

月饼到底知道了多少秘密，我们无从得知。完成“黄金家族”任务后，他故意挑起矛盾，用各种语言刺激我，赶我下车，实际是为了单独执行下一个任务。

我们彼此太了解了，虽然我负气离开，也能猜到他这么做的原因。只是我的自尊心受伤太深，明知道他这么做隐情，却不愿再想。

人，总是在受伤之后选择忘记曾经的誓言。可惜，人最悲哀的事情，就是记忆太好。很多人、很多事，又怎能真的忘了？

我不知道的是，月饼驾车离去，和月野四人取得了联系，交代了一件事情。

他需要用半年时间才能完成下一个任务，在这段时间一定要把我照看好。

月野四人一路跟随我来到这个城市，在楼上买了两间公寓住下，二十四小时保护我，有时候假扮成流浪人坐在楼梯里守着我。每个星期，他们都会有一个人去古城图书馆监视李奉先等人的举动，同时也保护图书馆不受神秘力量的入侵，这也是月饼找到他们时嘱托的事情。

难怪，我们回到古城，那段视频里出现了月野，也难怪许多线索消失，原来是被他们完成了。

所有事情全对上了。

那段时间我神情恍惚，根本没有察觉到他们的存在，甚至没有发现坐在楼梯的那两个女人就是月野和小慧儿！

知道了真相，我没有喜悦，有种被蒙在鼓里的憋屈。

一周前，月饼敲开他们的门，昏倒前说了一句话：“不要让晓楼知道这件事。这个任务太可怕，根本完成不了，放弃。”

月饼昏迷的这几天，月野和黑羽的阴阳术、小慧儿的萨满巫术，杰克的催眠术都用上了，始终唤不醒月饼。而且他们发现了一件更可怕的事情，月饼正在加速衰老。

万不得已，他们早已摸清了我的生活规律，在我倒垃圾的时候，把月饼放在安全通道门口，希望我能用医术把他治好。

可是经过暗中观察，他们发现月饼的变化越来越恐怖，只好现身，把这些事的来龙去脉讲个清楚。

“月无华，浑蛋！”我暗骂熟睡在飘窗的月饼，“我知道你喜欢装逼，我知道你的责任心超强，可是什么事情不能商量着来？为什么要自己承担！说好了一起往前走，你这半道拐了弯啥意思？演戏啊？”

“南君，月君如果再这么下去，”月野优雅地扶着无框眼镜，“恐怕……”

“任务地点在哪里？”我肺里塞了团火，几乎烧透胸膛，“我去执行！”

“月无华之所以选择单独执行任务，”杰克翻着书柜的书，“应该是很早就知道这是最危险的一个任务，他不想你一起冒险，宁愿自己被误解。你考虑好了么？”

“别说了，这还用考虑么？”我从床底拽出背包，往里面塞着乱七八糟的东西。

“南瓜，你脑子进水了？月饼做了这么多、隐瞒这么多，为的是谁？你不明白么？”小慧儿拽着我胳膊，“他都完成不了，你去了也是当炮灰。告诉你这些事，是为了想办法治好他，不是为了让你去送死知道不？”

“治病就要明白怎么生的病！不执行任务，根本不知道月饼病因，说这些有屁用！”我已经控制不住情绪了，背着包准备出门。

“南君……”黑羽话还没说，我吼道：“小鬼子，闭嘴！”

黑羽脸上闪过一丝怒色，喉结上下翻动，拳头紧握。我不甘示弱地瞪着他：“你们瞒了我这么久，还当我是朋友么！打架？我奉陪到底！”

“对不起。”月野清衣眼神黯淡，“月君恢复我们的记忆，说过所有的事情都和你有某种联系。在他没有彻底弄明白之前，务必不能告诉你。”

“我他妈的就是一个普通人。我胆小、我看到女孩挪不动眼、我喜欢吃吃喝喝、我喜欢写字，我没有多大的梦想，我只想过平静的生活。我才不管我命格里有什么，为什么总是遇到稀奇古怪的事情？”我一拳砸在门上，“可是，他是我的兄弟，我最好的兄弟！就算这次我死了，我也愿意！”

“我们已经死过一次，这次希望朋友都活着，”黑羽握着拳头伸到我面前，拳心向上慢慢松开，露出一柄钥匙，“南君，加油！车在西边树林里。主线任务只能异徒行者完成，旁人去了，根本不会出现任务。帮不了你，见谅！尽快完成，活着回来，我们会照顾好月君。”

那是无比熟悉的房车钥匙。

“我才不需要你这个战五渣帮忙。”我接过钥匙，摔门而出，坐电梯下楼，又摁电梯楼层，回到公寓使劲敲门。

杰克似乎早就知道我要回来，露出雪白的牙齿笑道：“你就不能成熟点儿？”

我臊得老脸通红：“谁能告诉我，任务地点在哪里？”

五

高速路，我恨不得把油门踩到底，风声压过了车厢里的音乐声，宛如万鬼夜哭。

夜风拂动，路旁树影婆娑。我打着双闪超过一辆货车，喝了口红牛提神，思索着这个任务——

月野四人也不知道任务的具体位置，月饼找到他们的时候，空身而来，没有留下线索。我凭着在古城图书馆留下的印象画出一张破石林立的草图，小慧儿甚至以为我画了一片野兽抽象派树林。

杰克不愧是玩催眠的，挺能揣摩人心。他翻着月饼微博、朋友圈，分析月饼不想我参与任务，肯定会故意隐瞒真正要去的地方。月饼这半年几乎跑遍了全国各地，我们用排除法折腾半天，发现月饼唯一没有去过的省是云南。反思维推理，这可能是月饼真正去的地方。

我立马明白了，线索图上那一大片破石头，是云南石林。

确定目的地，我也就不废话了，驾车直奔云南。最让我哭笑不得的是，心急火燎也没看油表，上了高速才发现快没油了，强撑着开到服务区，一边加油一边骂黑羽说话不利索。

原来这个小鬼子说“南君，加油”，是让我加油而不是让我加油。

可见学好一门外语是多么重要!

从我住的城市到云南石林足有两千五六百公里，我熬了一天一夜没合眼，好几次差点撞到防护栏，一路有惊有险，到云南的时候已经是第三天清晨。

九月的北方已经有些许秋意，云南却绿意盎然，群山迭峦起伏，蓝天白云格外干净。我摁下车窗，清新透彻的空气涌入车厢，顿时精神一振，脑补着在石林到底会遇到什么事情。

来来往往的车辆挂着各个省市的牌子，有些车顶绑着帐篷行李，男男女女欢声笑语。不消说，这都是秋季来云南自驾旅的旅客。

远远望去，辅路上有骑行客、背包客，还有举着牌子搭车的穷游客，倒也是一番别致景色。

“嗖”，一辆奔驰掠过，车上的男女有说有笑。别看我眼小，看女人看得特别清楚。那个女子一身高端品牌，容貌极为艳丽，脸部轮廓近乎完美，几乎及腰的淡棕色长发迎风飞扬，长长的睫毛挂着碎碎阳光，煞是好看。

至于男的长什么样，我没注意。

就这么一分神的工夫，我车头一偏，冲着应急道的防护栏撞去。我惊出一身冷汗，狠命踩住刹车，堪堪停住。虽然面不改色，心却跳得厉害。

我大口喘着气，歇了好一会儿，正准备发动车子，副驾驶的车门突然冒出一张头发乱蓬蓬的男人脸，冲我竖着大拇指：“兄弟，劳驾，搭一程。”

遇到搭顺风车的驴友了。

我总不能一油门把他甩下去吧？不得已，我开了车门，他坐进副驾驶座，点头一笑，摸出烟递给我一根：“兄弟，我去石林，能捎一段不？”

我怔怔地看着他，起码一米八八的个子，身材极为魁梧，眉毛很淡，眼睛虽然不大却透着精光，胳膊的肌肉高高隆起。装束极为另类，马丁靴、破洞牛仔裤、无袖牛仔上衣，Osprey的背包露出小半截吉他柄，手腕更是菩提、沉香缠了一堆，脖子挂着一根盘龙绞钮金链，差点晃瞎我的眼。

再细看，这哥们儿的衣着都是价格不菲的另类品牌，单是那条牛仔裤，别看破破烂烂不起眼，属于日本三大牛王之一，起码好几千，一般人还真不认识。看这风尘仆仆的架势应该走了不少路，这也难怪，换谁看到哥们儿这打扮，不当作劫道的也以为是个喇嘛，早就一溜烟儿跑了。

说也奇怪，我总觉得好像在哪儿见过。他看出我的心思，眯着眼微微一笑："我唱民谣的。我叫……"因为随后发生的事情实在诡异，我把他的名字以假名代替。

我握着方向盘的手一哆嗦，差点误踩油门彻底撞上防护栏："你……你是祥博？"

"嗯。"祥博靠着座椅半闭着眼，"来云南采风。"

我彻底不淡定了！三年前，三十多岁的祥博以新人身份进入民谣界，极有才气，创作的几首民谣很是轰动，我车里还有他的歌翻来覆去听。奇怪的是，半年前，他突然销声匿迹，八卦消息是谈了恋爱为情所困，不过这种坊间流言向来不准，这种文艺浪子，女朋友一抓一大把，哪能为了个女人放弃事业？再说这么大岁数的人了，这点事儿还看不开？

没想到居然在云南偶遇，看来确实是遇到创作瓶颈，四处流浪找灵感。

我端端架子想自我介绍，好歹也是名人和名人的交流。转念一想，我一个不入流的写手，充其量也就是人名对名人，还是不丢这个人了。

电话响起，月野询问我到了哪里，又嘱托了几句注意事项，听得我心里暖洋洋。最让我高兴的是，月饼状况稳定了许多。

我心里略微踏实，放慢车速，一边和祥博寒暄，一边回忆着临行前收集的石林资料，不打无准备之仗。

祥博话不多，要么盯着窗外发呆，要么就是拿着纸笔记录什么，看架势是谱曲写词。

我暗呼惭愧，看人家这认真态度，难怪几年就声名大噪。我这三天打鱼两天晒网的码字更新，有一搭没一搭的，且不说编辑、出版公司上火，在网上连载都快被读者骂死了。

气氛有些尴尬，我这人天生话唠，身边有人嘴就闲不住。我注意到祥博的左右胳膊各文了一个几何图案的称子，顺嘴问道："博哥，文身很有特点。"

祥博瞥了一眼文身，手指轻轻抚摸，眼睛盯着前方，透着一股说不出的忧伤：“我生于1979年10月16日……”

我心头一震，心说看来是一段刻骨铭心的往事，正好当素材。

“所以，我是天秤座。”祥博慢吞吞合上眼睛。

我差点一口老血喷他一脸！看来文艺青年的脑回路果然和正常人不同。还好我是根据自身经历记录故事，要不往这个方向发展也不是没有可能。

如此一想，心里暗自庆幸不已。

祥博再没说话，看来是徒行劳累睡着了。我关了车载音乐，专心开车，回忆这半年前和月饼分开发誓再也不参与“异徒行者”的任务，如今却自己驾车执行任务，很是感慨。

看来所谓诀别誓言，不过是一时冲动的决定。随着时间推移，心情淡了，该走的路，还是要继续走。

高速路标提示距离石林还有60公里，路旁树林冒出许多白色巨石。距离石林越来越近，树木愈发稀少，红色的地表宛如一泊鲜血，密密麻麻的白石接踵而立，形态各异。有的像乌龟戏水、有的像老牛耕田、有的像飞鸟振翅，端的是人间奇景。

我留心观察，想从中找出有关任务的蛛丝马迹，比如形状类似“62188”数字的石头，看半天也没看出所以然。

“这只是外围，”祥博睁眼看着风景，“真正的石林更壮观。有个关于石林来历的传说，要不要听？”

六

以下是祥博的讲述——

天地混沌初开，一仙人路过云南，见两块巨石形若男女，状如恋人，心有所感，取灵符贴于石壁。

自此，两石取日月精华，饮露餐风，渐渐有了灵性。数千年后，两石能讲人语，聊天解闷，争争吵吵，偶尔也聊大千世界。

“外面的世界是不是很精彩？我很想去看看，可惜修炼不够，还不知道要等多少个千年。”

“傻丫头，有我陪着你就好，你就是我的全世界。”

“等咱们化作人形，天南海北四处游玩。就像如今，我偎着你，你护着我，多么幸福快乐。”

“傻丫头，你觉得什么是幸福快乐？”

“幸福就是和你在一起走走看看，快乐就是吃最好的东西、住最贵的客栈。”

“这几百年，来来往往的男女，都是这个想法，可是又有多少能携手白发？”

“我不管，我要你陪着我。”

“待咱们化人，我能陪你走完一生，就很幸福快乐了。”男石替女石挡住山风，石身“簌簌”掉落着碎石。

“凡人生命太短，更要让每一天过得精彩啊。咱们都在一起几千年了，不差人间几十年。”

女石越说越向往，男石沉默了。

就这样，两石互相依偎着又是千年。万物皆有灵，有灵即有情，又有哪段感情及得上千年相伴？

终于有一天，女石灵气充盈，化成美貌女子，欣喜若狂，日夜等待男石修炼成人。然而，男石依然是丑石一块，更加不爱言语，唯有夜风吹过，才会“呜呜”作响，如同鬼哭。

女子见男石顽冥不化，更想见识十丈红尘，世间繁华，再也耐不住心意，暗自寻思：化作人身之后，与常人一般寿命，若是一直等下去，岂不老死于这块石头旁？也罢，你修炼不够，不是我无情意。

心意已决，女子趁太阳初升，男石吐纳、灵性懵懂时，独自一人悄然离去，寻那花花世界去了。

岁月如梭，织白了美人华发；光阴似箭，划出了红颜皱纹。

短短几十年，女子再无美貌，头发如同石头般斑驳，历经人间沧桑，数段感情都是心痛告终。她方才明白，人间短短数十年情爱，怎比得上千余年的相知相爱？又怎有和男石聊天斗嘴，彼此说了上句能接下句的默契欢愉？更不用说风吹雨打时相互遮挡的情分？

女子取出仅存积蓄，雇车翻山越河回到云南，男石依然孤零零立在山间。石身，又多了几孔山风吹透的石窟窿，灵气早已褪尽，只是一块普通的石头了，形状更加丑陋。

女子默立，摩挲着男石，泪如雨下："多少年过去了，经历了很多男人，才懂得，还是你好。再烈的感情也经不住时间消磨，怎像你，陪了我数千年，懂我心意。当年我舍你而去，伤你的心，损了灵气，如今你已是顽石一块。我活着，结庐居住，守你；我死后，埋于此处，陪你！"

话音刚落，男石后走出一年轻男子，摸着女子白发，拥她入怀："我早已等了你千年……"

"千年前，我已能化成人。只是你还未化成人形，我不忍提前幻化，让你伤心。只得把灵气灌于你，促你早日化人。我损了灵气，需三月弥补充盈，哪承想你先离去。我只得守在这里，怕你归来寻我不见。天可怜见，今日，终于等到你。"

女子号啕大哭，倚着男子肩膀，如千年以来一直依偎，从未分开："你还年轻，我却老了。"

男子吻着女子满是皱纹的额头："咱们数千年都这么过来了，一张皮囊而已，哪里有年龄之分？就算，我错过了你最好的年华；可是，你遇到了我最好的年华。外面风大雨大，没人遮挡，累了吧？回来就好。"

自此，旅人路过此地，会看到白发老媪依偎在年轻男子怀里，年龄似母子，神态如情侣。每天迎着山风，坐在山头，遥望日出迟暮。

终有一天，老媪不见，只剩男子捧着一把白发，一根根埋在山间，面露笑容，眼睛却滴着血泪。

血泪渗入土中，化成殷红色，直至漫山遍野都是红色山土。

山中无甲子，寒暑不知年。男子也渐渐成了垂垂老者，依然在山中埋着白发。终于，在一个午后，老者埋了最后一根白发，捂着心口，倒下了。

说也奇怪，老者死后，山间长出无数白色巨石，林林立立，层层叠叠，成了云南奇景，称为"石林"。

老人们却说，这石林应叫作“白发石林”，是一对情侣白发长成，生生世世，不离不弃。

至今，情侣日出迟暮，漫步石林，仍能寻到形如男女的石头影子，并肩而立。男石仍为女石挡风遮雨，石身长出的青草，如同手掌，轻抚女石脸庞。

午夜，山风吹过，除了“呜呜”风声，还能听到男女呢喃低语。

如果，人生的相逢只是千百年等待一次邂逅；那么，生命的离别却是轮回中宿命的再次回眸。

七

祥博讲完这段传说，不知道为什么，我心里堵得慌。到了景区，我们道别，也没留什么联系方式。大老爷们儿，也没必要这么矫情。

“如果你饿了，会吃一份方便面，还是等十二小时喝一碗静心煲好的汤？”祥博走了没几步，转身问道，眼神很茫然。

我没想到他突然问了这么一句，“呃”了一声愣住了。脑补着方便面和煲汤哪个更好喝，顺便盘算饥饿到了哪种程度。

“很多人，吃了一辈子饭，也不知道答案。”祥博嘴角微微抽搐，笑得很苦，“南晓楼，我一直奇怪你为什么要用羊行中这个笔名。你的书我看过，挺好看，你书里写过这辆车和车牌号。月无华还好吧？”

原来这哥们儿早就认出我了，真能沉得住气。我怔怔地望着他远去的背影，个子虽然高大，背略驼，似乎承载着生命不能承受之重。每一步，都走得心事重重，寂寞萧索。

“这辈子不能写文艺风的作品！人就应该快快乐乐，干吗搞得这么沉重。”我暗自下了决定。

我给月野打了个电话，确定月饼的情况更加稳定，心里一阵轻松，随着游客漫步石林，观察着格局堪舆有没有奇特之处。

也许是心境使然，联想到月饼的异变，我心里就发毛。尤其是进了石林，明明是好大的太阳，却总觉得阴气森森。山风吹过，更是透体冰凉，冻得牙齿打战。

让我奇怪的是，每走一步，都觉得脚底下“咕叽咕叽”作响，像是踩进烂泥潭子，泥水顺着鞋帮子往外冒泡泡。我抽了根烟定神，摸出罗盘堪方位，如果罗盘“噼里啪啦”乱转，我倒不觉得意外，可是罗盘的指针像是被牢牢焊死，纹丝不动，死死指着酉时位置。无论我怎么转动，就像是被一根无形的绳子绑得结实，根本没有反应。

这本是两件极不寻常的事，照说能从中找出蛛丝马迹。可就这么瞎转悠了一下午，我却一无所获。眼瞅着日头偏西，光线偏暗，目力所及之处极为模糊，游客也愈发稀少，只有几对情侣还在拍照游玩。转瞬，天色更暗，残日从石林缝隙升腾着最后一抹余晖，笼罩着整片石林，如同层层叠叠的巨型人骨泼了一盆鲜血，缓缓滴淌。

我的沮丧劲儿就甭提了。看来少了月饼，我果然什么都做不了。也许月饼说得对，我始终是拖后腿的那个人。

“刘凯，你不是说没有女朋友么？”斜前方一声怒叱吸引了我的注意。

一个二十出头、扎着满头黑人小辫的小姑娘狠狠甩开男朋友的手。刘凯留着当下流行的遮额斜刘海，长得眉清目秀，张口结舌：“我确实没有女朋友，我只爱你一个人。”

我心头猛地一缩。刘凯嘴型确实说的是这句话，可是他实际说出的话完全不一样：“我有好几个女朋友，包括你，都是炮友，玩玩而已。”

“你把我当炮友？”扎辫姑娘瞪圆眼睛，气得胸口鼓胀，“我对你这么好，你就是玩我？”

她的嘴型说出这句话，可是我听到的却是：“我背着男朋友和你旅游，还不是因为你有钱，能给我买苹果7。”

“原来你是为了一台破手机才和我在一起。”刘凯“嘿嘿”冷笑，“我早看出你是为了我的钱。”

可是他说出来的是：“我根本没钱，我这身名牌都是淘宝货，朋友圈的动态都是找的照片装逼而已。”

“你……”

“你……”

两人后退几步，互相指着，突然意识到说出了藏在心里最深处的真话，不约而同地捂住嘴，惊恐地环视四周，脸色忽青忽白，尖叫着跑了。

辫子女孩脚步不稳，踉跄摔倒，一丝肉眼隐约可见的白丝从她辫子里飞出，盘旋几圈，飘到远处一对情侣的头顶，缠绕结实，没入头发。

“老公，你帮我看看，头发好像落了根蜘蛛丝。”女子撒娇嘟嘴，“好恶心哦。”

男子满脸柔情，轻轻抬手，指尖抚弄女子头发。忽然，男子狠狠道：“你烦不烦！每天这么多事，一根破蜘蛛丝自己弄弄不就行了！”

女子眨着大眼睛，微张着嘴，委屈得快要哭了，说出的话和表情却完全违和：“老娘这是瞧得起你，你也不撒泡尿看看自己德行。结婚五六年了，活得越来越狼狈，除了花我的工资，天天就知道吹牛。知道外面追我的人有多少么？要不是为了孩子，我早和你离了。”

“你个婊子，我早看出你和别人有事儿。”男子一巴掌扇过去，五个血红的指印赫然在目。

“离婚！”女子捂着脸跑了。

那根白丝再次从两人头发里飞离，晃晃悠悠顺风而飘，落进坐在一方石头上休息的情侣头发里。

那对情侣六十多岁，发色花白，满脸皱纹夹着落日余晖，似乎笼着一层干净而神圣的光芒。

“我就说不来，你非要来，走不动了吧？”老大爷满脸嫌弃，丢给老婆婆一瓶矿泉水，“赶紧喝水，回去休息，明天回家。这么大岁数了，浪什么浪，好好在家待着。咳……咳……”

“就你事儿多，在家叨叨叨，好好旅个游，还是叨叨叨，”老婆婆把矿泉水推回去，赌气背过身，“跟着你就没享过福，老了耳根还不清净。天天哪来那么大的火气？我伺候你一辈子，就不能让我消停消停？我看你就是想把我气死，找那个谁对不？也好，我早死早托生，省得受气。”

他们的嘴型是这样说的，可是我听到的是——

老大爷：“老婆，你身体不好，我心里难受。这么晚了，风大天凉，景儿什么时候都能看，不急一时。这辈子你跟着我没过几天好日子，我就想你好好活着，陪你一辈子。咱们认识的时候就说好了，这辈子，慢慢来，好好的。真走到了最后那几天，你死我前头吧。要不然，我死了，谁照顾你？我也不想你每天都想我，心里难受。”

老婆婆：“你咳得这么厉害，就一瓶水还给我喝，我知道你对我好。咱们没几年好活了，我想多陪陪你。结婚时，你说陪我一辈子，你说咱们要‘慢慢来，好好的’，你说你的所有都给我，你都做到了。你脾气不好，心脏不好，别动气。你倒下了家怎么办？我怎么办？咱们还有好多地方没有去看看转转。答应我，陪着我。”

我很想用更精彩的文字描述相濡以沫半世纪的老夫妻对话，可是他们就是这样说的。或许并不生动，却很真实。真实得让我不想修改任何一个字。

“这么大岁数了，还说酸掉牙的话。”老大爷像个凯旋的将军，起身背手走在前面，“赶紧跟我回去。”

老婆婆颤巍巍地挪着步子，默默地跟在老大爷身后。眼睛间满是半世纪积攒的爱情。

望着他们消失在夜幕的背影，我心里一酸，想起一句网络流行的话——

在上床都没有结果的约炮年代，他们用一生诠释了爱情。

夜已黑透，游人无踪。山风盘旋石林，空气流动声宛如优美的旋律，或低诉、或温柔、或悲痛、或欢快，弹奏着人世间的悲欢离合。

大自然的天籁之声如此美妙，我一时间竟忘记了任务，沉浸在莫名的情绪无法自拔，随着韵律心神起伏。

忽然，我想到了一件很久远的恐怖事件，心中一动，就着月色观察着周遭的巨石布局。

八

正北方二十多米的地方，两条瘦长的巨石如同恋人。虽然石身已被岁月侵蚀得伤痕累累，时不时落下碎石、杂草，但两石相连的缝隙却深深嵌入彼此，纹丝不动。

在两石南边大约十米距离，散落着七块看似不起眼的石头，山风穿过这七块石头，发出“哆来咪发嗦拉西”的旋律，随着风势强弱急缓，竟演奏出悠扬的曲调。再交织着树叶“簌簌”声、落石“嗒嗒”声、草木“沙沙”声，完全就是一首精心编谱的曲子。

我细细听着，这首曲子有种说不出的魔力，像个有形物质爬进耳朵，顺着血液钻进脑子，忍不住有种说真话的倾诉冲动。

我就近爬上一块巨石，推演着方位。这七块石头的位置看似没有规律，由高处看，恰巧是北斗七星的布局，男女恋人形状的巨石，正好处于北极星位置！除了恋人巨石是天然混成，北斗七石周围的草木新旧不一，显然是人为掘掉零散石头，设计成这个样子。并且北斗七石各有一个斧凿锤砸痕迹的石洞，像极了笛子的乐孔，旋律就是从中发出。

我终于明白了那些情侣们口是心非的原因——“南斗生，北斗死，魅音真言，无止无休。”

从星相来看，南斗六星出现在仲夏夜的中天，仲夏正是万物欣欣向荣的季节，是生机的象征；北斗出现在中天的季节却在秋天，是万物盛极而衰的季节，是死亡的征兆。

中国古代，堪舆师也将南斗六星与北斗七星运用在建筑方面，著名的例子就是明代建筑的南京城。朱元璋的军师刘伯温规划城市格局，以南斗与北斗形状为基础，城墙被设计成南斗六星与北斗七星的聚合形，寓意为“生死循环，天道不休”，这也是南京有十三个城门（六加七的总数）的由来。

这七块石头结合音律产生让人“口吐真言”的异状，更是一种极高深的阵法——魅音真言阵。

所谓魅音，是一种很奇妙的法门。施术者通过几个音节的组合排列，不停重复，使聆听者意识模糊，随着施术者意识思考，陷入其中完全不能自拔。

魅音的组合有许多种，源自于中国古老的五声音阶“宫商角徵羽”，历史中最著名的例子当属“四面楚歌”。

项羽被韩信大军十面埋伏于垓下，兵困马乏，但尚可一战。

韩信从张良手里得一乐谱，是略作改动的楚地民歌，连夜召集士兵四面吟唱。项羽军队皆为楚人，听到楚歌，误以为楚地已经失守，军心涣散，纷纷投降夜逃，楚军这才大败。

据说那首楚歌，由精通道术的张良增添了魅音，不战而屈人之兵。

许多音乐在人谱曲的时候，偶然会用音符排列出魅音，做成的曲子无一不是广为传唱的世界名曲、流行音乐。

我们听音乐的时候会被某些曲子吸引，完全融入音乐循环播放，其实是被“魅音”影响。

中国有句老话，“人之将死其言也善”，在生命即将消逝或处于生命危急的环境中，说的才是最真实的话。

魅音真言阵就是利用了“音律”、“北斗”这两个关键要素，形成让人说真话的阵法。

我对阵法颇有些研究，在图书馆古籍看到介绍，很是下了一番功夫。然而此阵法早已失传于八族中的“文族”，我始终没整明白其中的玄机。更何况布阵者要精通音律，偏偏我对音乐属于“我认识它，它不认识我”的尴尬状态，看乐谱更是只会念“一二三四五六七”。别别扭扭地研究了一段时间，也就懒得给自己找麻烦了。

为什么这个阵法偏偏出现于石林？布阵人到底是什么目的？他是谁？

我想到那根若隐若现、盘入情侣头发的银丝，像极了一样东西，忽然记起一个人！

难道是他？

就在这时，石林深处传来脚步声，两条人影在石影中若隐若现。

这么晚了，会是谁？

难道是数次出现的“圆脸、黄衫”两个老人？

我爬下，藏在乱石缝隙，压着呼吸偷眼瞄去。

“唉呀妈呀！这石林老大了，差点走不出来。奶奶个腿儿，真累。”东北女子气喘吁吁抱怨着。

“可不咋地，我就说少走点儿，你还不愿意，非整这么大老远。我还不知道你，又想他了吧？”男子操着一嘴东北腔，语气里透着些许不快。

我差点一膝盖跪地上，原本很紧张的心情没着没落。本来都做好“南晓楼怒战圆脸、黄衫”的准备了，结果成了听东北小品的春晚观众。

“你咋说话的？”女子微愠，“说了不提他，咋又提起来了？”

“提他咋了？还不兴提啊。到了石林你拉着脸给谁看？”男子火气上来了，高着嗓子嚷嚷，“我就整不明白了，他有啥好的？那时可是你自己做的选择。”

这俩人难道也中了“魅音真言阵”？看这意思女子之前有过一段挺深的感情，俩人为这件事争起来了。人家两口子吵架我也不方便露脸，二半夜再被当成劫匪更尴尬，于是偷偷探头看去。

这么巧？居然是他们!

九

这两人戳在恋人巨石前，气鼓鼓地都不说话。女子容颜艳丽，身材精致，极有韵味。男子虽然也是一身高端名牌，举手投足之间却少了些气质，给人一种暴发户的感觉。

“不提他了行么？”女子柔声说道，眼中流露出一丝哀伤，“咱们好好的。”

“哼！”男子很夸张地点了根烟，嘴角挂着“一切尽在掌握”的笑容。

“噔。”石林深处，传来一声细弱蚊蝇的震颤声，数根银丝从恋人巨石里钻出，悄无声息地没入两人头发。

这世界本没有那么多的巧合，太多的巧合凑在一起，必然是有预谋的安排。

那一瞬间，我的脑子里出现了一条线索轴。

高速路→奔驰情侣→搭车祥博→恋人巨石→魅音真言阵→银丝（吉他弦）→震颤声（琴弦拨动声）→口吐真言。

这个魅音真言阵是祥博布下，他并非为了让所有情侣在阵里说实话，而是在等这对情侣。这对情侣口中的“他”，很有可能说的是祥博。

由此类推，此阵属于文族失传阵法，也就是说，祥博是文族后裔!

月饼出现异常，是否也是误入“魅音真言阵”，心智迷乱？此次任务，绝对和祥博有关。

“他是我最爱的人，我永远忘不了。”女子丝毫没有察觉银丝入发，突然情绪崩溃，双手插入头发哭道，“你能给我更好的生活，我的孩子需要更好的教育。我不想总是陪着闺密，看着她们想买什么就买什么，我却只能当个参谋，还要装出笑脸。她们满身名牌，我很……很羡慕。我长得比她们好，比她们有气质，为什么不能过和她们相同的生活？我不甘心，我……我穷怕了。”

“我早看准了你，趁着你们俩闹矛盾，稍微安慰几句，再拿出一笔你不能拒绝的钱，几天就能把你搞定。”男子把烟头伸到两人中间，食指轻蔑地弹着烟灰，“你以为我对你有感情？你觉得我给你花这么多钱就是感情？对你们穷人来说，这笔钱是大钱；对我来说，相当于你们良心发现给乞丐一百块钱。呵呵，要不是你长得漂亮，又有家庭孩子，不会给我负担拖累，我会看上你？有的是漂亮女孩往我身上贴，我没给她们机会！真的是因为你比她们更有魅力，真的是我爱你？别做梦了。她们接近我是想让我离婚娶她们，分家产那可是一大笔钱。咱们，只是各有所需而已。别以为我不懂你那点心思，我要是没钱，你能跟我？玩够了你，我有的是备胎。”

“你……”女子的脊梁，慢慢地、慢慢地弯了，双手捂着脸，压抑地哭泣，眼泪顺着指缝淌到下巴，颤颤巍巍晶莹着月色。

我，听到了，女人哭，男人笑。

悲哀的哭，残忍的笑！

比鬼神更可怕的，永远是人心！

“我？我怎么了？”男子把烟头狠狠弹到恋人巨石，“你非要来石林，还不是因为他跟你说过喜欢这里。你不要以为我不知道，你的聊天记录我早看过了。”

“嘣！”震颤声比上一声猛烈许多，从石林深处响起。我看不到声音的形状，却能从碎石被划开的裂痕，“簌簌”折断的草木，清晰地感受到声音逼近。

我承认，我的脑回路很多时候不太靠谱，那一瞬间我居然想到了很早以前看过的林青霞主演的武侠片，眼前“砰砰”出现四个大字：六指琴魔！

十

我算着音浪划过的范围和速度，心说不好！要是祥博真有六指琴魔的能力，把功力注入乐声杀人于无形，再过几秒钟，且不说那对关系复杂的情侣，连我都会被切成两半。

“你俩先别吵吵了。”我从乱石中跳起，冲到两人中间，不由分说摁着他们肩膀，“别磨叽，赶紧的，蹲下！”

俩人没想到居然还有别人在，瞬间蒙了。趁着他们一晃神的工夫，我好歹把他们摁倒了。

一阵冷风从头顶拂过，女子蹲下时长发扬起，“嗤嗤”几声，几根断发飘落。

“砰！”声浪撞到恋人巨石，切出一道极其细微、足有一寸深的裂口，石粉蓬起，扬了我们满头满脸。

我鼻子痒痒打了几个喷嚏，男子盯着满鼻子白灰，活脱脱京剧里的丑角，气急败坏指着我：“你是谁？我老婆请的私家侦探？你录视频了？”

说到这里，男子掏出钱包，举着一张金卡，满脸堆着笑容：“她给你多少钱？我双倍！”

我很想把他的脸皮撕下来看看里面还有没有别的脸皮。一个人怎么能有这么多脸？怎么能说换就换？那个颐指气使的劲儿去哪里了？

“嘣嘣嘣嘣”，琴弦声如同雨打芭蕉，密集紧凑。肉眼可见数道有形的音浪劈石斩树，又如同缓慢而又无法阻挡的水纹，向我们滑了过来。

“想活命就并排站我身后，跟着我的动作。”我对这个男子无比厌恶，但是总不能眼睁睁瞅着他被切成几块人肉豆腐吧？溅我一身血还嫌脏了衣服。

男子张着嘴手足无措，把一身名牌包裹的草包属性彰显无余。我哪还有心思管他，计算着声浪的方位时间，喊了声“跳！”

这对情侣终于看到了音浪的威力，脸色都变了，玩了命地跟着我跳起，第一道音浪从脚底堪堪切过。

“左侧身！”

第二道音浪擦着鼻尖划过，我发现鼻尖冰凉，随即又黏又热，估计是被划破了一层皮。

眼看第三道音浪越来越近，哪还顾得擦鼻子，连话都没来得及说，向右边一跃，一道凉气紧贴着屁股过去了。

接下来的几秒钟，是我人生最狼狈的时刻，使尽浑身解数躲开最后三道音浪。什么“野驴打滚”“白鹤亮翅”倒还好说，偏偏第七道音浪居然是三角形，冲着胯下就来。我单腿着地，玩了命抬高右腿来了个“张飞大片马”，才不至于后半生难言之隐。

也难为这对情侣，有样学样做了这么多动作，除了男子右腿内侧划了个血口，都没有大碍。

我心头火起，对着石林深处吼了一嗓子：“祥博，你个王八蛋！下手挺黑！有种出来比画比画！”

“啊！祥博？”女子望着石林，又转头盯着我，“你是谁？”

我从他们的对话多少能分析出两人关系，多少有些反感，随口回了句“我是雷锋”。

男子右腿受伤，立足不稳，靠着情侣巨石坐下，龇牙咧嘴语无伦次：“没看到我受伤了？快叫120，我早就说他是个疯子！”接下来就是一连串极具东北特色的咒骂，有些话我听都没听过，极其恶毒，比起音浪攻击不遑多让。

我实在听不下去了，假装脚底拌蒜，踏出一脚踩中他的伤口，为了保持平衡，手掌趁势扶住他的肩膀，对着大椎穴摁下。

男子“嗷”的一声，眼睛一翻昏了过去。

总算是清净了。

女子根本没在意男子死活，双肩微颤，美目蕴着两汪眼泪，试探着迈出几步，迟疑地驻足，声音很轻、很颤：“祥博，真的是你么？”

那一刻，月光下，她很无助。

那一刻，我似乎懂了她做出这种选择的原因——每个人心中，都有一团光明无法触及的灯下黑。心中没有光明，又怎会懂“黑暗”二字？又怎能装作四大皆空？

她渴望物质，遁入黑暗；她的爱情，仍然光明。

十一

“力拔山兮气盖世，时不利兮骓不逝，骓不逝兮可奈何，虞兮虞兮奈若何？”

铿锵有力的京剧唱腔响彻夜空，高大的身影从巨石堆闪出，侧身对月，抬手端步，拿捏着架势，说不尽的英雄末路，道不完的沧桑悲凉。

祥博终于出现了。

他演绎的是京剧《霸王别姬》的经典桥段，项羽与虞姬的诀别时刻。

我不明白他在做什么，好好的一个民谣歌手怎么就成了京剧花脸？

再细细看去，他的脸勾画着霸王脸谱，更让我摸不着头脑。联想月饼的异变，难道“魅音真言阵”具备某种让人走火入魔的作用？或者，最初的布阵人是唱京剧的？

“大王慷慨悲歌，使人泪下。待妾妃歌舞一回，聊以解忧如何？”

花旦唱腔凄婉悲凉，祥博再一侧身，另外半边脸却是虞姬妆容，姿态妩媚，捻指哀唱。

祥博就这样来回切换着角色和唱腔，神态时而威猛时而娇媚，声音时而雄浑时而娇柔，唱到动情之处，举止癫狂，眼神狂乱。

我突然觉得很恐惧，我所看到的祥博，完全就是个精神分裂患者。否则怎么可能在同一时间展示出截然不同的性格？

而我，现在能做的，只是看他继续表演——

虞姬：“汉兵，他，他，他，他杀进来了！”

项羽：“待孤看来……”

待项羽方一回头，虞姬即抽出他腰间宝剑……

未几，项羽意识到受骗，忽一低头，惊见腰间抽空的剑鞘。

项羽猛回头向虞姬，惊呼：“啊！这——”

话未出口，虞姬自刎于前，项羽顿足不已：“哎呀！”

这段无数京剧名家演绎的桥段，结束了。我坚信，这是我看过的最精彩的《霸王别姬》！

石林，安静了……

夜风明明“呜呜”作响，却仿佛没有任何声音，只有那段旷世恋曲萦绕着冷冰冰的巨石群，久久不散。

祥博跪地，双手虚空抱着假想的虞姬，仰天悲哭。

半边霸王、半边虞姬的脸，被两行泪水染花，残留两道红色泪痕。

他，哭出了血泪。

十二

“你……你做到了。”女子眼神痴痴地望着祥博，笑得情深意切，“你知道我喜欢音乐，答应了我，把所有类型的音乐都唱给我听。我开玩笑对你说，那你唱京剧呀……”

“可是，你离开我了。”祥博双手插进泥土，胡乱涂抹着脸，再抬头，泥巴和颜料混成一团，“谁也不知道，我原本就是唱京剧的。这是你听到的最后一首歌了，我只是为了满足你的心愿。”

“南晓楼，你是异徒行者。这件事，和你无关。”祥博眼中闪过一丝寒光，“现在走，还来得及。文族，对完成终极任务没有兴趣。”

我隔着祥博起码十几米的距离，可是他散发的冷冽杀气激起了我一身鸡皮疙瘩。

我从话中听出，他由爱生恨，起了杀意。

我当然不会走。不仅仅是为了治好月饼，更因为这对情侣，无论做了什么，无论多么有悖社会道德，无论在一起的目的多么复杂，可是他们是活生生的人。

既然是人，就有生存的权利，绝不允许由他人随意剥夺。

“你的眼神，很像月无华。”祥博双手探出，十根手指如同拨动琴弦，跳跃不止，“所以他变成了那个样子！”

我护在女子身前，提防音浪袭击。突然觉得背后一紧，无数根细线把我缠住，随即身体被一股巨力向后拖拽，狠狠撞向恋人巨石。我正要挣扎，又有无数道银丝从石身长出，把我牢牢缠个结实。

又是两声巨响，那对男女，也被同样绑进巨石。

“和他们俩无关，”女子骄傲地仰起头，紧闭双眼，长长的睫毛微微颤动，“我一个人承担。”

“这个时候你还维护他！”祥博双目血红，双手紧握成拳狠狠挥动，“他有什么好？他哪里比我好？”

银丝“吱吱”作响，深深陷进肉里。我好像被一圈圈烙红的铁丝缠住，只觉得全身被割成无数块，痛得根本无法呼吸。

“在我最缺钱的时候，你去哪里了？在我生病的时候，你在哪里？电话不接，微信不回，偶尔接一次，你说困了要睡觉，你在把我推开知道么？你知道我心里有多疼？”女子呜咽着，眼泪止不住滑落，“一个女人需要什么？你懂么？在我最需要你的时候，你失踪了整整半个月。你知道那半个月我在想什么？我在想，你是不是去找别的女人了，你不要我了。对！我接受他是有目的，可是，如果他没有在我最无助的时候出现，我怎么可能接受他。你根本不懂感情！”

“那半个月，我在忙着取积蓄、买房子，准备所有和你结婚的东西，我想给你个惊喜。而且，我得了重病，我怕没有时间给你未来。你知道我的心情有多矛盾么？我爱你，不想你受一点委屈，不想答应你的事情做不到。”祥博“哈哈”狂笑，眼神更加凌乱，“就这么半个月，你就跟他走了。咱们都说好了，慢慢来，好好的。你这么几天就跟别人跑了，到底是谁不懂感情？”

“生活很现实，没有那么多的戏剧化！你总觉得什么事都做得对，那只是我愿意！”女子愣了片刻，哭得更悲，“如果你当时告诉我这些事，打死我都不会离开你。我需要惊喜，我更需要你给我安全感。女人的安全感，不只是物质，还有感情。那段时间，你没给我，他给我了。这是我的选择，我不觉得这个选择有什么不对。”

祥博身躯猛颤，眼神由凌乱转为茫然，喃喃重复着“安全感”这三个字。

两人不再争吵，只是这么互相望着，无声胜有声。

“我错了。”祥博颓然坐倒。

“你没有错。我的心里，你最重要。只是在我最饿的时候，你仍然选择为我静心煲一锅汤，而不是一碗方便面。”女子没有丝毫感情地瞥着昏迷男子，“他是给我方便面那个人。你不要怪他，要怪，就怪我等不了那锅汤。”

“我懂了。”祥博笑着抬头，瞳孔里是女子身影，“我等你。”

“也许等不到，他是说了真话，可是他真的对我做到了我所有想要的一切，我还不起，”女子哭肿的眼睛多了丝微笑，“先祝我幸福吧，还不知道以后的路该怎么走。”

我心说，谈恋爱的人智商都他妈的是零！话都说开了，在一起不就得了。方便面也好、煲汤也好，有啥吃啥，总不能便宜了那个除了钱啥都没有的土豪吧？

又是一阵沉默，气氛愈发缓和。

我明显发现缠在身上的银丝松了，却怎么也挣脱不开。我干咳一声：“祥哥，咱能先松了绑再讨论爱情不？”

“哦？”祥博似乎这才想起这茬儿，面色突变，“两位师父传授魅音真言阵时说过，情丝缠体，无法可解。除非回答对所有问题，恋人石的灵性感知到答案正确，才会收回银丝。月……月无华就是因为错了问题，变成那个样子。”

“你他妈的神经病啊！”我一股邪火直蹿脑子，忍不住骂道，“谈个恋爱而已，至于搞这么大么？你们搞艺术的脑子进水了！”

“你根本不懂什么是艺术，有什么资格说他？”女子皱眉很不屑地瞪了我一眼。

两个神经病，相爱相杀很好玩么？我心里暗骂，想想那句话捎带手把自己也骂了，没好意思说自己好歹也是个过气作家。

“对不起。”祥博搓着手，很诚恳地掏出一张纸，“南晓楼，你一定要回答正确。要不然，她也会……”

“为什么不让她回答？”我就纳了闷儿了，干吗非要让我担这个责任。

“因为两位师父是男的，布阵时设的规矩必须是男性回答。”

我眼前一黑，这都是哪门子规矩？还带性别歧视的。

“问！”

“京剧的四个行当七种感情是什么？”

我顿时有种参加高考的错觉。难怪月饼答错，丫的学渣属性终于暴露了。

十三

“四大行当，嗯……嗯……生旦净丑，”我拼命回忆着那些年念过的书，“七种感情是，喜怒哀乐惊恐悲。”

“嗖嗖”几声，缠在腿上的银丝退去。

祥博面色一喜：“月无华也答对了这道题，继续下一道。四大徽班进京，与哪种著名戏曲融合，形成了京剧？”

我傻眼了。

山东的吕剧？陕西秦腔？河北梆子？

我的脑子里一下子冒出好多戏种，就像做一道不会的选择题，哪个答案都觉得对，又觉得哪个答案都不对。

“云南风景还不错吧？”祥博插了这么一句。

我莫名其妙瞅着他，恍然大悟，感情这还带作弊的？

“昆曲！”

“扑哧……”女子忍俊不禁笑了起来，根本没把当前的险境当回事儿，倒也看出她完全相信祥博。

祥博一本正经点着头，收起了纸条。

缠在身上的银丝也散了，唯独还有一根绕过脑袋的银丝牢牢箍着。

“接着问啊？”我这会儿反倒奇怪为什么月饼能回答错问题。转念一想，依着丫傲娇性格，搞不好死活不按照祥博提示，非要自己想答案。由此一想，大有可能。

“前两个问题是两位师父设的，我再次启动阵法，用音乐把问题灌入恋人石，月无华回答错了。”祥博深吸口气，紧张得嗓音发颤，“我想出这个问题的时候，根本没想过答案。南晓楼，你一定要回答正确。”

“你没有答案让我怎么回答！”我恨不得一脚踹死这个办事颠三倒四的家伙！

“我知道他们肯定会来石林，当时情绪不稳定，就想把他们……”

祥博使劲捶着胸口，“恋人石的灵性很强，只要答案正确，就……就……如果不正确，你……你……”

“他回答错了也不要紧，我也解脱了。”女子嘴角笑着很好看的弧度。

眼看两人又要开始腻腻歪歪，我脑壳都大了好几圈。你们没心事了，月饼还等着我呢。

“赶紧问！”

“一、当你很饿的时候，你会选择一个给你泡碗方便面的人还是会选择精心煲一锅汤的人？二、当你不是很饿的时候，你会选择一个给你泡碗方便面的人还是会选择精心煲一锅汤的人？三、当你不饿的时候，你会选择一个给你泡碗方便面的人还是会选择精心煲一锅汤的人？”祥博顿了顿，额头冒出冷汗，“泡方便面的人承诺将来会给你煲汤，却一直在你饿的时候泡方便面，你并不知道这个人未来会不会给你煲汤；煲汤的人也会泡方便面，但是更想用心为你煲汤，而且煲了很多次，却没有在你最饿的时候给你泡方便面。”

又是方便面和煲汤！我不知道这个问题该怎么回答，肚子倒是“咕咕”叫了起来。

如果回答错了，我们都会产生异变。可是，这个答案因人而异，怎么可能会有完全统一的答案？

换作是你，该怎么回答？

十四

开车回去的路上，我给月野打了个电话。月饼正在熟睡，精神状态好了很多，也就不着急赶回去，边开车边想昨晚发生的事情。

当我纠结半天终于做出回答，恋人石像一块巨大的磁铁，把月光全部吸引至石身，周遭一片黑暗，唯独巨石通体透亮，石纹如同人体血管，传送着柔和的月色。

倏地，恋人石光芒大盛，无数条皎洁的光线四散而出，整片石林瞬间透亮，光芒如海浪汹涌奔腾，淹没了每一方土地。在这耀眼的光芒中，我看到两条虚幻的人影，从恋人石中走出。

男子年轻俊朗，女子虽白发苍苍，却掩饰不了年轻时惊世绝俗的容颜。那两条人影相依相偎，携手漫步于石林，摸索着每一块石头，时而歌唱、时而舞蹈，许久才走回恋人石旁，分别笼罩着祥博和女子，慢慢融了进去。

一时间，两人肌肤如玉，周身荧光流动，变幻出无数张相貌。其中有几张脸，我似乎在哪里见过。

两人执手相拥，面含久别重逢的微笑。

祥博："咱们，又走过了一世。"

女子："不知道下一世，是我负你还是你负我。"

祥博："希望再也不互相辜负，安安稳稳走过一生，再次轮回，多好？"

女子："但愿吧。"

"轰"一声巨响，两人周身光芒爆裂，身形越来越虚幻，细细碎碎如同金沙的光粒飘向空中。

"南晓楼，谢谢你。真没想到答案居然是这样。"祥博向我挥手，手掌洒出一片金色光辉，消逝不见。

我还有许多问题要问，时间来不及了，也只好笑着挥手作别。

"你要好好写书哦，"女子调皮地皱鼻笑着，"我来世当你的粉丝。"

我还没有回话，两人已经化作两团瑰丽的金色雾气，飘浮空中，萦绕石林许久，缓缓飘回恋人石，融了进去。

光芒消失了，月色如初，深夜如墨。虫儿叫，草儿笑，风儿唱，静怡祥和。

我活动着被银丝捆麻的手腕，心中庆幸对那个问题的回答。还好，我答对了！

原来，初识祥博，他讲的白发石林传说，不仅仅是个传说，而是文族生生世世逃不脱的宿命。

愿，有情人终成眷属；愿，有情人白首偕老。

"我这是在哪儿？"土豪苏醒，蒙头晕脑地问道。

我懒得搭理他，拾起祥博留给我的笔记本，背包离去。走到石林边缘，我抬头看到北斗星，忽然想到一件事情，折头跑回。

土豪早已不知踪影，我盘算着恋人石旁按照北斗七星摆设的七块巨石方位，从勺柄数起第二块巨石的草丛中，发现了一块半人高极不起眼的石头。

这块巨石相当于开阳星，而不起眼的石头，就是开阳星旁的暗星，是“死兆星。”

我踩着石头周围的泥土，阴气最重的西北角，脚底有异感。掘开土层，一只阴沉木刻成的老鼠端端正正摆在地下一尺位置，口中衔着一枚古钱，头顶插着半截桃木钉，尾端刻着一个月牙。

我捏着桃木钉拎起老鼠，下方果然有一柄锈迹斑斑的瑞士军刀。

我和月饼这两样随身携带的物品，多次出现在不可能出现的地方，我早没了最初见到时那种心情。翻过老鼠身子，腹部刻着八卦图案，中间写着“色”“财”两个楷体字。

这是“厌胜术”里的“黑鼠夺运”术，施术者借此夺取格局俱佳之地的气运，布在这里显然是为了财色兼收。

这也解释了祥博、女子、土豪之间的恩怨纠缠。

我心中有些懊恼，早想到这一层说什么也不能放那个土豪走掉。转念一想，祥博和女子再次轮回，气运不再受厌胜术侵扰，“互不辜负，安稳一生”的愿望也该达成了。

布厌胜术的人肯定和异徒行者或者八族有关，目的不言而喻。至于为什么会出现军刀、桃木钉，赶回去问问知道更多秘密的月饼才是正理。

如果他不知道，那就继续探险前行。经过这半年，我们终于又回归了。

人生就该这样，放下该放下的，才能留住该留住的。

就像我对最后那个问题的答案，其实很简单。

十五

虽说心情不着急，说到底还是疑云重重，我也没来得及吃口云南有名的“过桥米线”，紧赶慢赶回到了暂居城市。

我掏出钥匙，抬头看到“1122”房间号，有种很难形容的亲切感。

杰克和小慧儿在玩NBA 2K吧？黑羽是不是还在跟着电视学中国功夫？

月野在做什么？看书？听音乐？

月饼呢？是不是正喝着二锅头，抽着“红将军”，懒洋洋地靠在飘窗，嘴角扬着笑容，扬扬眉毛，摸着鼻子：“南少侠，好久不见，又胖了不少，该减肥了。”

这群可爱的浑蛋！

推开门，异常安静，我所想象的画面并没有出现。屋里乱糟糟一片，月野、杰克、小慧儿、黑羽不见了。唯有月饼坐在飘窗面朝楼下，一动不动。

我心里一紧，试探着问道：“月饼？他们人呢？”

月饼转头对我妩媚一笑，捻指放在胸前，眼中流波漾转，开口唱道：“小尼姑年方二八，正青春被师傅削去了头发……”

这到底是怎么回事？！

异闻：

2016年6月12日，云南石林深夜曾出现耀眼金光。据目击者称，金光出现之前，曾听到石林有两人唱着《霸王别姬》的京剧桥段。此事极为诡异，当夜没人敢进石林探个究竟，网络也未留下照片等线索。时间久了，也就不了了之。

还有一个奇怪事件，虽然与“金光事件”无关，却是当地津津乐道的八卦新闻。当天去石林游玩的情侣，除了一对金婚夫妇，其余情侣均吵着架，怒气冲冲退了房，不欢而散。

具体原因，无人得知。

第七章　酒娘

聚餐禁忌：

一、筷子切勿竖直插入碗中。

二、勺子放在碗、盘，勺柄切勿对着北方。

三、不要用过长或者过短的筷子，不要和使用筷子剪刀状交叉夹菜的人共餐。

四、酒要满，茶要浅，意为“酒满心诚；茶浅承情”。

五、东南西北四个方向不得坐女子、幼童。

六、生理期女子、生病男子不得坐东南、西北、东北、西南四偏位。

七、碰杯时注意，杯口切勿高过敬酒人或长者。如果不慎高出，切勿用力碰杯，避免酒水洒出或落入他人杯中；如果敬酒人或长者故意放低并用力碰杯，立刻收回杯子，喝完杯中酒立刻离席。

八、吃菜不得在盘内挑挑拣拣，只能吃对着自己方位的菜品。

九、吃菜、就餐不要咂吧嘴，饮酒如果感到酒水异样导致身体不适，立刻呼气。

十、筷子落地，立刻更换；勺子落地，清洗再用；碗碟落地，收拾碎片必须留几块在地上。

十一、切勿在酒席聊及死亡的段子、事例。如果有人谈起，观察对方眼白是否有青色血丝，同时观察其影子是否有变化。

十二、宴席菜品需冷热搭配，热菜为双数，冷菜为单数，最好热菜为冷菜的倍数，如一冷两热、三冷六热、五冷十热。若参加的酒宴出现冷菜双数，热菜单数，且冷菜数目比热菜多，而且是热菜的倍数，立刻离席，坚决不能逗留！这种宴席，有另外一种称呼——冥宴。

一

东武望余杭
云海天涯两杳茫
何日功成名遂了
还乡
醉笑陪公三万场

不用诉离觞
痛饮从来别有肠
今夜送归灯火冷
河塘
堕泪羊公却姓杨

——苏轼《南乡子》

“你妹啊！”我一把摁着手柄按键，“这是一个刚恢复正常的神经病人应该有的游戏水平么？”

“是精神病人，请注意用词。”月饼扬扬眉毛，手柄往桌上一扔，枕着胳膊陷进沙发，“南少侠，你这半年还是‘吃嘛嘛都香，干嘛嘛不成’啊？”

屏幕显示的“103：36”比分格外辣眼，我关了电视，眼不见心不烦。想想刚进门的时候，月饼装作没恢复大唱“小尼姑”，我就来气，月野四人不告而别更是让我心里堵得慌。

要不是月饼一时良心发现不再演戏，我差点没瘫地上。

“月无华，你丫老实说，这半年到底干吗去了？”

月饼摸摸鼻子，端着唱大戏的架子，清了清嗓子，拖着腔调：“此事说来话长哇……”

听到京剧腔我就头大，恨不得拿针线把他的嘴缝上：“敢不敢简明扼要？”

月饼“嗯”了一声，沉默片刻，点烟，吐烟圈，长吁口气：“兄弟，谢谢你。”

我心说总算听句舒心话了，顿时浑身舒坦，游戏输了67分这事儿也就没那么闹心了。

“虽然你没我帅，也没什么本事，遇事冲动，又馋又懒没人生追求，”月饼慢吞吞地碎碎念，“这次‘白发石林’还算马马虎虎，没给我丢脸。嗯，干得漂亮！”

我这舒坦劲儿还没过去，又是一口闷气郁结于胸，有这么夸人的么？

“月无华，早知道我就不该去石林，直接把你送精神病院，”我夺过他嘴上的烟狠狠嘬了一口，“就你这张破嘴，一天不给你十次八次电棍都不解气。”

“还记得死兆星么？”月饼起身拉开窗帘，望着北方的夜空，“说到底，你还是去了石林。半年前我决定不让你涉险，自己解决‘白发石林’事件……”

以下是我通过月饼的讲述进行了整理——

两年前，月饼早我几个月接到老馆长的联系，本来不当回事，老馆长一

句“事关你和南晓楼的身世”，说不得也要去一趟。

通过和老馆长的面谈，月饼了解了“异徒行者”的来龙去脉（详情见“白发石林”第四节）。促使他真正下决心和我接受“异徒行者”任务，除了探究真正的身世，还有更深层次的原因。

“异徒行者”候选人或者继任者，如果没有参与选拔，半年内轻则身败名裂，重则家破人亡。至于具体原因，老馆长没有明说，只是用“这是一个千年诅咒”随口带过。

此事虽然蹊跷诡异，月饼却不是很相信。诅咒这玩意儿又不是病毒扩散，还能要多少有多少？

可是随后，几批候选人拒绝这件看似扯淡的事儿，受到了不同程度的影响，其中一个颇有知名度的候选人甚至突然精神错乱，家中自杀。

月饼这才意识到事情的严重性。诅咒真成立，我必然会受到影响；诅咒是暗中有人策划，我还是会在不明所以的情况下出现危险。而且，他隐隐感觉到，所谓的众多候选人其实是个幌子，“异徒行者”只能由我们担任。

为了探明幕后真相，他对我隐瞒了一部分事情，撺弄我共同接受了任务。

其实换个角度想想，我在古城图书馆破阵，分明是针对我最擅长的能力进行的安排。

半年前，我们在“夜哭郎”事件中都看到了死兆星，月饼举止很奇怪，是因为老馆长曾经看似无意中说起过一件事——异徒行者见死兆星，一人在两个任务内有可能出现不测。如果任务与“火”“土”有关，那么死兆星的诅咒必然应验。

在鄂尔多斯鄂托克旗境内的千里山完成“黄金家族”任务后，线索图出现，暗示新任务在石林。月饼想起老馆长聊过一件事——自古以来，但凡任务出现在石林，从未有“异徒行者”完成过，而且执行石林任务的异徒行者都会出现极其诡异的变化，要么变得疯疯癫癫，要么急速衰老死去。原因不明，只知道历代口口相传，石林任务由文族设置，必须精通戏曲书画之人才有可能完成。

死兆星诅咒和即将到来的石林任务联系到一起，就绝不是巧合。月饼意识到这个任务的危险性，故意找个借口争吵把我赶走，周游各地学习戏曲书画，准备充足才独自执行任务。

他在石林并没有遇到那对情侣，却折在了祥博那个“方便面和煲汤”的问题。月饼感觉到自己迅速衰老，举止出现了女性化的异状。月饼太了解我了，如果我知道这件事情，肯定会来石林执行任务。于是他用蛊术控制住异变，强撑一口气来到我居住了半年的城市，提醒月野他们对我绝对保密……

他想到了月野再怎么守口如瓶也会原原本本告诉我，却没想到我居然完成了任务。他恢复意识，身体复原，推知我已经完成了历代“异徒行者”都没有完成的“石林任务”，而月野四人决定各自回国重归普通人的生活。

这个决定不难理解。经历了那么多诡异事件，又以正常人的记忆生活几年，突然得知这几年的人生其实并不是真实的人生，换任何一个人都很难接受。帮助我们完成支线任务，纯粹是多年友情和“九尾狐轮回”事件使他们重获生命的感谢……

二

月饼果然是说来话长，听得我抽了大半盒烟。

虽说对月野他们的决定有些遗憾，可是想想每个人都有选择自己人生的权利，干吗一定要用友情之类的道德感绑架对方做不喜欢做的事情呢？遗憾归遗憾，尊重对方的选择就是尊重彼此的感情。

“我这也算是‘前无古人，后无来者’咯？”我顿感信心爆棚，“完成了不可能完成的任务。”

“瞎猫，一辈子总是能撞上一两只死耗子。”月饼摆弄着我从石林带回来的木鼠，“南少侠，过往的事情就算是翻篇了，以后不许没事儿就拎出来当正经事儿说两句。”

“月公公，你这话说得就没道理了。”我抽烟抽得嗓子干渴，满屋找水，“明明是你一言不合就自己冒险，还不许我吐槽啊？”

月饼从沙发底下拎出几瓶啤酒，拇指一弹，开了瓶盖：“干了这杯酒，我们还是朋友。”

“咱们不是朋友，”我仰脖灌了大半瓶，抹着嘴角的酒沫，“明明是兄弟。”

“嗯。”月饼使劲眨着眼睛，“南少侠这半年烟量见长，熏得眼疼。”

我故意狠狠抽了口烟：“蛊族最强的男人居然会被烟雾熏了眼？”

“蛊族又不是以烟量排资论辈。”月饼摸摸鼻子，“南瓜，了不起，谢谢你！”

我再没说话，只是继续仰着脖子把剩下的酒灌进肚子，如果不这样做，眼泪会落下来。

这一生，一辈子能遇上一个人，你说上半句他能接下半句，在危险的时候首先想到对方而不顾及自己的生命，有多难？

还好，我和月饼，遇到了彼此。

“所以，下一个任务是什么？”我戳着木鼠的脑袋，想到那个土豪的熊样心里就膈应，“会不会和这只老鼠有关？”

月饼摸出一张满是乱七八糟线条的图纸：“这是任务原图，你回来的路上我一直在琢磨，始终没有头绪。”

我接过图纸，凌乱的线条根本没有规律可言，很有些毕加索晚期抽象画的意思，完全参不透线索是什么。

我看了半天也没整出个所以然，百无聊赖地扳动着木鼠的爪子，突然，木鼠左后爪居然让我拧动了，体内传出“咯噔咯噔”的机关声。我又试了一下，那根爪子像是给手表上弦的拨轮，越转越紧，“咯噔”声更是响如爆豆。

“嘣！”木鼠从脑袋裂到尾部，露出一截蜡封的竹筒。我正要伸手拿，月饼喊了句“小心”，抢着拿到手里，放在鼻尖闻了闻，用火机烧化蜡油，拔开塞子，一股松香、薄荷混杂的气味飘出，呛得我鼻子痒痒的。

月饼拿着竹筒往外倒，没有流出想象中该有的液体，反倒是气味越来越浓。而铺在桌面的那张图纸，原本乱七八糟的线条多了许多虚线，由浅到浓。大约十分钟左右的时间，图纸出现了一幅画面：乡村田间，行人面色悲戚，手拎祭品，走向极远处有几处孤坟。一个书生打扮的人，拿着酒瓶向骑牛牧童问路，牧童指着一片杏花盛开的村落。

“清明时节雨纷纷，路上行人欲断魂……”月饼右手握拳探出。

我和他击了一拳："借问酒家何处有，牧童遥指杏花村。"

月饼扬扬眉毛："南少侠，有没有兴趣去山西尝尝刀削面？"

"我倒很想喝几杯杏花村的正宗汾酒。"我打着哈欠把钥匙丢给月饼，"你开车，我从云南回来还没合眼睡一会儿。"

月饼从衣橱拽出背包，一排桃木钉别在腰间，打了个响指："走！"

我忽然觉得很感动，时隔半年，我们，又要出发了。

We are back!

三

"月饼，咱是不是来早了？"我苦着脸捧手呵着热气，还是冻得直哆嗦，"杏花开在四月清明，咱这九月底来，难不成要等半年？"

月饼倒是很有雅兴，走走拍拍发个微博："既来之，则安之。做人一定要有耐心。"

"我可没你那么好的兴致，为了完成石林任务还特地学了半年琴棋书画。"我缩着脖子跺着脚，"怎么才九月底，就冷成这样？"

从我暂居的城市到山西汾阳也就是个跨省高速，月饼车技没的说，一路开得风驰电掣，我昏头睡了一觉，再睁眼就到了。

汾阳位于山西腹地偏西，位于吕梁山东麓，虽然面积不大，历史却极为悠久。春秋时期的晋国，战国时期的赵、魏、韩三国，就是如今的山西，故此又称为"三晋"，自古便属于人杰地灵，民风豪迈之地。

提到山西，第一印象首先是煤矿和挥金如土的煤老板，不过这都比不上汾阳的名气。古时汾阳称为"秦晋旱码头"，是陕西进入中原的重要城镇。汾阳不仅交通便利，更是全国著名的"酒都"，汾酒、竹叶青产地，中华名酒第一村——杏花村就在汾阳。盛唐时期，这里以"杏花村里酒如泉""处处街头揭翠帘"成为酒文化圣地，杜牧一首《清明》更是给杏花村做了流传千年的广告。

然而，如同"骑着白马的不一定是王子，有可能是唐僧"一个道理，或许是来的时机不对，也有可能是到的地方不合适，杏花村别说杏花了，连棵杏树都没见着。

取而代之的是一些仿古建筑和现代化气息的小城，呼啸而来的汽车和钻缝而过的电动车比比皆是，要不是满是城市味的空气里多少还透着些许酒香，真难想象这就是闻名遐迩的千年酒都。

我正感慨着“时代进步到底是文明的进步还是对文明的毁灭”，月饼看了看天色：“雾霾没那么严重，这种冷有些不正常。”

山西煤业发达，带来的不仅仅是经济发展，随之而来的还有严重的雾霾天气。自打下了车我就没见过太阳，眼前灰蒙蒙一片，喘口气都觉得肺里塞了二两灰，毛毛刺刺的，很不舒服。

月饼这么一说，我才回过味儿，打开手机看了看温度，20.5℃，虽然温度不高，可也不至于冷得冻骨头。

“雾霾天气，人不见影，”月饼摸了摸鼻子，“呵呵，很适合阴人阳走。还记得后街饭馆么？”

我心里一动，想起上大学时遇到的一件事——

大一的时候，连续一周特大雾霾，我都快蔫成缺少光合作用的植物，整天无精打采。要不是月饼实在太懒每天催我打饭，我宁愿饿着也不想出门。

这天我去学校后街饭馆子要几个小炒，捎几瓶二锅头准备祛祛寒气，估计是来得比较早，馆子里还没有顾客。我点了餐，闷头玩手机，忽然感到遍体发寒，我以为老板把空调开成了冷风，抬头一看，空调压根没开，倒是身旁不知什么时候多了一桌人。

那桌一共五个人，男女老少看着像一家子，坐得板板正正，面色白得就像泡过一样，脸庞浮肿，眼睛眯成一条缝，似乎很怕灯光。老板多少有些势利眼，看他们点的菜多，就先连珠炮似的先给那桌人上了菜。

我本来没当回事，只是那几人着实太扎眼，忍不住多看了几眼。看到满桌的菜品，我才觉得有些不对劲。这大冬天的，哪里有点一桌冷菜的理儿？

更奇怪的是，这些人不用店里的筷子，变戏法似的一人一双极长的筷子，年长那人先下筷把盘里的菜夹了个遍，其余人才开始动筷。这些人用筷子的方式很独特，并不是惯常的一根动一根止，而是剪刀状交叉夹菜。

中国有许多传统古文化，流传至今已经很少有人知晓来龙去脉。比如筷子的标准长度是七寸六分，代表人的七情六欲。一双筷子分别代表太极阴阳，使用时活动的一根为阳，不动的一根为阴。拿筷子吃饭是控制七情六欲，起到阴阳相济的效果。

想明白这一层，我顿时冒了一身冷汗，偷偷瞄着他们脚下，屋子里虽然日光充足，可是影子淡得几乎看不见。

我遇到了“阴人阳走”！

所谓阴人，为横死之人，怨气不散，于死地三丈六尺范围内飘荡。此地若阳气充足，阴气不能成形；若阳气不足，阴气大盛而化成人形，做生前最后一件正在做的事情。但是阴人不能接触阳气之物，比如筷子（与嘴接触故阳气足）、鞋子（涌泉穴为脚底阳气之根本）等物品，只能用阴物代替。这种特别长的筷子，称为“冥筷”，随死者下葬，意为“快离苦海，长此方休”。交叉夹菜更是阴人特有，意为“阴阳颠倒”。

阴人常出现于长期雾天、人烟稀少、无月之日的子时这几种阴盛阳衰的时段和地点。这几天特大雾霾，正好给阴人提供了最好的时机。

我小炒、二锅头也不要了，撒丫子就往寝室窜，结结巴巴讲了这件事，月饼这个千年之懒二话不说，穿裤子套衣服去了饭馆。那一家子阴人早已不见，倒是老板神色慌张往抽屉里塞着钱。我打眼一瞅，是一摞冥币，心里有了计较——这几个阴人是来讨债的。

回了寝室，我们查了不少资料，得知这个饭馆十几年前生意就很兴隆，结果半夜厨房失火，店老板一家五口葬身火海，尸骨无存。当晚厨子回乡探亲，躲过一劫，回来后重建饭馆，接手了生意。

这件事虽说轰动一时，却没有人为的纵火痕迹，时间久了就不了了之。

而现在的店老板，就是当年的厨子。

我们觉得事有蹊跷，半夜又摸回饭馆。透过窗户望去，餐厅摆放财神的台位换了五个灵牌，店老板烧着纸钱念叨着“当年如何财迷心窍，临走时打开煤气开关，在灶台抹了白磷，造成失火假象。请这一家五口原谅，赶紧托生，不要总是在阴天、半夜出现”云云。

月饼用手机录了视频，当晚找了个办法送到警局。店老板被抓时，居然面带微笑，说了一句意味深长的话："总算解脱了。"

警方自然不相信"阴人讨债"之类的无稽之谈，认为店老板常年承受巨大压力导致精神出了问题。倒是学校流传起"饭馆闹鬼"的段子，校园网还专门开了个讨论帖，同学们讨论得口沫横飞，绘声绘色，仿佛都是亲身经历。

可惜的是，经此一事，这家饭馆再没人敢接手，慢慢破落荒废了。

四

书归正传——

想到"阴人阳走"，我打了个哆嗦，愈发觉得这种寒气像是阴气入体。也许是心理作用，再看来往行人，影子缩成一团跟在脚下，个个都像阴人。

"月饼，这里别不是一座鬼城吧？"

"南少侠，你是写书把脑子写糊涂了，还是联想太丰富？"月饼瞥了我一眼摇头叹气，"就这么点胆子，我真怀疑你到底完成'石林任务'没有？"

"没完成你现在能好？"我干咳两声，"别说是阴人，就算是鸟人，但凡敢出现，我也折了他的翅膀。"

"阴人，确实有。"月饼抬下巴点着街对面的女子，"喏，那不就是么？"

我紧张得肝儿颤，下意识后退两步，这才意识到失态，假装系鞋带避免被月饼耻笑，顺便打量着女子。

背影看去，女子身材高挑，长发及腰，穿着一件青花白绸修身连衣裙，好身材包裹的有前有后。走路姿势更是婀娜，屁股左扭右摆，都快甩掉了，引得行人纷纷侧目，有辆车还差点追尾。很有王祖贤、张曼玉饰演的《青蛇》中初化人形，在河边扭臀走路的风骚劲儿。

虽然看不到面貌，想来差不到哪儿去。我脖子都快伸断了也没看到她的正脸："观相知人。女子倚门而立，眉目含春，慢走摇臀，不是小姐就是小三啊。怎么可能是阴人？没想到不动尘心的月公公居然好这一口。"

"好这口的是你吧？"月饼摸出一枚桃木钉，对着指尖扎下，桃木钉像医院验血用的吸管，把血液吸了进去，通体透着暗红色，“看她的头发。”

女子走得依旧妖娆，时不时摆弄头发，生怕被忽视的作态。按照常理，头发应该很自然地飘起散落，可是她的头发却像一块蘸饱了水的黑布，厚厚一坨根本没有散开。

“发为人之气”，阳气足而发浓盛，阴气足而发稀疏。中国自古就有男女蓄发的习俗，一是应了“身体发肤，受之父母。不敢毁伤，孝之始也”的孝道，更深层的含义是由此判断此人是否阴阳协调，或者是别的什么异物。直到清末民初的几次新锐运动，几千年的习俗才算是告一段落。

这几次运动虽说是革了男人的头发，女人的蓄发风俗却未改变。虽说女子留长发确实好看，这里面还有个更古怪的说法。自古以来，异物、阴气多以女子形象出现，头发是气之根本，若阴气足，头发被阴气凝结，浑若整体，古人由此判断女子是否正常。

这个女子的头发显然充盈阴气，月饼由此看出她是阴人。

“准备用阳血桃木做了她？”我联想到月饼一桃木钉攮过去，女子嘶叫挣扎，衣服化成寸寸碎片，口鼻冒出灰气，直至灰飞烟灭。说不定有那么几秒钟时间还能看到女子身体，大为兴奋。

“色迷心窍了？”月饼把桃木钉别回腰间，摸着鼻子微微一笑，“满大街都是人，这会儿动手不出一分钟，咱俩就在网上火了。”

我被月饼看穿心事，老脸一红：“多少人想当网红还没机会！”

可能是我们俩说话挺大，女子似乎听到了，转头看了过来，容貌果然惊世艳俗，眉目间满是春意，葱嫩的食指轻佻地勾动，荧光粉色口红勾勒的略厚嘴唇极为魅惑，似乎在对我们说：“来啊……来啊。”

我看清女子模样，如坠冰窟。虽然温度阴寒透骨，可是我此时体会到的冷，却是从五脏六腑散出，几乎把血液凝固。

“既然邀请，那就不推辞了。”月饼扬扬眉毛，打了个哈欠，“南少侠，冷静点。她再漂亮也是阴人，和咱不是一个族群。”

“她……她……她是……”我牙齿打着战，开始怀疑那段经历的真实性。

她，怎么会在这里？！

五

“她是‘白发石林’里和祥博融进恋人石的女人？”月饼目送女子风姿摇曳地扭过街角，“没有看错？”

“月公公，别看我眼睛小，见到漂亮女人绝对能自动存档，”我脑子乱腾腾有些头晕，“我是不是中了‘魅音真言阵’的幻觉？石林经历到底是不是真的？”

“肯定是真的，要不然我怎么恢复正常的？”月饼指着自己的脸，“她是阳人，她是阴人。也许是她曾经来过汾阳，误入阴气重的地方，两气交融，使她变成了她的模样。”

月饼说的两个“她”，换作外人肯定不明所以，我倒是听得明白，这个解释有几分道理，可是我还是觉得不对劲。自古以来，确实有某人进入邪魅之地，体气影响了此地的阴祟，使之变成这个人的相貌出现在人间的例子。可是阴祟化人，必须天道、地境、命格、时辰、两气完全相符的一刹那才能出现。这种概率比“地铁靠着陌生美女打瞌睡，女孩很善解人意一动不动任由你睡”的可能性还小，偏偏都让我碰上了，这不是扯淡么？

“难不成我和她前生有一段情缘，今生来还？”我觉得这个解释道挺合理。

“南少侠还真会往脸上贴金。这话让祥博听到，恋人石保证变成飞来石砸死你——跟上去瞧瞧不就明白了。”月饼慢悠悠倒是不着急，走了几步突然顿住脚，喃喃自语，“前生……今世……”

“她是她的前生，她是她的今世？”我懂了月饼的想法。

“石林！祥博是文族，留下线索是杜牧的《清明》。诗里指出的任务地点是杏花村……”月饼摸了摸鼻子，“南瓜，我一直在想，为什么是你解决了从未有人完成的‘石林任务’？这个由文族设置的任务，必须精通戏曲书画之人才有可能破解。我为此学了半年，还是中了招，偏偏你去了遇到所有应该发生的事情。只能说明……”

“小爷注定是站在历代异徒行者食物链最顶端的男人。”我做舍我其谁状。

“只能说明你运气确实挺好。”月饼扬着眉毛“哈哈”一笑，“南瓜，我是蛊族，你是什么族？”

说到这个我心里就不得劲。一个孤儿院长大的孩子，最羡慕的不是名车、豪宅、时尚品牌，而是父母骑着破自行车，孩子坐在后座指着路边的KFC：“爸妈，我要吃。”

平常人最简单的生活，却是我最向往的幸福。月饼虽然也是孤儿，但好歹是由蛊族抚养长大，他有保护他的哥哥阿普，还有曾经深爱的阿娜。而我没有遇到月饼之前，只不过是一个“死在家里可能都没人发现”的孤者。

我虽然很不痛快，嘴里倒是没闲着：“汉族！”

月饼察觉到我的情绪，递过来一根烟：“能破解石林任务，写小说，这都暗示你是文族。杏花村，或许藏着文族真正的秘密。而你，是解开这个秘密的钥匙。”

“觉得我头大身子窄就明说，不用指桑骂槐说我像钥匙，”我快走几步拐过街角，“再不跟上去锁眼都找不着，我白长成钥匙了。”

“善于自嘲是探险人生必不可少的性格优点啊。”月饼下了结论。

六

每次遇到危险，我和月饼喜欢相互斗嘴，既能舒缓情绪，也能使隐藏在暗处的敌人放松警惕。可是，这一次，当我们转过街角，看到的情景完全没有心情斗嘴。

这条城市里常见的老街并不起眼，逼仄的街道两旁，矮小的老房保留着现代化城市难得的历史感，青瓦房檐生着一层厚厚青苔，斑驳破旧的木门贴着残破的对联，几个半大小孩蹲在门前掷石子耍得开心。

灰蒙蒙的雾霾就像一块厚帘布覆盖着整条街道，那个女人早已不见，行人们拖着脚走得很缓慢，时不时有人问孩子道路，孩子笑嘻嘻地指着远处……

那几个孩子脸色赤红，眼球蒙着一层薄薄的白膜，两条眉毛延伸至头发鬓角。其中一个孩子抬头看着我们，脖颈“咯噔咯噔”作响，咧嘴一笑，牙齿残缺漆黑，舌头糊着一层青色舌苔，干裂的舌纹像是舔了一块蜘蛛网。

“吞下去。”月饼摸出两粒黑不溜秋的药丸，递给我一颗，“居然遇到了鬾。”

古人把不干净的东西分成二十四种，分别是“魑、魅、魍、魉、鬽、魁、魃、魈、鬾、鬿、魪、魆、魊、魋、魌、魉、魐、魒、魓、魕、魖、魆、魋、魖”。“鬾”是传说中的小儿鬼，由横死的幼儿化成，每百年才长一岁。

这几个孩子十岁出头的年纪，推算起来，大概死于唐朝。

我打了个冷战，后悔雾霾太大，没有看方位就冒冒失失闯进这条街。

每个城市，都会有一些不起眼的街道。误入这些街道的人，或神志恍惚、或心情暴躁、或心情郁闷，有些体质敏感的人还会看见许多奇怪的东西，脑海里出现乱七八糟的画面。

其实之所以会出现这种现象，是因为这类街道，一般都是居于城市阴气最重的西北角。如果在建造城市的时候没有针对这个方位进行特殊的处理，则会变成阴气滋生的地方。阴气最凶煞的街道，不干净的东西极易成形，称为“阴街”，多是千百年前出现过大规模屠杀，怨气不散聚于此地形成。阴阳相吸，越是阴气重的地方，越能吸引常人前往。许多城市有名的小街，多是由此改造而成，当然经过了堪舆格局的重新布置。

稍微懂点堪舆格局的人，遇到这种街躲都来不及。我们倒好，一头撞进来了。

我接过药丸囫囵吞下，慌乱中卡在嗓子眼，辛辣的药味顶得鼻涕眼泪哗哗直流，抻长了脖子才咽进去。

“你就不能嚼两口再咽？”月饼摸出几枚桃木钉，“还没收了鬾先把自己噎死不打紧，浪费了蛊族秘制的‘祛阴蛊’那就很尴尬了。”

我捶着胸口使劲喘气：“千万别说配方，我后半生还想好好吃口饭。”

月饼扬扬眉毛，桃木钉夹在指缝像金刚狼的爪子，走向小孩们：“知我者，南瓜也！我正准备说，既然这样那就不说了。南少侠掠阵，待孤收了这几只魃，痛饮杏花村。”

我心说月无华你丫能正经点不？学了半年大戏，说话都不正常，满嘴戏文很好玩啊？

不过看他表情轻松，我心里多少有了底，胆气也壮了，满脑子回忆书里看来的收魃手段，待会儿也好露两手。

“客官饮酒么？”年龄稍大的孩子蹦蹦跳跳跑到我们身边，歪着恐怖的脑袋，白膜覆盖黑眼球透着一丝天真，声音更是清脆干净，“喏，往前走就是杏花村。酒娘在那里等你们。”

月饼愣了片刻，桃木钉别回腰带，蹲身摸着孩子乱糟糟的头发：“酒娘是谁？”

“酒娘就是酒娘啊，千百年来大家都这么喊她。”孩子挠着后脑勺“嘿嘿”笑着，脸颊深陷两颗酒窝，干巴巴的脸皮皲裂出条条细纹，“噗”地一下破裂了，露出塞满烂泥的牙床。

孩子慌忙抽回手从地上挖着泥土往脸上糊着，手指缝里满是挠头抠下来枯发、暗黄色头皮。直到把脸颊的肉窟窿填好，才内疚地拧着衣角：“对不起，对不起……惊着客官了。酒娘说遇到行人问路，不能多说话，不能笑，要不然会现出本相，会被当成怪物打死。你看，那年有个行人口渴讨碗水喝，我见那人和善，多聊了几句，鼻子裂了。他一刀砍中脖子，这道疤，可深了。要不是酒娘救了我，早就活不成啦。”

孩子稍微扬起脖子，一道蜈蚣形状的伤口从脖颈延伸至喉结，森森白骨刺棱着骨茬，看得我的脖子都隐隐作痛。

不知道为什么，我的鼻子很酸。自古以来，常人谈鬼色变，可是谁又能想到，这只魃却这么害怕人类。很多人都说鬼有多么恐怖，真能见到鬼的又有几个？反倒是许多人，内心住的那只鬼更可怕。

“小朋友，愿不愿意像别的孩子，能在阳光底下做游戏、上学，有爸妈疼，慢慢长大结婚生孩子？”月饼勉强挤出一丝微笑，桃木钉偷偷扣在掌心。

“当然想了，”孩子毫无防备地拉着月饼的手，“酒娘说遇到那两个人之前，我们只能当接引者。有时候我们也会躲在街口偷看，可羡慕那些小朋友穿得很漂亮，牵着爸爸妈妈的手呢。”

我想到月饼要做什么了，心里堵得难受：“月无华，别这么做。”

“舍、离、断，得、自、在，”月饼一字一顿，举起桃木钉，顺着孩子后脑刺入，“他们这样活了千年，更苦。不如早转生，哪怕只有几十年生命，也足够了。”

我默然，不知道该说什么。大爱，无慈无悲。只有放下，才能得到。

月饼这么做，是对的。

桃木钉没入孩子后脑，钉尖刺穿枯朽的死皮从前额穿出，骨屑如同粉尘撒落。

“哥哥，我好疼，好久没有疼的感觉了。”孩子没有一丝痛苦，反而面带一丝微笑，“我好像又是一个人了，只有人才会疼，对么？”

一缕灰色阴气，从孩子额头刺口飘出聚在头顶。随着阴气越聚越多，孩子身体越来越瘪，直到阴气飘尽形成一尺长小人形状，孩子只剩一张皱巴巴的人皮，乱糟糟堆成一团。唯有那双眼睛，骨碌碌滚个不停，白膜早已不见，黑色瞳孔分外透亮。

在孩子消失的一刹那，我看到了他原本清秀的脸。圆嘟嘟、粉嫩的脸蛋，弯弯的眉毛，两颗深深的酒窝漾着笑意。

“南瓜，该你了。”月饼走向那几个孩子。我看到他的眼角很湿。

眼为气之精，毁眼才能灭气。我取出银针，迟迟不忍扎下去。漆黑透亮的眼睛如同一面小小镜子，映着我哆哆嗦嗦的手指。

我咬着牙向下压着手腕，针尖一点点刺进瞳孔，一汪黑水如同糨糊，缓缓淌出，最后一丝阴气终于融进了人形阴气……

那几个孩子，也被月饼散了阴气，只剩几双眼睛。

我木然地挨个刺破，心脏疼得好像也被银针扎了进去。短短几分钟，我大口喘着气，默念往生咒，仿佛经历了一个世纪那么漫长，冷汗浸透了衣服。

“来生，记得这两个哥哥。”月饼双手合十，对着几道阴气拜了几拜，“我们带你们吃肯德基。”

人形阴气似乎听懂了我们说的话，抬起小手挥动，越来越淡，终于融进了这片无边无际的雾霾。

一缕阳光透过阴灰的天空，斜斜射下。温暖的清风从街口吹进，雾霾瞬间散尽。

这条阴街，亮了。

酷似石林女子的女人，站在街中央一处旧房门口，横匾龙飞凤舞着“杏花村”三个大字，浓郁的酒香从院里飘出。

“酒娘这厢有礼了。第一个孩子，是我的儿子，他不知道我是他的母亲。为了几百条冤魂能够解脱，我眼睁睁地看他受了那么多苦，被常人伤了他那么多回，只能在最后时刻救他。但愿他来生，不要投胎给像我这样的母亲，”酒娘美目笼着一层雾气，轻轻叹着气，“千年了，终于等到‘文蛊手足’。只有你们，不是因为恐惧、憎恶伤害他，而是为了他好才这么做。也只有你们，才能破解杏花村的诅咒。”

我几乎不相信我的耳朵。她的声音，居然和石林女子的声音完全相同。

她们，根本是同一个人！

酒娘转身，款款回到院内，不多时院内欢声笑语，锅碗瓢盆、板凳摆放、架柴生火声不绝于耳。勾人口水的高汤面香浓得化不开，许多行人顺着香味走进阴街，议论纷纷，眼睛放光，吞着口水涌入院内。

“南瓜，还记得那首《清明》么？”月饼微微皱眉，注视着食客们，“据考证，这首诗有可能不是杜牧所写。如果不是，那么写诗人的目的是什么？倒是很像留给世人的线索，引诱人们来到这里，就像咱们的任务线索。”

清明时节雨纷纷，路上行人欲断魂。借问酒家何处有，牧童遥指杏花村。

我心头一凛！方才发生的一切，除了清明时节有偏差，剩下三句诗，不正是我们的经历么？换个角度想，如果“清明时节雨纷纷”只是指天气而不是指节气，那就全对上号了。

酒娘说的那番话，又有什么含义？她到底是谁？

“酒味儿不错，面香扑鼻，老汤熬得够火候。”月饼吸着鼻子闻了闻，“敢不敢尝尝正宗杏花村和刀削面？”

“再危险的事情也挡不住一颗吃货的心。”我嘴上这么说，手里没闲着，军刀、银针、火机都放在能最快摸出来的口袋以防万一。

“你那颗吃货心早被猪油蒙住了，正好吃碗面条刮刮油。”

“滚！刮油要喝普洱！”

七

院落从外面看并不起眼，谁承想别有一番洞天。起码三百多平的院子摆着三十多张原木桌子，食客们坐着木头方椅，叫好声不绝于耳。

酒娘不见踪影。院中央，穿着白麻衣、黑色粗布裤子的中年人蹬着单轮轱辘，头顶一坨面团，双手挥着弧形削刀正在削面。随着叫好声越来越响，中年人双臂舞动如同两团旋风，直至化成两团淡淡的影子，根本分不出哪是胳膊哪是弧形削刀。一条条长短厚薄几乎完全相同的面片从他的头顶飞出，在空中划出一道弧形白线，如同流星赶月准确地落进身前三米的铁锅。更妙的是，面片落水根本没有溅起任何水花，像一条条灵活的白鱼，就这么无声无息地入水，在沸腾的铁锅沉浮翻涌。

铁锅热气蔚然，升腾着团团白色水雾，水泡“咕嘟咕嘟”冒个不停。

我对各地民俗很有兴趣，这种刀削面的做法有个俗称“灵猴献寿”，古时只有大户人家的尊者过生日才能见到。山西太行山产猴，耍猴人捕幼猴训练，表演猴戏混个糊口钱。一位侯姓面师傅看了猴戏心有所悟，模仿猴子蹬车，头顶寿面，苦练十余载，削断了两个手指、半个耳朵，头皮、脸部更是伤痕累累，才独创出这门绝技。

面师傅本就姓侯，脸上刀疤累累活脱脱个猴脸，只在庆寿时施展，故此称为“灵猴献寿”。

侯师傅名声大噪，闻名而来的求学者络绎不绝。不过这门绝技着实难学，危险性太大，选徒有“天秃、个矮、品端、指短、腰细、腿弯”六大苛刻规矩。久而久之，这门绝技竟然失传了。

现今也有面师傅根据古法苦练，可惜只能学其表而失其魂，终归是个表面功夫。

没想到，在这条阴街，这间诡异的“杏花村”饭馆居然能遇到，也算是一件幸事。

“别光想着收集素材，”月饼拉着我拣地儿坐下，“正事要紧。”

“光天化日，朗朗乾坤，这么多人在这儿，我就不信酒娘能闹出什么幺蛾子。再说酒娘那么漂亮，肯定不是坏人。”

“食色，性也。”月饼摇头叹气，“南少侠活得挺真实啊。”

我正想回两句，只见面师傅将最后一块面团削进锅，光秃秃的脑袋没有丁点儿面痕，双腿弯曲绷直，从轱辘上跃起，空中翻了个180度，眼看着就要脑袋着地，食客们“啊”地惊叫。面师傅双臂探出，用削刀顶着地面，拧着麻花腰又转了180°，面不改色心不跳地站稳，双手持刀抱拳揖了个圈。

炸雷般的叫好声轰然而响!

这个动作实在惊险漂亮，力度、时机拿捏得分毫不差，月饼都忍不住鼓掌喝彩。

酒娘从院北的矮房推门而出，笑盈盈地环视一圈，眼波顾盼留情，食客们顿时鸦雀无声，都有种“酒娘看我了”的欣喜。

“今天小店开业，咱也不搞剪彩放鞭这些营生，”酒娘清清嗓子，普通话标准得就像空姐的服务提示音，“承蒙各位捧场，赏完面师傅手艺，再尝尝刀削面，还有陈了二十年的杏花村。今儿全部免费，要是好吃好喝，欢迎常来。伙计们，起面上酒。各位少安毋躁，稍等片刻，过会儿还有傀戏助个兴。”

此话一出，食客们几近癫狂，巴掌都快拍烂了。我和月饼对视一眼，没有吭气。

这里，居然有傀戏?

那是只有阴人才能表演的阴戏。

八

店伙计抬着漏勺从锅里舀面扣进粗瓷大碗，另外几个伙计往面里加着卤汁、臊子、鸡蛋卤子、时鲜蔬菜，一碗碗香气腾腾的刀削面流水般摆到桌前，瓷坛泥封的酒坛子拍开封口，更是香气浓郁，闻之垂涎。

食客们齐声欢呼，拿着长筷大快朵颐，吃到兴起就着杏花村，好不痛快!

“不能吃。”月饼挑起一根面条，凑在鼻尖闻了闻。

白嫩细滑的面条裹着卤汁，根根最正宗刀削面的六分长短，油嘟嘟的煞是馋人。绿的菜、黄的蛋、红的辣子、些许陈醋，更是将一碗面装饰得花团锦簇，要多好看就多好看。尤其是臊子，肉丁粘着油珠，浑似一颗颗晶莹剔透的珍珠，香味更是独特，浓而不腻的香气顺着鼻腔进入口中，还没吃就已经满嘴生津。

我苦着脸狂咽口水："这么多人在吃，肯定没问题。咱就稍微尝尝？"

"阴人傀戏，凡所能见，九死一生。"月饼倒了杯酒，晃着酒杯，琥珀色的酒浆黏腻醇厚，酒香扑鼻。

我根本没有认真听月饼说了什么，怔怔地盯着酒面，心里就一个念头，我要吃好吃的，喝好喝的！

现在想想，当时的状态非常奇怪，如果不是月饼几句话点醒我，可能再没有机会把这段经历记录下来。

"知道最高深的蛊术是什么？"月饼摸出桃木钉，对着我的太阳穴刺下。

强烈的酸痛如同一溜火线，顺着脑袋烧到心脏。我疼得险些坐倒在地，就这么几秒钟时间，忽然清醒了。

刀削面、杏花村依然喷香诱人，却再没有之前那种致命诱惑力。

我刚才怎么了？

"蛊术分为虫、草、人、物四大类，细分为108种蛊，每一种练到极致都会有惊人的作用。"月饼的声音好像很远，又仿佛就在耳边，"然而最高深的蛊术和这四类无关，存在于普世，就是食、色。"

"美食、美酒、俊男美女，对任何人都是致命的诱惑，沉迷其中必然心智迷乱，荒淫糜烂，丧失本我。在酒肉中稍微加几样调料，比如有些店会用罂粟壳子熬汤做料；或者在容貌上稍作调整，就像很多女人热衷整容化妆增添吸引力。多少英雄豪杰折在其中，商纣王宠爱妲己，酒池肉林，终日享乐导致亡国不就是个很好的例子么？"

"且不说那些大人物，普通人又有几个能顶住这些催发人欲的玩意儿？你看他们……"

我听得冷汗直冒。蛊族自古以来就是一场神秘的族类，蛊术更是谈及色变，没想到最能毫无察觉毁灭一个人的蛊术，居然是任何人都喜欢的食、色。

再细细一想，吃货们对美食近乎痴迷的热衷，粉丝们对偶像的亢热追捧，男人们对漂亮女人的迷恋追求，女人们对帅气男人的芳心暗许……

原来，最高深的蛊术，就存在于我们身边！

我们每个人，时时刻刻在接触这些蛊，稍不留神，就会深陷其中，不能自拔。

我有种莫名的恐惧感，再看那些食客，才意识到不对劲。

有些人假装吃面喝酒其实偷偷瞄着酒娘，眼中满是野兽般的色欲。有些人埋头大吃大喝，浑然不顾形象。有个白领打扮的女子，更是端着碗往嘴里倒着面，滚烫的汤水燎起嘴角一串水泡，女子毫无察觉，用衣袖摸着嘴角残汤，水泡挤破，黄水把妆容涂抹得乱七八糟，皱巴巴的白皮粘在嘴边。

女子拽下烂皮，在手里搓成小球，丢到嘴里“吧唧吧唧”咀嚼：“再来碗面。”

两个四十岁出头的男子满脸通红，打着浓臭的酒嗝，交杯换盏喝得起劲。其中一个男子鼻孔流着鼻涕和酒浆混合的黏液，伸出舌头舔进嘴里，咂吧着嘴眯眼陶醉。

同桌进餐的食客也不嫌弃，依然各顾各的。

整个院子，充斥着人类最赤裸裸的原始欲望。

“面里有这样东西。”月饼用筷子从碗底挑起一块类似八角大料，黑不溜秋指甲盖大小的东西，“山西刀削面，最有名的不是刀工，也不是和面手艺，而是臊子的制作秘方。这是牛蹄骨片，牛行于田间食百草，蹄骨缝夹着四季花草香味，百草顺着血液延伸至骨，是调滋勾味的好食材，高汤多用牛骨熬制也是这个原因。做调料最好的牛蹄骨，取自死了七七四十九天，存于地窖的牛骨。这种骨早被阴气泡透，更能扰乱阳气，使人失去常态，泡在酒里效果更好。”

月饼这么一说，我明白了食客们异变的原因，吃货的心早就被恶心填得满满的，只剩胃里翻江倒海。

“看看酒娘的面相，看相我不如你。”月饼把牛骨丢回碗里，冷笑望着酒娘，“知人知面不知心。呵呵，我还以为她是好人。”

我向酒娘看去，才发现她一直笑吟吟地看着我们，索性也没什么好躲闪的，来了个四目对视。

酒娘似乎察觉到我的用意，也不回避，故意仰起头让我看个清楚。我这才发现，她虽然和石林女子长得一模一样，却有一处微小不同。

她的右眼皮有一块不起眼的淡褐色漩涡状疤痕。我心里有了计较，眼为气之精，是人体收纳外气之处，眼皮的疤为漩涡形状，面相称之为“漩眼”，相当于龙卷风的风眼，增强了纳气的功效。

唯一不好的是，漩眼既纳清气也吸浊气。清气多则目明眸亮；浊气聚则眼袋明显。这种面相的女人对男人有致命的吸引力，根本无法抗拒。若女人命格不够硬，浊气多于清气，吸引的男子多为好色贪财、寡情薄意之徒，一生坎坷，命运多舛。除非遇到命格极硬之人，方能将浊气排出而清气大盛，遇事否极泰来，诸事皆顺。

酒娘对着我抿嘴一笑，指了指自己的眼皮，随即收敛笑容：“各位吃饱喝足，该看的也都看了，接下来请欣赏傀戏。”

“邦！”梆子声响起，酒娘身后的屋子忽地刮出一阵冷风，阴森森的“呜呜”声从内传出。窗户“扑棱扑棱”开合，一只人手从窗台向上慢慢伸出，苍白的手掌贴着玻璃，食指在玻璃上来回划拉，就着雾气写下了“我死的好惨”五个大字。

也许是气氛影响，食客们痴痴呆呆盯着那五个字，好几个人缩着脖子打哆嗦。有人过于害怕起身想走，站起来腿却软了，一屁股坐倒在地。那个吃得嘴角烂皮的女子更是夸张，半张着嘴，汤面顺着下巴流淌进胸口。

我瞅着那五个字越看越生气，月饼见我面色不对：“别受影响，精神凝气，好戏还在后头。”

我压低嗓音嘟囔着：“能不能专业点！就这么五个字还整错别字！‘死’是动词‘好惨’是形容词，明明是‘得’不是‘的’。”

“南晓楼，我真怀疑你这脑子里到底长了些什么？”月饼绷着脸强忍着不笑，“还有心思研究这个，你不也一堆错别字么？”

“我好歹也是个作家！虽然我也写错别字，可是就见不得别人写错别字！”

“杏花村百年开业一次，至今已经十一次。”酒娘双手展开呈半圆形，“每次都是你们这些人，我实在是厌倦了。”

屋里的“呜呜”声更加凄惨，木门“吱呀”开了条缝，一只枯瘦的手掌从门缝里摸摸索索探出。“咣当”，木门打开，两个长发拂面，身穿血迹斑斑白衣的男女趴在地上，双手扳着门槛向外爬着，身下是一条殷红的血迹。

“我死得好惨。”两人哀呼着抬起头，长发散到耳侧，露出没有五官，只有惨白人皮的脸！

九

这两张脸实在太过恐怖，食客们齐齐尖叫，仓皇起身，撞翻了桌子，碟、碗、酒坛碎了一地，一时间汤汁淋漓，酒水四溅。大家也不顾得疼，踩着满地碎碴子往门外跑。

“吃了阴宴，看了阴戏，已是半个阴人，还想走出这个院子？”酒娘眼中闪过一丝杀机，声音依旧轻柔好听，“你们很快就会记起千年前如何对待杏花村，继续看吧。”

一个五六十岁的老太太双脚快似风火轮，推开众人率先冲到门口，一看就是“广场舞生龙活虎，公交车浑身是病”的行家。当她跨出院门，鞋底闪出烙铁般的灼红，“嗞嗞”地冒着黑烟，焦臭扑鼻。

老太太惨叫一声摔倒在地，鞋底像贴膏药粘在地面，露出烫得焦黑，血肉糜烂的脚底板。

酒娘柳眉微挑，眉角挂着一丝煞气：“刘大妈，您还是好好地看戏吧。再往外走几步，整只脚都保不住哟。”

老太太捧着脚哀号：“我不是什么刘大妈，你认错人了。我……我叫张淑兰。”

酒娘再没搭理她，很优雅地拢着额前刘海：“请各位回座。”

食客们迟疑地看看门外，望望酒娘，一时间拿不定主意。

酒娘莞尔一笑，双手伸到脑后。轻微的“刺啦”声响起，头皮连带头发慢慢撕开，额头正中裂开一道连着细密肉丝的缝隙，从双眉顺着鼻梁一直延伸到嘴唇。

那张脸满是暗红色的肌肉，一条条如同蚯蚓般粗细，嘴角更是咧到耳根，巨大的牙床上下开合，“呼呼”漏风。

酒娘抬起那张恐怖的脸，没有眼皮的眼球几乎突出眼眶，环视众食客：“世间都以美为荣，殊不知你们看到的美貌，只是一张臭皮囊而已。可笑，可叹！”

“啊！我见过她！我见过这个场景……”人群中一个穿着性感，画着浓妆的漂亮女子失声喊道，“我在梦里见过，咱们……咱们都死了！”

写了这么多，其实就是一瞬间发生的事情。

我惊得手心满是汗水，女子的惊呼更是让我想起很久以前做过的一个梦境，许多隐藏在记忆里的暗线，渐渐明朗，串了起来。

十

记得小学学习杜牧的《清明》时，老师秉承着填鸭式教育“背、写、考”三大法则，要求学生熟练背诵默写，第二天进行小考。

我写完作业小十点了，背了几遍眼皮子开始打磕绊，书本砸脸直接昏睡过去。

然后，我做了一个可怕的梦——

荒无人烟的野地，一眼望不到头的坟包在杂草中若隐若现，寒风吹的枯树枝瑟瑟抖动，乌鸦缩着脖子无精打采地“呱呱”叫几声，扑棱飞起，钻进一处坟包的野洞，再出来时嘴里叼着一块枯骨……

我穿着古时的长袍，顺着羊肠小路往前走着，绵绵细雨如同一层细纱，使得眼前一切变得模糊不清，唯有牧童吹奏的牧笛声时断时续。

我不知道要去哪里，心里一片混沌，只知道跟着笛声前行。慢慢地，我身边多了许多失魂落魄的行人，晃着肩膀、僵直双腿加入追寻笛声的队伍。

有些人哭声悲切，闻之垂泪；有些人低声“呜呜”呻吟；有些人脚下打滑，摔倒在地；有几个女子抱着襁褓，眼泪“簌簌”落在婴儿脸上。

牧笛声愈发凄凉，节奏分明是送葬时的丧乐。我打了个激灵，心头一片清明，看清了周遭的事物。

那些行人的黄白色面皮如同罩了一层丧布，两只眼睛只有白色瞳仁，透着惨白色的幽光，时不时有蛆虫从眼角爬出，顺着扁塌的鼻梁钻进鼻孔，再从耳朵眼里钻出。摔倒的行人四肢仿佛没有骨头，反方向折断，骨茬从淌着黄水的烂皮里面顶出。那几个女子听到笛声更是举止怪异，双手插进头发拼命撕扯，任由襁褓掉落，滚出一具具黑瘦的小小干尸。

这时，远处的坟头向外拱着黄土，黑水“汩汩”冒出，一双双黏着一点点烂肉的骨手从坟里探出，摸索着坟沿，坚硬的土地又爬出无数具尸体，拍打着身上的泥水烂土，加入前行队伍。

站在树梢的乌鸦“呱呱”叫着，大片乌鸦像黑压压的乌云从远处飞来，啄食着这群行尸走肉。

我明知道这是噩梦，却根本醒不了，仿佛现实般置身其中，甚至能闻到行尸的臭味。我试着张嘴呼叫，根本发不出任何声音，两条腿完全不听使唤，拖着身体往前走。

这时，田间走来一头瘦骨嶙峋的老黄牛，身着蓑衣的牧童单手扳着断了半截的犄角，另一手举着牧笛吹奏，默然注视着我们，牧笛指向树林拐角一处破旧院落，门口插着一面破败旗子，写着“杏花村”三个大字。

一位风姿卓越的女人倚门而立，勾人的笑容让人无法拒绝：“这里有最好的刀削面，还有上好的杏花村，客官们来啊。”

牧童，正是我和月饼在巷子遇到的小孩子；那个女人，正是酒娘！

“嗖嗖”两道灰影破空划过，钉住酒娘左右双脚。一个身材瘦削的少年从人群中掠出，半长头发斜斜盖着眼睛，瞥了我一眼扬扬眉毛：“这是梦！我已经封住她阴气阳走的泥丸宫，大家赶紧醒过来！”

两道灰气从酒娘脚背涌出，酒娘嘶号着现出那张恐怖的脸，身体渐渐模糊，终于化成一团灰气随风飘散……

空气中飘荡着她最后一句话——

“既然你们对《清明》有感应，迟早会来到这里。”

我醒来的时候，出了一身透汗，大口喘着气，梦境却忘得一干二净。如果不是那个女子提醒，我根本想不起来曾经做过这个梦。

十一

“对！我也做过这个梦！”

“他妈的快跑，今天中邪了。”

“我也做过……”

“菩萨保佑……菩萨保佑……”

院子里，食客们纷纷记起了这个梦，再也不顾张淑兰冲出门出现的惨状，一窝蜂地疯狗般涌向门口。

我怔怔地盯着月饼，月饼也用同样的表情看着我。

“南瓜，你曾经出现在我的梦里？”

“月饼，你曾经出现在我的梦里？”

我们同时说着，又同时收声。

那个时候，我们根本不认识，为什么会出现在彼此的梦里？这实在是太诡异了！

“让我先出去，我是女人。”

“我岁数大，让一下。”

“老不死的抢着投胎啊。”

“听我说，排队出去，要不然一个都走不了。”

食客们堵在门口，演绎着最丑陋的世间众生相。谁也没有注意到躺在地上捧着脚惨号的张淑兰，无数只脚在她的身体踩来踩去。张淑兰起初还能“哼哼”几声，随着身体里骨骼断裂的声音响个不停，嘴里呕出几口黑血，再没了声息。只剩颤巍巍的左手半悬在空中，随即被一双红色高跟鞋根穿透，钉在泥血混杂的土里。

踩着张淑兰的女子穿着极为暴露，黑色蕾丝袜早被扯得如同抹布，挺着夸张的胸部往人缝里钻：“女士优先！”

“臭婊子别挡老子。”人群中横起一脚，身材壮硕的大汉把女子一脚踹飞，扒拉着食客吼着，“都他妈的滚开。”

女子仅能包住臀部的短裙“刺啦”撕裂，她尖号着冲向大汉，黑色指甲对着大汉的脸就是一顿乱挠。大汉脸上登时多了几条血印，甩手就给了女子几记耳光。女子“滴溜溜”转了个圈，退到门口，又被大汉一脚踹中肚子，蜷着身体飞出门口。大汉趁着这个空当，也冲了出去。

突然，大汉和女子如同被沸水泼过，浑身冒着青烟，两人摔倒在门外齐声惨呼，捂着脸满地打滚，阵阵灰烟从指缝中冒出，大片脓水渗出衣服，结成一块块恶心的黄痂。

再无人敢动，静立着像一群待死的俘虏。

我查阅历史资料的时候有个问题一直很不解——为什么战争俘虏面对人数比自己少很多的敌人，没有一个人敢于反抗，放弃求生希望，任由敌人用各种残忍的方式处死？其实只要有人振臂高呼，率先冲向敌人，下场可能是立刻被敌人射杀，却能激起俘虏们的求生欲望，继而暴动反抗。

当下的场面，我有些懂了。谁都怕死，尤其是看到同伴惨死，这种情况完全能摧毁一个人最后的反抗意志，只是乞求比同伴晚死一会儿，谁也不会做那只“杀鸡儆猴”的鸡。

面对死亡，人性自私，莫过于此。

“大家不要慌，”月饼摸出几枚桃木钉，“我们一定能解决。在此之前，谁都不要乱动。”

月饼的声音不大，却有一种让人信服的魔力，食客们稍微平静，眼巴巴地望着我们。

我长这么大，除了在全校升国旗的时候念检讨，在苏州做讲座签售，还从来没被这么多人围观过，手脚立马不知道往哪里放了。不过月饼都放话了，我不跟几句不太合适，也是一时脑子乱糟糟口不择言，脱口而出：“相信党！相信国家！”

这句话算是捅了马蜂窝，众人又聒噪起来。

“两个毛头小伙能干什么？”

“呵呵，想出名想疯了吧？”

“你看他俩吊儿郎当的样子，不靠谱。”

“现在的年轻人，唉……”

我蒙了。

我们明明是想救他们，而这些人极尽嘲讽之能事，挖苦着我们，辱骂着我们，完全忘记了即将面临的死亡威胁。

这他妈的算怎么回事?

“进了阴宅，吃了冥宴，即是阴人，”酒娘不知道什么时候又戴上了美貌面具，手指对着我们点了点，“只有看了阴戏，由他们俩破解其中蹊跷，才能脱身。”

众人又是惊恐，又是疑惑，注视我们的目光，更是多了几分仇恨。

“他们肯定是一伙的！”

“我看到了，他们俩没有吃任何东西，早就知道这些事。”

“对！别相信那个臭娘们儿说的话。”

“说不定这俩小伙和她早就有一腿。”

“弄死他们！”

众人渐渐靠拢我们围成个圈，眼中都是野兽般凶狠的目光，却没有人敢动手。

月饼脸上闪过一丝怒色，使劲吞了口气，仰头长长呼出：“南瓜，这些人值得救么？”

我的头都要炸了！这么短短几分钟的时间，我经历着世间所有最丑陋的人性。偏偏这些人都是活生生的人，我们怎么能够见死不救?

可是，我真的很想不管不顾，利用我们俩的能力，一走了之不是什么难事。

很矛盾!

“你们懂了么？”酒娘微微闭目，眼皮颤动，眼角凝着泪珠，“千年前，他们就是这样。看戏吧，看完了，就懂了。”

“邦”！梆子声响起，唢呐、喇叭、锣鼓声喧闹起来，店伙计们早已换上唐朝服饰，眉飞色舞吹奏着乐器。那两个从屋里爬出的无脸人，站在屋前空地，“咿咿呀呀”唱着，演绎了一段千年前不为人知的惊天惨事……

十二

唐朝，开元盛世，正是“纸香墨飞，词赋满江”的文豪辈出年代，文人都以能写出一首传世名诗为荣。酒馆、客栈、青楼更是留出一面白壁，供诗人即兴挥墨。若诗写得好，不仅酒肉白吃、客栈白住，青楼女子也会青睐有加，共度良宵，诗人在温柔乡缠绵数日，临别时赋诗一首，不但使青楼女子身价倍增，更是一段缠绵悱恻的千古佳话。

酒娘本姓曹，生于辽东苦寒之地。曹父有一手家传的酿酒手艺，倒也家境殷实，收入颇丰。按说这日子过得不错，可是曹父偏是个有匠心的酿酒师，总是对所酿美酒不满意。辽东虽说物产丰实，酿酒材料应有尽有，可是天气极寒，酿酒周期太短，水质又冷，酿出的酒浆烈而不醇，浓而不香。

曹父索性变卖家产，带着妻儿走南闯北，寻找酿酒佳地。他们路过汾州（今山西汾阳），发现此地四季分明，粮食丰厚，水肥土沃，正是绝佳的酿酒场所，于是定居此处，专心酿酒。

靠着多年酿酒所得家产，曹家收粮买料，酿了五年酒，却不卖一两半钱。邻里不解，这样光买不卖，再大的家产也撑不住几年。曹父总是摸着封酒的阴窖，笑而不语。

直到五年后的农历四月二十一，子夜时分，曹父突然惊醒，探着鼻子闻了片刻，猛地一拍大腿，喊了一声“成了”，匆匆披了件套褂直奔酒窖，捻起一撮墙根土，用舌尖舔了舔，仰天大笑：“曹家古法酿酒，失传百年，今日终于让我破解，无愧列祖列宗！”

第二日，曹父郑重地打开一封木盒，取出黄豆大小的五粒药丸，埋于酒窖东南西北四个方位，留一粒放在手中，对着窖门三叩九拜，念叨着祭祀酒神的敬语，这才开窖取酒。

泥土密封的窖门打开，顿时酒香扑鼻，随风四散，方圆十里都能闻到这股异香。窖子里的酒坛原是陶土坛子，经过酒浆的多年浸淫，竟然晶莹剔透，宛如琥珀。

围观邻里肚子里的酒虫早就蹦跶不停，起哄请曹父快快开坛，否则就动手抢走了。邻里玩笑虽说粗俗，可也是对曹家美酒的认可。曹父笑吟吟地摆摆手，把药丸捻碎倒进小竹筒，郑重地交到酒娘手中：“此为曹家传下来的千年酒引，凡酒撒进一点儿小末，立成佳酿圣品。咱们曹家的酒，那可就是能位列王母娘娘蟠桃会的仙品。为了不让酒有污浊之气，需由处子之身进窖调入酒中。去吧，每坛倒入一丁点儿即可。”

酒娘年纪尚小，哪懂得什么是“处子之身”？邻里粗俗的笑声让她多少有些明白，红着脸进了酒窖。众人伸长了脖子眼巴巴等着，曹父更是搓着手面色紧张。足足过了三炷香时间，酒窖里忽然酒香大盛，只是闻闻就满口生津，唇齿留香。

几个酒量差的满脸通红，踉踉跄跄地跌倒在地，胡乱说着醉话“好酒”，引得众人哄然大笑。

酒娘顶着满头尘土怯生生地钻出来，曹父一把抱起她，抛在空中稳稳接住，转身对众人说道：“今天曹家美酒开窖，诚邀邻里乡亲品尝。”

此话一出，几个精壮小伙跑进酒窖，抬出几坛美酒，分与众人开怀畅饮。

村里教书的老秀才咂吧着嘴：“曹师傅，这么好的酒，该有个好名字啊。”

“曹某才疏学浅，还望先生赐教。”

老秀才指着远山一片杏树：“此时杏花刚开，依在下愚见，就叫‘杏花村’，如何？”

“好！就叫杏花村。”曹父舀了一碗酒递给酒娘，“把酒喝了。”

酒娘绞着衣角，脑袋摇得像拨浪鼓：“辣……我不喝。”

“你还要继承为父手艺，怎能不会喝酒。”

酒娘捧着碗抿了一小口，霎时间嫩脸通红，剧咳不止。

“哈哈……”众邻里和曹父捧腹大笑。

十三

如此过了几年，“杏花村”的名号越来越响，曹家成了远近闻名的富户，酒娘也出落成明眸皓齿的美女，琴棋书画样样精通，闻名十里八乡，还夺得当地的“花魁”。

酒娘把花魁奖励的钱财，全都捐与私塾，供贫苦孩子识字读书。乡间邻里提起酒娘和曹家，无不竖起大拇指。提亲的媒婆快把曹家门槛踏破了，偏偏无论是官宦子弟还是秀才商贾，酒娘都看不上。曹父疼爱女儿，也由得她性子，曹母反倒是经常唠叨：“再嫁不出去，就在家里成了老姑娘，看谁要你？”

酒娘嘟着小嘴撒娇：“那就陪在爹妈身边一辈子好了。”

这年清明，酒娘在酒铺卖酒，进来一个身材高大、风尘仆仆的书生，打了一壶酒仰脖灌下，大呼“好酒”，解开包裹取出文房四宝，在白壁上挥毫而就——

清明时节雨纷纷，

路上行人欲断魂。

借问酒家何处有，

牧童遥指杏花村。

酒酿默念这首诗，心中一动，看书生的眼神多了一丝别样情愫。

书生写罢诗，扔下毛笔，又打了几壶酒，转身离去。

酒娘急忙追出：“你……你还没给钱呢。”

书生指了指自己的脑袋，又指了指墙上的诗：“傻丫头，单凭这首诗，每天就能多很多顾客，区区几瓶酒钱算得了什么？我的脑袋就是钱，我就在这里住下了，以诗换酒如何？”

“原来是个呆子。”酒娘心中暗嗔，再读那首诗，愈发觉得情景、韵味、平仄、韵脚恰到好处，实属佳作，忍不住心生欢喜。

再看书生已经走至街头，酒娘跺脚喊道：“你叫什么名字？你还会来么？”

“我姓羊，羊肉的羊。”书生喝了一大口酒，衣袖擦着嘴角，“我本浪荡笑天涯，日月做马夜为家。你们家的酒好喝，我就不走啦。”

酒娘的俏脸没来由飞起一抹红晕，心头小鹿乱撞，痴痴望着书生背影。

“哦，对了！丫头，我喜欢你。待你长发及腰，待我功成名就，娶你可好？”

“啊！”酒娘哪曾见过这等莽撞之人，捂着脸回了酒铺。

那一日，酒娘心思纷乱，总出现书生依壁写诗的幻觉，几次酒钱都算错了，只是盘弄着头发，心中暗自思量："还差两寸就长到腰了呢。"

十四

接下来数月，果然如书生所说，来酒铺赏诗的人络绎不绝，生意自然更加红火。又恰逢当朝大诗人杜牧途经山西，这首诗风格与杜牧作品极为相似，一传十，十传百，这首诗倒成了杜牧佳作。

却说书生在此定居下来，白天苦读诗书，晚上饮酒作诗，次日拿诗换些钱财，到酒铺打酒。只是每次见到酒娘，再没有初识的狂放，多了几分腼腆，不敢多说一句话，打了酒匆匆离去。

这一天，书生刚踏出门槛，酒娘小声说道："人家都说这首诗是杜牧写的。"

书生顿住脚步，沉默片刻，眉宇间的傲气神采飞扬："随他们说吧。终有一天，我要比杜牧有名气。"

"你知道么？"酒娘的脸比喝了一坛"杏花村"都要红，"我就喜欢你的与众不同。"

"我哪里有什么不同，"书生欲言又止，"只不过多了几分阅历而已。"

"你的诗像故事，读着读着就明白了你的心意。"酒娘指着那首《清明》，"你藏了很多心事，你不快乐。"

书生身躯微晃，嘴角闪过一异样的神色，一时激动握住酒娘小手："你真得看懂了？"

酒娘脸上的红晕红到了脖根，轻轻抽出双手："有人看着呢。"

那一秒，时间停顿了，两颗相互爱慕的心，在满是酒香的铺子里，悄悄碰撞。

"我现在还不值得你喜欢，没功名，没家业……"书生面色一黯，随即兴奋地挥着手，又指着自己的脑袋，"不过我有这个，一定会娶你回家。"

"刚正经两句又满嘴胡话。"酒娘微嗔，低头胡乱拨着算盘，"明天是未嫁女子上山拜姻缘娘娘的日子，爹妈忙着酒铺生意，我也没个伴儿。"

书生挠着脑袋怔了片刻，欢天喜地出了门："我陪你啊。给你讲故事，给你作诗，好不好？”

自此，两人一起结伴游历了很多地方，说不完的话，看不够的风景。书生总是紧紧握着酒娘的手，酒娘用丝帕擦着书生鬓角的汗珠。

爱情，简单，美好。

十五

唐朝民风甚豪，男女之情极少遮遮掩掩，酒娘和书生的恋情，很快传遍乡里。

书生虽然贫寒，可是满腹经纶，已成方圆百里有名的文人，功名指日可待。曹家乐善好施，家境殷实，酒娘知书达理，待嫁闺中。邻里乡亲觉得这段姻缘挺合适，就等书生乡试，考了功名，回来娶酒娘，好好喝一顿“杏花村”的喜酒。

曹家父母早默许了两人亲事，私下跟酒娘商量过，两人先成亲，书生也好有个生活着落，能安心应考。就算考不上，书生的诗能卖好价钱，曹家的酒更没的说，日子也能过得不错。

偏偏书生是个执拗性子，非要门当户对才迎娶酒娘，坚决不同意曹家安排。这股傲气不贪财的品性，更让曹家父母和酒娘喜欢不已。

春来夏往，乡试邻近，书生终日闭窗苦读，两人相处时间少了许多。秋天，乡里来了一位熊姓商贩，出手阔绰，买下了“杏花村”酒铺对面的铺子，开起了“杭州胭脂水粉”的店铺。

汾州属于西北地区，哪见过江南妆品？女人爱美，一时间胭脂店的生意兴盛，也成了远近闻名的名铺，就连官府太太，也常登门采购。

熊老板三十多岁，虽说其貌不扬，天生一副好口才，满嘴辽东口音的乡间俚语常逗得女人们笑逐颜开。两个店铺相邻，熊老板也常来沽酒，两家都是辽东来到中原，更加亲近。

熊老板每次沽酒，只要酒娘在，就多买几瓶酒，还经常让伙计送过来上等水粉丝绸。曹家父母心里有数，早看出熊老板对酒娘有意，可是酒娘心有所属，哪容得下这个粗鄙商贾？

酒娘当然知道熊老板的心思，碍着人情也不好多说什么，就多打一壶酒当作回礼。

俗话说“好汉不经磨，好女要人疼”。一来二去，两人熟络起来，熊老板使尽浑身解数，舌灿莲花，逗得酒娘“咯咯”直笑。江南胭脂更使得酒娘容貌娇艳，宛如天仙。时间久了，酒娘心里多少开始暗中比较熊老板和书生哪个更好?

书生性子本就豪放，对酒娘全心全意，根本没有察觉酒娘心思。再加上乡试临近，陪伴的时间更少，常常十天半个月才来一次。有时为了赴诗会结交达官显贵，更是和诗友结伴而去，一走月余。

书生原本最不屑这种事情，可是为了对酒娘许下的诺言，也只得硬着头皮参加。

时间，是恋人之间最好的陪伴，也是恋人之间最伤的别离。

被冷落的酒娘，时常在酒铺发呆，想着书生在青楼饮酒作诗，周围满是仰慕的妖冶女子。熊老板送的礼物越来越贵重，终日陪着酒娘聊天解闷，描述杭州美景美食，更让酒娘心神向往。

爱情的天平，一旦倾斜，迅速崩塌!

终于，书生又一次匆匆告别，酿成一段孽缘……

十六

过了半个月，书生背着沉甸甸的包裹，兴冲冲奔向酒铺，决定告诉酒娘一件事情。

他没有注意到邻里或嘲讽、或同情、或怜悯的目光，只注意酒娘盘着表示嫁人身份的云髻，从熊老板的店铺里端着盆水走出。

“我嫁人了，他对我很好。”酒娘微闭双目，“那夜我想你想得心痛，他陪着我喝了很多酒，我把身子给了他。”

“你……”书生高大的身材矮了半截，缓慢地、缓慢地、膝盖弯了，小腿打着哆嗦，仿佛不这样，随时都会跪倒。

“这不是真的。”书生哑着嗓子，浑然不觉嘴角已经咬出血，“你一定在和我开玩笑，对么？”

“你懂诗文，你懂我，可是你不懂女人。”酒娘背过身，挂在脖颈、耳垂的黄金项链、耳环烁烁生光，“他能给我的，你给不了。你能给我的，不能当作生活。我不想以后的日子，守着一个终日喝醉，整夜写诗，有很多女子仰慕的丈夫，我没有安全感。他没什么才华，却舍得为我花钱，一个女人，一辈子还图什么？酒铺的酒再香醇，终归有酿不出的那天，我也要为我的未来考虑。”

书生胸口如同遭受重击，脸色煞白地捂着胸口，大口喘着粗气。

“癞蛤蟆想吃天鹅肉。”肉铺的刘大妈狠狠一刀，猪腿骨剁成两半，“也不撒泡尿照照镜子，你配得上酒娘？”

“瞧你那个落魄样儿，哪比得上熊老板，好羡慕酒娘。”浓妆艳抹，穿着半透薄衫的女子从胭脂铺一步三摇地走出，“会写诗有什么了不起，诗人多了去了。”

“你要再敢来骚扰酒娘，当心我不客气。”酒铺走出插着腰刀，身材壮硕的衙役，“赶紧滚出去，这里没你住的地方了。”

“滚吧！”

“不就会写几个破字么？能当饭吃？”

“他要是写得好，早就成名了，我看也就是个普通人。”

“你看他的样子，好像一条狗。”

原本和善的邻里乡亲，完全换了一副嘴脸，辱骂、嘲笑、挖苦、讽刺，再无往日的友善。

书生不知道，在他离开的这段时间，熊老板挨家挨户打点了钱财礼物，一定要把他赶走，抹掉酒娘心中最后一丝念想。

每个人的善良都可以用价值衡量，一旦所接受的金钱超过善良的承载，再无善良！

书生只是痴痴地望着酒娘，眼神迷离痴呆：“这不是真的，对么？求求你，告诉我。”

酒娘双肩颤动，再不敢看书生一眼，强压着哽咽的嗓音：“你走吧。”

“哈哈哈哈哈哈……”书生忽然仰天狂笑，双手胡乱挥舞，跌跌撞撞走了几步，“扑通”，摔倒在地，又双手撑着地，艰难地爬起。

“今生，再无一人如我对你好；可你，却相信别家酒更香醇。正如世间本无愚顽人，只是世人自认太聪明。我烈酒塞满怀，不点破你微醺谎言，宁做贪杯痴子，醉卧往昔，独饮日出迟暮。你若离弃，我醉笑三千不诉离殇，待雀上枝头；你若归来，我眼中带泪泼墨一生，看风来云去。”

空荡荡的街角，书生佝偻着背，高声唱着诀别的诗。

酒娘如遭电击，含泪回眸，书生早已不见踪影。

“对不起，是我不好，我不知道是怎么了。你要好好的，好好的……”

当晚，邻里们都在谈论一件事情——

书生当夜醉饮，碰翻了油灯，连同屋子烧得尸骨未存。

当晚，酒娘一夜未睡。

眼睛没有流泪，心头却淌着血……

十七

光阴似箭，时光如白驹过隙，一转而逝。

杏花村的酒依然香醇，酿酒的曹家父母却已去世。熊老板继承了曹家产业，可惜酒娘始终酿不出最好的美酒，只得留在家中逗逗儿子，打发时光。

熊老板一改从前的殷勤体贴，仗着两处产业收入丰厚，终日流连青楼饮酒作乐，又纳了两房小妾。纵然酒娘依然美貌，再懒得多看一眼。

酒娘也不过问，给儿子请了最好的私塾先生，苦读诗书。闲暇时，酒娘会坐在院落望着四角天空，哼着书生临别时唱的诀别诗，伴着两行清泪。

她懊悔那晚鬼迷心窍，让熊老板占了身子；她痛恨胭脂水粉、金银首饰的诱惑力。其实，她不是酿不出最好的“杏花村”，她痛恨多喝了几杯酒，没有经住熊老板的甜言蜜语。为了不让更多人酒后乱性，她再不愿酿酒。

一切，源于酒；一切，毁于酒。

书生烧死那晚，她才知道真正爱的是谁，可是，一切都晚了。

唯有儿子，是她最后的希望。

每年清明，烧成一片废墟的书生住处，总会摆着一坛“杏花村”。只有那时候，才会有人记起烧死的书生。有人说，这是酒娘念着书生的好；也有人说，从来没见酒娘来过。

关于酒娘和书生的故事，成了幸灾乐祸的人们偶尔提起的谈资。大家聊得更多的，是那片开满杏花的山上多了一伙占山为王的强匪。官府数次派兵都被打退，好在这伙强匪很守规矩，只抢粮食不伤人命。长此以往，官府也就不自讨没趣，双方居然相安无事。

这夜三更，酒娘正搂着儿子熟睡，忽听屋外人声嘈杂，时不时有人喊着："快逃命啊！强匪来啦！"

酒娘推开窗户一看，只见村里火光四起，持刀匪徒的影子豕突狼奔，挨家挨户踹门抓人。儿子惊醒，咧嘴正要哭出声，酒娘一把捂住儿子小嘴，缩在床角瑟瑟发抖，默念"菩萨保佑"。

"咣当"，门被踹开，一个蒙面汉子手持钢刀走进屋里，冷冷地睃着酒娘母子。

酒娘还未来得及穿衣，半裸的身体映着月光，完美的弧度释放着成熟女性的诱惑。她见汉子眼神有异，把儿子挡在身后，挺着浑圆的胸部哀求："大王，求求您。放过孩子，让我做什么都行。"

蒙面汉子的声音异常沙哑难听，仿佛吞了一块火炭灼坏了嗓子："婊子，穿上衣服，带着孩子跟我走，否则……"

酒娘哪敢怠慢，顾不上羞耻，当着汉子的面，先给儿子穿好衣服，自己胡乱套了几件衣服，搂着儿子哆哆嗦嗦跟着汉子向外走去。

"看不出还挺疼儿子的嘛。"汉子"嚯嚯"笑道，"过会儿可就不一样喽。"

十八

空地上，火光通明，数十柄尖刀闪烁着寒光，全村老少抱头蹲成一团，女人们低声啜泣，男人们面色死灰，孩子们哇哇直哭……

酒娘紧紧搂着儿子，慌乱间瞥见熊老板半裸着臃肿的身子，身边是两个几乎赤裸的妓女，心头一阵厌恶。

“人，齐了？”蒙面汉子声音虽说难听，却有种说不出的威严。

“大王，齐了。”一个强匪应道，手里提着铁钉钉成的狼牙棍。

“嗯。”蒙面汉子微微点头，踱步走到人群前，“所有人，噤声！只要让我听到一点儿声音，死！”

顿时，鸦雀无声。

“众位乡亲，本寨初邻贵地，不为钱财，不为女人，只为一件事情。”蒙面汉子单手伸到脑后，解开罩脸面巾，“不知可有人认得我？”

乡亲们抬头看去，蒙面汉子无发无眉，满头暗红色的伤疤延伸至整张脸，层层叠叠的疤痕摞在一起，坑洼不平，仿佛一只被沸水烫掉肉皮的猪头。尤其是他的鼻子位置，只剩婴儿拳头大小的肉球。

“果然没人认得我，”汉子大咧咧席地而坐，咧开嘴“哈哈”狂笑，鼻涕、口水喷涌四溅。突然，他收住笑声，刀尖指着酒娘：“你也不认得我了？”

汉子的相貌宛如恶鬼，酒娘哪敢多看，闻言方才抬头，仔细看了半天，茫然地摇着头。汉子叹了口气，眼神中多了一丝不易察觉的情愫。

这个眼神，酒娘再熟悉不过！当年，书生与她携手同游，总是痴痴地看着她：“丫头，你真好看。”

“啊！”酒娘捂着嘴，颤颤巍巍起身，前行几步，“你……你是……你没死？”

“很希望我死么？”汉子阴森森笑着，刀尖在地上划着，“那晚，你们这对狗男女想放火烧死我。还好我命大，从狗洞里爬了出去，这张臭皮囊也算是废了。”

“我……我没有，”酒娘哑声哭道，“我怎么可能做这种事情！我本就对不起你，我……我……”

“我趴在乱泥沟里，听到你们俩在说话，还有什么好解释的？”汉子的语气似乎不如先前那般森寒，多了一丝柔软。

“是她，就是她出的主意。”熊老板挺着肥嘟嘟的肚子，指着酒娘骂道，“你个贱人，明明是你说书生不死，你心里不得劲，才出的这条毒计。”

“你……你个畜生！”酒娘已经隐隐明白了其中蹊跷，一时怒火攻心，跌坐在地，“我当年怎么瞎了眼看上你这条披着人皮的狼！”

全村人，都已经明白了，这个丑陋汉子，正是当年被他们嘲笑赶出村子的羊姓书生。每个人都闭口不语，拼命回忆着当年对书生的丁点儿恩情，只求一会儿能有条生路。

“你确实瞎了眼。”羊书生低头看着刀尖划出的图案，“我姓杨，木易杨，是当朝礼部尚书的儿子，杨艾。”

“我自幼见识了官场尔虞我诈，不愿待在这种是非地，更不愿接受父亲安排谋个一官半职。我写的诗，他们都说写得好，可是我明白，只是因为我爹是尚书。我离家出走。游山玩水，吟诗饮酒。谁承想遇到了你。”

“呵呵……你知道么？我最后一次离开根本不是参加什么诗会，而是回到京城，向父亲提了咱们的亲事。父亲提出条件，只要我愿入朝为官，就同意这门亲事。你看，这是礼聘媒书。”

杨艾从怀里摸出一封烧得残破的礼书，往地上一丢：“百两黄金，买下这个村子都够了。可我万万没想到……你薄情寡义倒也罢了，竟然如此歹毒，要置我于死地。”

“乡亲们，我，回来了！”杨艾挥着刀背敲着衙役的脑袋，“当年，你不是说这里没有我住的地方么？你不是让我快滚么？再说一遍啊？”

衙役拼了命磕头；“大王，不不不，杨公子，小人有眼不识泰山，也是受了熊老板钱财，万不得已啊！真是万不得已啊！杨公子，您大人有大量，放过小人。我……我还有八十岁的老母啊！”

“你妈不是死了很多年了么？”杨艾抓着衙役头发拎小鸡般拽起，“我最讨厌说假话的人。”

“是是是，我妈早就死了，我说的是我大姨妈，她……她还活着。”衙役的脸吓得铁青，裤裆里一阵骚臭，屎尿齐流。

杨艾举刀在衙役脸上轻轻划着：“杀你，脏了我的刀。”

“大王，时候不早了，官兵要来了。”手持钉棍的强匪附耳说道。

杨艾放下衙役看看天色，接过钉棍，凌空挥舞：“这样吧，乡亲们，邻里一场，什么事情都不能做得太绝，回答我三个问题，答得好，我就放了你们。答得不好，我就用棍子，先打死衙役，再问下一个问题。如果三个问题都答错了，你们全都要死。”

“你，疯了。”酒娘傻傻地站在人群中，显得格外突兀，“这不是你。”

“这就是我，”杨艾看都没看她一眼，“就算不是，也是让你们逼成这样的。”

“杨公子，您快问吧。我们一定好好回答。”刘大妈尖着嗓子满脸堆笑，心里却想着无论答对与否，反正死的是衙役，和她没有关系。

“刘大妈果然快人快语，”杨艾清清嗓子，“我和熊老板，谁更值得酒娘嫁了？”

“当然是您。”

“杨公子诗书才华，远近闻名，哪家姑娘不想嫁给您？”

“对啊！我要是个女的，早嫁给杨公子了。”

“熊老板算个什么东西，哪比得上杨公子？”

“要不是酒娘瞎了眼，咱们还用遭这份罪？”

乡亲们阿谀奉承着，像一条条摇尾乞讨的狗。

衙役眼巴巴抬头哀求：“杨公子，这个回答您满意么？”

“答得不错哦，”杨艾将木棒扛在肩上，转身走了几步，“可是，酒娘还是嫁给了熊老板对么？所以，你们答错了。”

杨艾话音刚落，扭腰转身，双手挥棍，铁钉挂着风声，正中衙役额头。尖锐的钢钉刺入头骨，再拔出时，衙役额头陷进一个圆窝，钉眼“汩汩”冒着糨糊状血浆，糊了满脸。他嘴里喷着血沫，喉间含混地说着什么，直挺挺跪着，茫然地望着人群。

所有人脸部扭曲，张大了嘴，却没有发出声音。

“砰！”杨艾又是一棍，清脆的骨裂声响起，鲜血飞溅，木棍再次拔出，铁钉沾满了白色脑浆。

衙役翻起白眼，“扑通”一声扑倒在地上。

杨艾眼中闪出兴奋的光芒，挥着棍子一下一下狠狠捶击，鲜血溅满他的全身，迸到他的脸上。每一下木棍击中脑颅的声音，都让村民心肝哆嗦。

直到衙役的脑袋被砸成一摊夹杂着碎骨的血糨糊，杨艾舔着嘴角的鲜血，双手举天，宛如从地狱归来的复仇魔鬼，狂笑不已。

他，真疯了！

忍了这么多年屈辱、仇恨，在这一瞬间，完全释放！

“第二个问题！”杨艾收住笑声，冲进人群拽出刘大妈，“你们说，酒娘和熊老板，我最恨谁？”

刘大妈“嗷”的一声，昏死过去。

乡亲们暗中思量，杨艾对酒娘说到底还是有份情谊，他更恨的是熊老板，忙不迭抢着答道：“当然是熊老板。”

熊老板自知无论如何也活不了，也不再争辩，骨碌着眼珠想抽个空隙逃跑。

“恭喜你们，答对了！”杨艾单手竖起大拇指，“不愧是多年邻里，很懂我啊。可是，我临时改变答案了。我最恨的是酒娘。”

木棍举起，闪电般劈下，众人闭上了眼睛，却没有听到砸裂骨头的声音。

酒娘双手滴血，铁钉穿透手掌，托住木棍。

“杨艾，够了，别闹了，”酒娘跪倒在地，眼泪早已流干，“放过他们。千错万错都是我的错，我一个人承担就好。求求你。”

血珠从指缝，一滴一滴落下……

杨艾握着木棍的手颤抖着，猛地举起，一溜血箭从酒娘手掌迸出：“你这个时候还维护他！你承担得起么？我的脸，我的家世，还有你，都没有了！谁还我？你求我？当年我求你，你可曾回心转意！”

“我不会嫌你丑，我会好好照顾你，只要你放过他们。”酒娘抬着满是血窟窿的双手，“我没有维护他，我不想你造杀孽，你不是这个样子，你是个好人。”

杨艾如同被闪电劈中，呆了片刻，喃喃自语：“我是好人。”

“我会陪你去咱们说好了要去的所有地方。”酒娘起身爱怜地摸着杨艾疤痕累累的丑脸，“再也不分开。”

“滚！”杨艾哀号一声，把酒娘踹回人群，举棍砸着刘大妈的脑袋，“谁会守着这张鬼脸度日？你骗我！你放火烧我的时候，可曾想到会有今天。虚情假意，我不相信你！”

“我没有放火烧你，我也没有骗你！”酒娘失血过多，眼神渐渐迷乱。

刘大妈肥硕的身体横在地上，整个脑袋被砸得稀烂，脖子的断口如同一坨破抹布，“咕嘟咕嘟”涌着血泡，手指还在微微颤动。

“第三个问题！”杨艾终于停了下来，声音却更加冰冷，“答错了，都死。”

十九

众人明白了，无论对错，杨艾是不会放过他们。再没有人想着怎么回答问题，只求一会儿死得痛快些，免受脑袋被砸成肉酱的酷刑。

“杨……杨公子，我家厢房，由东往西数，第九块青砖下面藏着暗室，”熊老板哭丧的脸强挤出笑容，显得格外滑稽，“那是我全部家产，山上过日子不容易，还望杨公子笑纳。只求饶了我这条贱命。”

“呵呵，当年你为了把我赶走，可是给乡亲们花了大钱。”杨艾举起木棍指着熊老板，“出手很大方啊。”

“杨公子，我当年看中的是酒娘家的财产，对酒娘真没有感情，”熊老板吓得连头都不会磕了，双手扶地打着摆子，“只要您放过我，钱，酒娘，都是您的。”

“酒娘的父母，怎么死的？”杨艾慢悠悠地望着星空，“夜色不错，是真相大白的好天气。”

神智已经崩溃的酒娘闻言抬头，美丽的大眼睛空洞茫然。

“我……我……”熊老板偷偷瞥着酒娘，犹豫片刻，“酒娘父母不死，家业就不是我的。我在他们的饭食里下了慢性毒，造成重病的假象，又买通了仵作。”

“你这个畜生！”酒娘凄号一声，踉跄前冲几步，又回身抱住孩子，“杨艾，孩子是无辜的。我们死不足惜，放过孩子好么？”

“我会让你和他的孩子活在这个世界么？”杨艾恶狠狠瞪着吓傻的孩子，“第三个问题，答不上来，全都死！”

“杨公子，我说一个秘密，您放过我。”熊老板身旁的妓女爬出人群，拼命磕头，“那晚是熊老板花了重金，让我和更夫模仿他们的声音，穿着他们的衣服去放火。”

杨艾一愣，似乎想到了什么，几步走到熊老板身前，钉棍敲着熊老板肥硕的后背：“熊老板，依着你的聪明，应该不会做这种蠢事。说，这是为什么？”

熊老板抬头瞄着杨艾身后，一言不发。

“不想说，那就不说。”杨艾虚空挥着钉棍，“答案，没有意义。第三个问题，谁能对得上我临走时那首诀别诗，我就放过谁。呵呵，你们不是说读书没有用么？今天，可是能救你们命哦。”

众人虽知道会死，可也抱着一丝希望，听杨艾如此一说，都傻了眼。谁还记得杨艾被赶出村镇做的那首诗？一时间，除了火把猎猎燃烧声，只剩众人沉重的呼吸声。

“你也对不上么？”杨艾背对酒娘，极度难听的嗓音多了一丝沙哑，“对上了，我就放了你。还有……还有你的孩子。”

接连打击，酒娘早已没了活下去的念想，“放了孩子”这句话又让她多了一线希望。杨艾那首诀别诗，她早藏在心里，哪里忘得了？可是当下这个环境心情，对诗谈何容易？

“丫头，你一定对得上。”杨艾左右走了几步，钉棍的影子在地上晃晃悠悠。

酒娘心中一动，再看棍影所指位置，正是杨艾方才用钉棍划来划去的地方，隐约有几行小字。

“原来，你早已原谅了我。”酒娘早已哭干的泪水，又充盈眼眶。

“很多很多年以后……”酒娘稳着心神念道。

“嗖！”一支羽箭，滑空而过，撕裂了黑暗光明，插入酒娘心窝。

这一切发生得太快，杨艾直挺挺戳着，根本不相信所看到的一切。

酒娘嘴角流出一丝鲜血，低头看着直插胸口的羽箭，抬头凄然一笑，喉间“嗬嗬”作响，手指颤抖地指着孩子，嘴巴张了张，呕出一口血雾，喷在杨艾裤腿，侧着身，倒了。

“娘！”儿子“哇”地哭了。

“酒娘！”杨艾如梦初醒，跪倒抱起酒娘，拼命晃着，“你……你……

别走！求求你。”

酒娘吃力的睁开眼睛：“对不起，来……来生，酒娘陪你一生醉红尘，不离不弃。”

“大王，官兵来了。啊……”强匪的惨呼没了动静。

“嗖嗖嗖”，无数只羽箭挟着凌厉的杀气，雨点般纷纷落下。强匪、村民四处逃窜，没跑几步，或射穿眼珠、或射断脚筋、或透穿腹部……

短短一瞬，再无活人，只剩被射成刺猬的死人堆。血，从每个人身下淌出，汇成一条血溪，流进阴沟，凝结成一坨坨豆腐脑状的血疙瘩。

酒娘，只有心口一箭，杨艾，用他被火烧坏的身体，挡住了所有羽箭，却没有挡住死亡。

生，未能同眠；死，亦要同穴。

一队官兵跑了过来，按个检查尸体，发现尚有一丝活气的人，立刻补上一刀。

“大人，没有活口了。”

“嗯。”神态威严的老者微微颔首，“你们都退下。”

“大人，就怕还有残匪……”

“退下！”

官兵们见老者动了怒气，唯唯诺诺撤了，远远戒备。

老者走至杨艾尸体旁，翻过他的身体，摸着那张疤痕累累的脸。

“你从小倔强，性子执拗，不愿听从我的安排。你太容易相信人，太容易动感情，我训你、打你、骂你，是不想你长大了吃亏。没想到，还是这种结果。”老者的眼泪落进花白胡子，“我早就知道你在杏花村爱上一个姑娘，可是你有没有想过？尚书的儿子，怎么能娶酒家女子？我会被同僚耻笑，我的官位，不保！”

“我从杭州寻到熊老板，他会一种流传于南疆的异术，可将叫作‘蛊’的东西放进胭脂水粉，使人意乱神迷，不能抗拒。我给了他一笔钱，让他引诱酒娘，使你绝了念想。为了让你彻底死心，我让他寻两个人，假冒他和酒娘的模样，在你屋前放火，故意让你听见他们说话。没想到，你竟然醉得没有察觉，终于酿成大错。”

“大人，你的苦心，愿公子地下有知，事已至此，大人节哀。”死人堆里爬起一人，解开衣服取下护身铠甲，正是手持钉棍的强匪，“公子做了强匪，于大人名声受损。这几年朝廷里的敌对势力，已经有所察觉。如果让他们知道公子和大人的身份，杨氏一族恐怕保不住了。大人这么做，不留一个活口，是对的。”

“这几年，你假扮强匪，保护我的儿子，给我通风报信，辛苦你了。”老者恢复了威严官态，赞许地拍着强匪肩膀，“熊老板的积蓄，你都拿走吧。找个地方，换个身份，足够家族几代兴盛。”

“小人舍不得大人，愿侍奉大人左右。”强匪连忙低头掩饰兴奋的表情，装出恋恋不舍状。

“难得你一片孝心。那……那就如你所愿。”

“咳……”强匪看到一柄尖刀，插进了胸口，锋利的疼痛渐渐冰凉，视线模糊，隐隐听到老者说道：“你活着，我不安。你为杨家做的一切，很好。老夫礼部尚书，带兵剿灭强匪，杨家的荣誉，有你的功劳。来人，放火，把这里烧了。”

熊熊烈火，如同鲜血染红了黑夜，顺着夜幕边缘滴淌。

风，呜咽；云，遮月；火，熄了。

无人知道，这里究竟发生了什么。所有人都会知道，杨尚书领兵剿灭了顽匪，实乃朝廷之幸，社稷之福。

不知道又有多少诗人，以此事为诗，歌功颂德，流传很久很久。

久到真相再无人知，假话变成真的历史。

两个老者远远站着，遥望杏花村的残骸，冉冉冒起的黑烟，烧成焦炭的尸体。

“这一次，来晚了。”圆脸老人狠狠捶了手掌一拳。

黄衫老人摸摸鼻子：“人世间，不是每件事都能恰到好处。”

“杨尚书这个畜生，连自己儿子都不放过。”圆脸老人烦躁地踢飞一块石子，被石子硌了脚趾，疼得龇牙咧嘴，“一定要弄死他！”

“做了这么伤阴德的事，杨家气数没有几年了。”黄衫老人扬着眉毛，无奈地笑了，“咱们，不能改变任何事情。只能留下线索，让他们破解。”

“他们，真的是希望么？”圆脸老人摸出酒葫芦，仰脖喝了一大口，“我受够了！见到这么多阴暗的事情，整个人都不好了。”

“这个世界根本没有什么标准答案，一切但求自圆其说。”黄衫老人接过酒壶灌了一口，“文蛊合一，窥破终极。唉……累了。”

“这些人死得太远，阴气不散。”圆脸老人擦着眼角泪水，“希望他们能破解线索，完成任务的同时，也就是阴气消散的时候。杨艾万万没有想到，他有文族血脉，他的那首诗，就是线索。”

“八族自从西出函谷关，发生了那件事，就开始跟随命运，或者有意或者无意，布下‘异徒行者’的任务。”黄衫老人很萧索地耸耸肩，“我们，都是命运的棋子。”

二十

傀戏结束，已经是日落时分。困在院落的食客们，看得目瞪口呆。我和月饼互看一眼，彼此额头都挂满冷汗。

圆脸、黄衫……

文族、蛊族……

窥破、终极……

杨艾、酒娘……

人心、阴暗……

太多的事情，太多的疑问，太多的情感，一股脑涌进心脏。每一次跳动，都能震得肋骨生疼。我摁着胸口大口喘气，尽量放空精神，可是傀戏表演的一切，始终历历在目，挥之不去。

“这些食客，都是千年前杏花村的居民。”月饼苦笑着环视众人，“南瓜，你有想过没？文字能让人身临其境；能让人感同身受；能让人‘日有所思夜有所梦’，这是为什么？我读了《清明》这首诗，当晚做过和你同样的梦，就是现在这个场景。这些人，也做了同样的梦，应该也是读了《清明》之后吧？”

我承认月饼的分析有道理，也隐隐明白了其中的蹊跷——文字是活的，每一段文字都能让互不相识的人在前生今世通过某种方式取得联系，比如梦境。或者在书店手指触碰拿起同一本书；或者在交谈时聊起同一段文字，有种“啊，原来你也喜欢”的欣喜；或者候机时看到陌生人读着自己喜爱的书，内心触动。

每个人读书的时候，是否想过，茫茫人海，还有很多人在同一时间读同一本书的同一段语句，他们之间是否会有联系？会不会在夜间因为这段文字做同样的梦？会不会想来文字描述的地方转转看看？谁又能意识到，这段文字，可能就是描述了自己的前生今世，从而取得了某种玄妙的联系？又有多少人，因为一段文字产生共鸣，改变了一生？

这一切，太玄秒了。

“文蛊合一，窥破终极。”月饼伸了个懒腰，“蛊术，能改变人的心智气运；文字，又何尝不是？他妈的真没想到，那个王八蛋熊老板，居然是蛊族。咱们在临安经历的‘西湖任务’也是有蛊族参与。说不定这个畜生和法海是一伙儿的。”

“你们蛊族，我看也就出了你这么一个好人。”我调侃了几句才意识到说错话了，真想把阿普、阿娜补充进去，不过月饼没生气，也就不再提这茬儿。

我们俩旁若无人地聊着，食客们早被傀戏吓得脸色死灰，有几个聪明的人已经意识到傀戏和他们之间的关联，但凡各路保平安的神仙们“噼里啪啦”从他们嘴里往外蹦。

“各位，傀戏看完了，我也就不多说什么了。”酒娘双手击掌，目光始终没有离开我们，“希望你，能破解任务。千百年，没有异徒行者能够破解。破解了，活着的人会忘记今天的事情，和前生再无牵连，也不会对再受《清明》的影响；破解不了，其实也没什么大不了的，活着的人还是会忘记所有事情，只不过百年后，还要在经受一次同样的经历。我们，只好守在这里，再等百年咯。”

“为什么是你，不是你们？”月饼问道。

“这个任务，只能文族破解。”酒娘指着我。

“啥？”我一时没反应过来，回过味才明白，敢情“千斤重担一人扛”啊！

“任务很简单，只要能对出杨艾临死时那首诗，一切就结束了。”酒娘说到“杨艾”两字，面色一悲。

我的脑子“轰”的一声，我一个写悬疑的现代小说作者，居然玩古风诗词？周杰伦的中国风倒是能唱两句，写古风诗、诗歌，这不是要人命么？！

“古有曹植七步成诗，今有南瓜写文救人。”月饼很没个正经样子，随便找了个座位坐下，还跷起二郎腿。

食客们更是聒噪不已，怀疑、乞求、不屑、嘲讽，千姿百态，更让我静不下心来。

我回忆着杨艾那首诀别诗，倒还记得清楚，可是该怎么对呢？只要求意境还是要逐字逐句对仗，也没说个明白啊。

“日落，是最后的时刻。这一坛是最后的杏花村，酒劲甚大，希望对你能有所帮助。宋朝的异徒行者，曾经写了一首词，流传百世，可惜，任务失败。”酒娘捧着一坛酒送我面前，我察觉到她的眼中多了一丝异样情愫。

在“西湖任务”的时候，我已经知道了宋朝的异徒行者是谁。大文豪都没搞定的事儿，我说写就写出来？说神话呢？

我抬头望天，日头偏西，落山也就分分钟的事儿，也来不及琢磨酒娘的神态，心里火烧火燎，拍开酒坛子铆着劲喝了一大口。

一溜香醇的火线顺着嗓子眼直抵胃部，酒香顺着鼻孔钻进肺里，身体轻飘飘的丝毫不着力，四肢百骸暖烘烘的，脑瓜子也清醒了许多，很多古风句子、词汇“呼呼”往外冒。

“难怪‘李白酒后诗百篇’，估计也是喝了杏花村。”我刚有了这个想法，忽然脑海里出现了几幅奇怪的画面：

我，走进酒馆，明眸皓齿的女子含笑沽酒，如同仙境女子。我看得痴了，痛饮美酒，在白壁写下了《清明》这首诗，只为博得美人一笑。

“丫头，今生，我一定娶你。”走出酒馆，我暗自发誓，“我会写很多诗给你看！”

杨柳岸，晓风残月。一壶酒，两个人。

“你答应我，这辈子只对我一个人好。”酒娘偎在我的怀里。

我嗅着她淡淡发香，紧紧搂着她瘦弱的肩膀：“那可说不定哦。喜欢我的女孩多了去了。”

“你……你讨厌！”酒娘微嗔，捶了我几拳，“喜欢我的男子也很多。我又不是嫁不出去。”

“好啦好啦，傻丫头，我心里只有你一人。”我借势躺倒，唇间是酒娘齿频芳香。

“这几天你干吗去了？”酒娘皱着眉头，委屈地嘟着嘴，眼角瞄着街对面的脂粉店。

我蓬头垢面，浑身酒气：“参……参加诗会，没办法，多结交几个人，为了将来。”

“只要咱们好好的，我不需要你当多大的官，多有钱。”酒娘哀怨地拨着算盘，“地位和钱财，很重要么？”

“傻丫头，我想你过得好，只能这么做。”我打着酒嗝，踉踉跄跄走出酒馆，丝毫没有察觉到，胭脂店的伙计捧着上好水粉进了酒馆。

她为什么离开我？我做得不够好么？我为了她，答应阿爹入朝为官，做自己最不喜欢做的事情。我对她的苦心，难道比不上区区胭脂水粉？

在众人的嘲笑目光中，我走得缓慢，心头像是插进一把刀，疼得胸口抽搐。

那个熊老板有什么好？短短几天，她就跟了他。女子多薄幸，我本以为她有情有义，没想到也是如此女子。

可是，我为什么心里那么疼？我忘不了她，我想等她，哪怕已经嫁人，她会回来么？

二十一

接下来，还有很多很多画面，我不想再一一描述。如果不能感同身受，读到的只是几段枯燥的文字；如果读懂了，心会很疼。

“酒娘，我是……”我酒意上涌，眼前的酒娘虚化成千年前酒馆初识的女孩子。

酒娘伸出食指捂住我的嘴，两行清泪滑至唇角，声音似乎都被泪水包容，苦了许多：“不要说出来。我等了千年，终于等到了你。能再次对你说一次，对不起，真好。”

无数字句在眼前飘来飘去，落在心里，痛得无法形容。我终于懂了那段千年前的恋情，近乎失态地吼道：“笔！墨！伺！候！”

店伙计送来宣纸毛笔，我把一桌酒菜推了一地，在一片碎响声中，一挥而就：

“很多很多年以后，喝起这坛你为我酿的青梅酒，才知世间繁华，美酒佳酿，怎比得上竹马无猜？你许我一世风华微醺，我醉笑三千，不与过客诉离殇。只因你，醉我双眸，乱我尘心。泪落酒盏，浮白一生，偏偏没有你陪伴，举杯同醉。两杯，独我，无你。罢了从前，忘不了曾经。

“我们，再也，回不去了！”

写下这段墨汁淋漓的句子，我把笔狠狠一扔，使劲闭着眼睛，不让眼泪流出。

“写得真好。”酒娘捧起宣纸，放在胸口，含泪笑着，“你总是能写出我喜欢的文字。”

“这一千年，苦了你了。”我摸着她柔滑的脸，“让你等了这么久，对不起。”

“等到，总比等不到，要好。”酒娘眼睛罩了一层雾气，摸着我的脸，“你没有变，我却老了。”

“你没老，还是我爱的酒娘。”我察觉到，她的手指，虚化了，穿过我的脸，感受不到触摸的温度。

“我要走了，谢谢你，杏花村千年的诅咒，结束了。”酒娘摆了摆手，手掌却化成一抹白烟，慢慢消逝。

“你别走！”我伸手挽留，指尖勾住了一抹烟雾，散了。

酒娘，就这么消失在我的面前，永远消失了。

店伙计们，化成一缕缕青烟，飘散了；食客们，东倒西歪，睡着了。

月饼，靠着椅子，面带微笑，睡得很香。

一团人形烟雾，被夕阳余晖包裹成灿烂的红色，停在空中，向我挥手作别。

晚风吹过，烟消云散！

不知道在时间的长河，生命的轮回，我们用几生几世，才能再见一面。

酒娘，别了……

二十二

“没酒量就少喝。”月饼的声音在耳边响起。

我抬头看看，面馆热闹非凡，人来人往，食客们觥筹交错，汤汁四溅。

我试着起身，脑袋疼得要裂开：“这是哪儿？”

“还能是哪？”月饼似笑非笑地瞅着我，“山西，汾阳，杏花村。”

“我喝醉了？”

“南少侠吃个刀削面，就这么一杯‘杏花村’，活活醉了三四个小时。”月饼活动着肩膀，“沉得像猪，根本抬不动。只好在这里等你醒了。”

我喝醉了做了个梦？

我使劲晃着脑袋，方才经历的一切历历在目，食客们分明就是那群被困在院落的人们，就连做刀削面的面师傅，也和梦里的一模一样。

唯一不同的，面馆老板是个精瘦的中年男子，正忙活着送菜倒酒。

“要不是喜欢《清明》那首诗，我才不来这个鬼地方。”浓妆艳抹的女子挑着面条，“破地方连个玩的地方都没有。”

“我也是读了《清明》才想来杏花村啊。”旁边的老者随口搭腔。

他们是谁，我在梦里都见过。

“有一件很奇怪的事情。”月饼展开任务原图，“你喝醉的时候，任务图有了变化，多了两行数字。”

“62188？”

“12542，13010，4404，4640。”月饼意味深长地盯着我，“我猜，任务已经完成了。你知道怎么回事么？”

我想说，但是摇了摇头，故意岔开话题：“这串数字是什么意思？”

“我也不知道。”月饼起身招呼伙计结账，留下我出了门。

我揉着太阳穴，分不清楚到底是现实还是梦境。出门前，我回头看着柜台，老板身后的酒柜，放着一个陈旧的酒坛子。

我心里一动，走过去问道：“老板，这酒卖么？”

“这可是祖传的杏花村，镇店之宝，多少钱也不换，”老板头都没抬，忙着往电脑里面输菜名。

我有些失望，也不好多问什么，正要离开，忽然看到酒柜里摆着一张陈旧的全家福，男子高大儒雅，女子美丽端庄，儿子偎在女子怀里，笑得无邪。

那个女子，分明就是酒娘！

“老板，请问这张照片……”

老板不耐烦地回道：“我们老曹家最早开起这个店的先辈。”

“他们在那里？”我的声音颤抖了。

“可惜，日本鬼子打进来的时候，一把火烧死了。”老板懒得搭理我，招呼伙计忙活生意。

我双手合十对着照片拜了拜，心里空荡荡地往外走。

“爸妈，我要吃刀削面。”一个十岁出头的小女孩，拉着爸妈的手，蹦蹦跳跳笑着。

“你啊，就是太宠孩子。丫头读了《清明》要来看看杏花村，你也跟着胡闹，还不如留在家里看冰雕。”母亲看似责怪，眼角带着笑意。

“多带孩子长长见识有什么不好？”父亲抱起闺女悠了个圈，“走，吃刀削面。”

“爸妈真好。”女孩笑声如银铃。

我心头一痛，又很暖。

她的声音，她的神态，她的相貌，就像幼时酒娘。

“该走了，南少侠。”月饼站在街头抽着烟，“该结束的就结束了，留恋不如祝福。”

我琢磨着月饼这句话的意思，似乎他知道很多事情。

也许，我们又共同做了同样的梦？

月饼说得对，该结束的，就结束了。

人生，与其留恋过去，不如祝福未来。

二十三

“咱这是去哪儿？”我坐在副驾驶，窗外的汾阳很冷清。

“好久没有回古城了。”月饼打了个响指，“也该见见老友了。”

想到嘻嘻哈哈的李奉先、老实巴交的陈木利、占小便宜的燕子，我心里一阵温暖。

快一年没看到他们了，好久不见。

房车轰鸣声响起，月饼很豪气地挥手：“古城，出发！南少侠给杂家掠阵。”

“你又来京剧是不？”我点了根烟塞进他嘴里，“消停片刻，OK？”

“这次回去，要把新线索的数字密码解读出来。我先开车，你多琢磨琢磨。”

“月饼，你真的不想知道任务怎么完成的么？”

“完成就好，了解那么多干吗？”月饼似笑非笑地扭头看我，“有些事，只能一个人慢慢体会。被别人问多了，心会疼。”

我笑了，释然很多。

不管梦境也好，现实也好，有几人能拥有感触千年之恋的幸运？

这就足够了。

山西和古城距离不太远，就是过秦岭的时候费了些事儿。到古城图书馆，已经是第二天下午。

我率先跳下房车，推门而入：“奉先，我们回来了。”

酒吧一片残破，断桌破椅满地，灯具摘下堆在角落，柜台的酒一瓶不剩，空荡荡的屋子满是木屑和灰尘的味道。

我心里一沉，月饼板着脸一言不发。

图书馆究竟发生了什么？

（第三部　完）